사랑의 서사는

늘

새롭다

김동현 비평집

한그루

차례

1부

사랑의 서사는
늘
새롭다

　　　　　　　　　　　　　　사랑만큼 상투적인 것도 없다. 사랑을 해본 사람들은 안다. '사랑한다'는 말이 얼마나 힘이 없는지를. 때론 작은 위로조차 되지 못하는 게 사랑이다. 사랑은 쉽게 낡아간다. 하지만 그 모든 상투와 낡음에도 불구하고 사랑의 서사는 늘 새롭다. 새로운 사랑의 서사가 있어 '사랑'은 모든 상투를 이겨낸다. 우리는 어쩌면 사랑을 사랑하는 것이 아니라 사랑의 서사를 사랑하는 것인지도 모른다. 매번 다시 태어나는 사랑의 서사가 있기에 우리는 여전히 사랑을 믿을 수 있다.

　여기 쓰여진 모든 글들은 사랑의 서사를 만들기 위한 안간힘이었다. 땅과, 기억을, 그리고 텍스트를 다시 발견하기 위한 고군분투였다. 그 모든 비참과 비굴함과 지리멸렬함에도 불구하고 끝내 사랑을 포기할 수는 없었다.

　지역에서 산다는 것은 때로는 일상적 모멸감을 견디는 일이다. 중심을 비판하기는 쉽다. 하지만 우리 안의 중심과 중심에 대한 욕망을 바라보는 일은 쉽지 않다. 2023년과 2024년을 지나오면서 나는 우리 안의 헤게모니와 인정 욕망의 민낯을 보았다. 한때 동지였다고 믿었던 이들이 하나둘씩 권력의 둥지로 깃드는 걸 보기도 했다.

희망이 사라진 시대라고 하지만 절망의 돌부리에 넘어지지 않기 위해 나는 사랑에 기댈 수밖에 없었다. 여기 쓰여진 글들은 그 분투의 흔적들이다. 때로는 부족하고, 때로는 과잉의 포즈일 이 모든 문장을 써가면서 나는 한 걸음 더 걸을 수 있는 힘을 얻었다. 그 걸음에서 만난 사랑의 서사는 늘 새로운 것이었다.

문장의 한계가 오늘의 한계가 되지 않기를 바란다.

어둠만이 가득한 시절이라도, 나의 글이 사랑의 서사를 발견하는 작은 희망이 되었으면 한다. 글을 묶는 동안 많은 일들이 있었다. 지독한 시절을 견뎌온 기훈, 재이에게 이 글이 작은 위로가 되었으면 한다.

읽고 쓰는 동안 이승환의 노래를 들었다. 음악이 있어 무도한 시절을 견딜 수 있었다. 그의 노래를 다시 듣게 만들어준 케이에게 뒤늦은 안부를 전한다. 부디 평안하기를.

2024년 10월

1부

성장이라는 오래된 거짓말

장소의 상실과 예술의 기억

비어 있는 사실과 재현으로서의 기억

보는 것도 정치다

성장이라는
오래된 거짓말

성장이라는 오래된 거짓

이것은 아주 오래된 이야기다. 그것의 기원이 어디인가를 따지는 것은 쉽지 않다. 누군가는 '찬란했던 성장의 시대로 기억하는 70년대'라고 이야기하고, 누군가는 '국제자유도시'의 성과라고 말한다. 기원이 어디에 있든 오늘 우리는 여전히 환상 속에 살고 있다. 제주시 노형동에 세워진 '드림타워'. 당초 100층 높이로 계획되었던 '드림'은 38층이라는 현실적 타협으로 귀결되었지만 '드림타워'라는 이름이 의미하듯 드림에 대한 욕망은 여전하다. 모든 것이 익숙해지듯이 '드림타워'의 높다란 그림자를 밟는 걸음들은 바쁘기만 하다. 개발과 성장. 그것은 오래되었지만 여전히 단단한 중심이다.

국가 주도의 근대화 프로젝트는 우리 안의 모순을 은폐하거나, 혹은 부조리의 부재를 '상상'하게 만들기도 했다. 개발의 시대였던 1960년대 이후 제주는 개발과 근대화 담론이라는 폭력에 노출되었다. 제주에서 정부의 개발계획에 공명하면서 이른바 '동양의 하와이'라는 담론을 적극적으로 받아들였던 점을 생각해보자.

1949년 5월 제주를 찾은 이승만이 제주를 평화낙토의 섬으로 재건하자고 말했을 때부터 '개발'은 4·3학살에 대한 책임을 외면하는 힘이 되어왔다. 우리는 안다. 경제정책이 경제적 조건만 규정하는 것이 아니라는 사실을. 경제라는 이름으로 가해진 근대화 기획은 종종 지역의 자기결정권을 위협하기도 했다. 제주개발특별법에서 국제자유도시특별법으로 이름이 바뀐 채 성장은 오래된 거짓의 이름으로 우리 앞에 서 있다.

에드워드 사이드가 지적한 것처럼 '개발과 근대화 담론'은 2차 세계대전 이후 미국 팽창주의 전략의 핵심이었다. 이러한 개발 프로젝트의 지향은 분명했다. 미국식 민주주의의 전달자라는 소명의식을 바탕으로 한 '제국 미국'의 헤게모니 강화, 미국식 자유에 대한 어떠한 도전도 용납하지 않겠다는 이데올로기의 강요, 바로 이 두 가지였다.[1] 한국에서의 근대화 프로젝트 역시 박정희 정권의 단독 기획이 아니라 로스토의 '경제성장단계론'에 의한 미국 대외 원조 정책에 기반하고 있다. 아시아 국가의 경제발전이 공산주의의 위협에 대응하

는 미국의 이익에 부합한다는 정책적 판단이 한국을 비롯한 동아시아의 경제 성장의 기반이 되었다.[2]

지역에서의 개발담론은 '개발=진보'로 인식하면서 근대와 전근대라는 위계적 질서를 스스로 내면화하기도 하였다. 이를테면 개발은 지역의 비근대성을 전근대적이라고 간주하면서 지역의 신체를 열등한 존재로 상상하게 했다. 하지만 지역의 전근대성은 근대적 모순을 드러내는 저항의 근거가 되기도 하였다.

이를 감안한다면 개발담론은 단순히 경제적 성장이라는 측면뿐만 아니라 지역을 이데올로기적으로 재편-그것은 종종 위계를 전제로 한-하려고 하는 국가의 욕망과 맞닿아 있다. 그것은 지역을 탈정치의 지역으로 만드는 동시에 근대화 담론에 대한 무비판을 문화적 차원에서 수행하는 것까지 포함한다. 근대적 합리성과 효율성이라는 이름으로 새겨진 '세련된 폭력'은 지역문화를 '근대-국가'가 관리 가능하고 통제 가능한 민속으로 호명한다. 1960년대 이후 제주에서의 민속에 대한 발견은 개발과 근대화 프로젝트의 문화적 수행의 실례를 잘 보여준다.

성장이 지운 4·3의 기억

　1948년 당시 조선통신 특파원 자격으로 제주를 찾은 조덕송은 경찰의 국방경비대 토벌 작전에 동행한다. 이후 신천지에 기고한 글에서 그는 다음과 같이 제주의 상황을 전하고 있다.

　　필자가 이 섬에 온 그 이튿날 국방경비대는 모 중대작전을 개시하였다고 일사불란의 대오로 출동 전진하였다. 목표는 한라산인지 산간 부락인지 미명에 폭우를 무릅쓰고 장정들은 전진한다. 필자도 이 출동부대를 따랐다. 지금 제주도에 파견되어 있는 경비대의 세력은 약 4,000. 그들의 전원이 출동하는 모양이다. 말없이 움직이고 있는 그들 장정! 그것은 틀림없는 전사의 모습이다. 미군 철모에 미 군복, 미 군화에 미군 총. 비가 오면 그 위에 미군 우장을 쓴다. 멀리서 보면 키가 작은 미군 부대가 전진하고 있는 것 같다. 조선이라는 조국을 방위할 이 나라의 병사, 겨레의 장정들이 지금 남해의 고도에서 적들인 동족의 섬멸에 동원되고 있는 것이다.[3]

　조덕송의 글은 4·3 직후 도민들의 피해상과 토벌작전의 최고 책임자인 미군의 존재, 그리고 4·3 봉기의 발발 원인에 대해 비교적 자세히 서술하고 있다. 특히 유혈 사태의 원인에 대해서 관의 발표를 "인위적인 것"만 "제시"하고 있다고 비판하면서 제주도민의 입장에서 "공산계열의 선동 모략"뿐만 아니라 서북 청년단의 폭압적 고문도 하나의 원인이라는 점을 분명히 밝히고 있다.[4] 4·3 봉기와 진압 과정의 폭압적인 상황을 비교적 객관적으로 전하고 있음에도 미묘한 시선의 층위를 발견할 수 있다. 토벌 작전에 투입된 국방경비대들은 "전사의 모습"으로 "조선이라는 조국을 방위"하는 최전선에 서 있고 미군의 복장을 한 국방경비대의 출동은 "동족의 섬멸"을 위한 "동원"으로 묘사되고 있다. '섬멸'이라는 용어에서도 알 수 있듯이 4·3 당시 '반공'은 위생적 우위를 차지한 지배담론이었으며 이러한 담론 하에서 '빨갱이=제주'는 주권의 자격을 부여받지 못한 존재였다.[5] 제주 4·3 토벌작전은 '절멸'의 공포였다. 봉기의 주도세력은 '반도(叛徒)'이자 '섬멸'해야 할 '적'들이었다. '반도'에 협력하는 주민들 역시 '숙청'의 대상이었다.

조덕송의 글이 당시 시대 상황을 반영하고 있다고 할 때 '낙토 재건'의 의미는 과연 무엇이었던가. '낙토 재건'이라는 권력의 발화를 이해하기 위해서는 우선 그 발화를 수행하려는 권력의 의지가 무엇이었는지를 살펴볼 필요가 있다. 이승만의 제주 방문은 이른바 '성공적 토벌작전'을 확인하기 위한 것이었다. '낙토 제주 복원'의 전제조건은 '빨갱이의 섬멸'이었다. 이렇듯 권력이 '낙토 복원'을 내세울 때 그것은 '국민'과 '국가'와의 상상적인 관계를 생산하는 효과적인 수단이었다. 제주 4·3을 해방기 인민 주권을 구현하려는 인민의 자기 결정권과 통치 대상을 결정하려는 권력의 대결이라고 가정한다면[6] '낙토 복원'이라는 구호의 배면에는 권력의 폭력적 진압이 이후 자본주의적 관계로 치환될 수 있음을 암시한다. '낙토 복원'을 위해서는 막대한 물적·인적 자원의 동원과 배분이 필연적으로 작용할 수밖에 없고 섬멸 수준의 초토화 작전이 펼쳐진 지역에서 이를 실질적으로 수행할 수 있는 힘은 곧 '섬멸'과 '초토화 작전'의 주체였던 '권력'이었다. 이승만이 제주 방문에서 '낙토 복원'을 외칠 수 있었던 것도 그 가시적 힘의 수행자라는 자신감이 있었기 때문이다.

제주 개발은 이승만 정권에 의해 기획되었지만 한국전쟁을 거치면서 제대로 추진되지는 못했다. 1961년 쿠데타로 집권한 박정희 군사정권 들어서 제주 개발은 본격화되었다. 그런데 이러한 제주 개발의 성격은 당시 집권세력의 경제개발 정책과 관련이 있다. 개발담론은 제주에서만 이뤄졌던 특수한 상황이 아니었다. 경제개발 5개년 계획으로 상징되는 쿠데타 세력의 개발담론은 "불균형 성장론에 입각한 산업화 전략"의 일환이었고 이는 제주를 비롯한 남한 사회의 각 지역이 이러한 전략의 하위 부문으로 편입되어 갔음을 의미했다.[7] 제주 개발 역시 개발담론의 거시적 전략에서 자유로울 수 없었다.

박정희는 쿠데타 직후인 1961년 9월 8일 국가재건최고위원회 의장 자격으로 제주를 방문하면서 제주 개발을 지시한다. 반공국가의 수립을 위한 정언명령이 '빨갱이 섬멸'이었다면 성공적 '섬멸' 이후 그 자리를 대신 차지한 것이 '개발담론'이었다.

1963년 자유항 설정 구상으로 시작된 제주 개발 정책은 국제자유지역, 관광·산업 개발을 목표로 하였다. 이러한 경제개발을 위해서는 자본의 확보가 필수적이었다. 이 때문에 제주 개발은 국가와 외부 대자본의 결합에 의해 추진될 수밖에 없었고 이는 자본주의적 종속이라는 문제로 이어졌다. 반공 국가의 폭압적 권력의 행사는 개발이라는 자본주의적 관계로 치환되었다.

4·3과 한국전쟁을 거치면서 반공주의는 남한 사회의 지배 이데올로기가 되었다. 확실한 피아 식별을 바탕으로 한 '섬멸의 정치학'이 50년대 반공주의라면 1960년대 들어서면서 반공주의는 근대화 담론과 손을 잡기 시작한다. 이러한 근대화 담론의 배경에 미국의 경제학자 로스트의 '경제성장론'이 있었다. 1960년대 근대화 담론과 반공주의 결합은 오랫동안 우리 사회의 지배 이데올로기였다.[8]

1960년대 이후 본격화된 개발 프로젝트는 '빨갱이 섬' 제주가 반공 국가에 어떻게 편입되어 가는지를 보여준다. 알튀세르가 지적했듯이 '빨갱이 섬멸'이라는 반공주의의 폭력성은 개발과 근대화라는 이데올로기로 치환되었다. 알튀세르는 「이데올로기와 이데올로기적 국가 장치」라는 글에서 "억압적 국가 장치가 폭력에 기능하는 반면 이데올로기적 국가 장치는 이데올로기에 의해 기능한다."라고 말한 바 있다.[9]

주권의 경계를 설정하는 힘을 '국가-권력'이라고 한다면 반공(주의)은 국민과 비국민의 경계를 설정하는 기준이었다. 때문에 '반공국가 대한민국'의 형성은 '빨갱이-비국민'의 섬멸을 통해서만 가능한 것이었다. 여기에 물리적 폭력의 행사는 어떤 면에서는 '필연적'이었다.[10] 하지만 이러한 물리적 폭력이 근대화 담론과 결부되면서 폭력의 양상도 변모하게 된다.

이러한 폭력의 과정을 내러티브적인 관점에서 바라본다면 반공국민의 서사가 개발담론의 서사로 변모하는 과정이라고 할 수 있을 것이다. 이를 '국민 만들기' 서사라고 할 수 있다면 60년대 이후 지역에서 당시를 '길의 혁명', '물의 혁명'이라거나 감귤 산업진흥과 신제주 개발의 창안자로서 박정희를 기억하는 것 역시 국민이라는 내러티브의 작동 과정으로 이해할 수 있을 것이다.[11]

하지만 개발에 대한 지역 내에서의 성찰의 목소리도 적지 않았다. 정부가 추진한 지역 개발 정책이 성공적으로 추진되면서 이에 따른 부작용도 만만치 않았기 때문이다. 정치권력과 독점자본의 유착은 제주를 투기의 대상으로 삼기 시작했고 이에 따른 토지 분쟁도 발생했다. 1978년부터 시작된 중문관광단지 개발 과정에서 토지를 수용당한 주민들의 저항을 시작으로 서귀포 선돌 토지 갈취사건, 코오롱 토지 사기사건에 대한 주민들의 시위와 농성이 끊이지 않았다. 특히 1987년 탑동불법 매립 반대운동을 계기로 개발과 관련한 조직적 저항이 거세게 일어나게 된다.[12] 이러한 일련의 과정들은 이를테면 내러티브의 주체를 둘러싼 국가와 지역의 대립 과정이었다.

초원의 법과 해변의 법

반공주의적 억압과 개발담론을 내러티브의 문제로 접근할 때 반공국가의 억압과 개발담론의 이데올로기적 억압의 문제를 동시에 바라볼 수 있을 것이다. 지역에서 내러티브의 주체성을 자각하는 과정으로서 제주 4·3과 개발담론을 바라볼 때 주목해야 하는 작품이 바로 현기영의 「마지막 테우리」이다. 이 작품은 반공주의적 억압이 개발담론으로 치환되어 가는 과정을 서사적으로 잘 나타내고 있다.

이 작품에 대해서는 "역사적 상상력과 생태학적 상상력의 창조적 상승작용"[13]을 보여주는 작품, 혹은 자본주의적 물신화에 대한 문제의식을 드러내며 "제주의 과거와 현재, 미래를 동시에 성찰하고자 하는 작가의 치열한 산문정신의 실천적 산물"이라고 평가한다.[14] 이 작품은 초원과 해변의 대립 구도를 통해 제주 4·3과 골프장 건설로 상징되는 개발의 문제를 동시에 조망하고 있는데 이는 단순히 제주 4·3이 과거의 사건이 아니라 현재적 억압으로 지속되고 있음을 보여준다.

소설 속 주인공인 고순만 노인은 일흔여덟 살의 테우리[15]로 4·3

당시 토벌군의 강요에 의해 목장에 방치된 소를 사냥하는 데 동원됐던 경험을 지니고 있다. 소를 키우는 테우리가 '소 백정'이 되어버린 그의 사연은 그의 현재를 규정하는 데 비극적 경험으로 작용한다. 게다가 고순만 노인은 초원에서 토벌대에게 붙잡힌 뒤 자신의 목숨을 구하기 위해 토벌대의 아지트를 거짓으로 꾸며내야 했다. 마을 사람들이 숨어 살던 굴을 가리킬 수 없어 예전 잃어버렸던 소를 찾았던 동굴로 토벌대로 안내하지만 기막히게도 아무도 없을 것이라고 생각했던 굴속에 두 늙은이 내외와 손주가 숨어 지내고 있었다. 자신 때문에 애꿎은 사람이 목숨을 잃어버렸다는 가책은 평생의 트라우마로 작용한다. 이 소설에서 주목할 것은 법 질서의 공간으로서 '해변'과 예외지대로서의 '초원'의 대립이다.

그랬다. 그들이 있으므로 초원은 아직도 세월 밖에 존재하고 해변의 법으로 비켜난 곳이었다. 노인은 불현듯 격정에 사로잡혀 턱수염을 잡아당겼다. 사십오년 전, 초원은 법을 거스르고 해변에 맞서 일어난 곳이었다. 오름마다 봉화가 오르고 투쟁이 있었다. 한밤중에 모닥불을 가운데 두고 노인과 마주앉아 이야기를 듣던 총각은 그 대목에서 격정에 치받힌 듯 몸을 부르르 떨었다. "이보게, 안 그런가 말이여, 나라를 세우려면 통일정부를 세워야지, 단독정부가 웬말인가." 단독정부 수립을 반대하여 섬백성들이 투표날 초원을 올라와버렸고, 그래서 초원은 여기저기 때아닌 우마시장이 선 것처럼 마소와 사람들이 어울려 흥청거리지 않았던가. 그러나 법을 쥔 자들의 보복은 실로 무자비했다. 그해 초겨울부터 시작된 대살육의 참화, 초원지대 근처 이른바 중산간의 이백여 마을을 소각시킨 무서운 불길과 함께 무수한 사람들이 죽어갔다. 그 많던 마소들도 전멸이었다. 적어도 이만의 인간과 이만의 마소가 비명에 죽어 초원의 풀 밑으로 돌아갔다.[16)]

'초원'은 "세월 밖에 존재하고 해변의 법으로 비켜난 곳"이며 "해변의 법을 거스르고 해변에 맞서 일어난 곳"이었다. 김동윤은 이를 '섬 백성'과 '법을 쥔 자'들의 상징적 대립이며 해변을 외세들이 침입해왔던 장소성으로 설명하고 있다.[17)] 소설 속에서 '해변'과 '초원'의 대립은 "초원을 야금야금 잠식해 들어오는 포클레인 소리"에 의해서 더 극명하게 드러난다. 제주 4·3의 비극이 현재적 시점과 겹쳐지는 이 부분은 대해서는 보다 상세한 독해가 필요한데, 초원이 여전히 "세월 밖에 존재하고 해변의 법으로 비켜난 곳"인 이유는 "그들"의 존재 때문이다. 여기서 말하는 "그들"이란 "옛 사람들"이다.

모두 떠나버린 자리에 홀로 남아 있다는 적막감, 그 빈자리를 그는 소떼로 메웠다. 물론 현태문이가 맡긴 소도 볼 겸 이따금 목장에 올라가 놀다 가곤 했지만 그 역시 사태 때 당한 고문으로 얻은 폐병에 몸져눕기 일쑤여서 온전한 이 세상 사람은 아니었다. 초원에 송두리째 혼 빼앗겨버린 노인 역시 이 세상 사람이 아니기는 마찬가지였다. 해변의 인간사를 그는 산기슭의 팔백 미터 고지에서 소들과 함께 무심히 바라볼 뿐이었다. 옛사람들은 초원에 누워 있었다. 바람도 옛 바람이 불어왔고, 그것은 저승 바람이기도 했다. 바람 속에 그들의 맑은 웃음소리, 구성진 노랫소리가 들려왔다.(15쪽)

"옛 사람들"의 존재는 노인의 현재를 규정한다. "옛 사람들"이 "초원에 누워 있"기 때문에 노인 역시 "초원에 송두리째 혼"을 "빼앗"긴 채 살아왔다. "옛 사람들"이 이 세상 사람이 아니듯 "노인 역시 이 세상 사람이 아"닌 채로 살아가고 있다. 초원은 '옛 사람들=노인'이 되기 위한 필요충분조건이다. 이 때문에 초원이 "세월 밖에 존재하고 해변의 법으로부터 비켜난 곳"이라는 서술은 단순히 제주 4·3의 진실이 규명되지 않았으며 당시의 수많은 죽음들이 신원(伸冤)되지 않은 상황만을 의미하는 것은 아니다. (이 소설이 발표된 시점은 1994년이다.)

초원이 "법을 거스르고 해변에 맞서 일어난 곳"이라는 점에 주목해보자. 초원은 '해변의 법'을 거부하는 저항의 지대이다. 해변이 법을 선포하는 동시에 법을 집행하는 권력이라면 초원은 이를 파괴하는 힘인 동시에 스스로 질서를 창안해내고자 하는 대항이다.[18] 즉 초원은 근대적 시간과 법의 예외지대인 것이다. 해변과 초원의 대립은 단순히 4·3을 '국가폭력과 희생'의 범주에서 바라볼 수 없는 단서를 제공한다. 해변이 반공 국가의 법질서를 상징한다고 할 때 그것은 법을 제정하고 법을 집행하는 폭력을 필요로 했다. '섬멸'이라는 용어가 가능했던 이유 역시 반공국가의 법질서를 초원에 이식하려는 폭력이었기 때문이었다. 제주 4·3이 단선단정 반대와 통일민족국가 수립을 위한 항쟁이었다는 측면을 감안할 때 초원의 저항은 이러한 해변의 법질서를 거부하는 것인 동시에 초원의 법질서를 스스로 제정하고자 하는 시도였다. "주권자란 예외상태를 결정하는 자"라는 슈미트의 견해를 상기해보자.[19] 이러한 초원의 저항은 단순히 해변을 거부하는 것만이 아니라 스스로 주권을 행사하고 해변을 예외상태로 규정하려는 힘의 발산이었다. 즉 해방기 초원과 해변의 대립은 주권을 둘러싼 투쟁이었다. 반공국가로 상징되는 근대적 법질서의 이식을 반대하는 섬의 대결. 이를 벤야민 식으로 이야기하면 반공국가-자본주의의 신화적 폭력에 대항한 신적 폭력의 대결 양상이었다고 할 수 있을 것이다. 「마지막 테우리」를 비롯해 90년대 들어 현기영이 「쇠와 살」, 「목마른 신들」을 발표하면서 신화적 상상력으로 제주 공동체의 저항성에 주목하고 있는 것도 반공주의와 자본주의의 폭력성을 동일한 차원에서 바라보고 있기 때문이다.

　「목마른 신들」에서 원혼굿 내력담을 이야기하기 전에 늙은 심방은 개발로 인해 지역성이 위협받는 상황을 "토착의 뿌리가 무참히 뽑혀

나가고 있다."며 탄식한다. "개명된 시대"에 "마을 축제인 당굿"이 사라져버리는 현실을 바라보면서 심방은 "마을 공동체가 무너지고 있"다고 말한다. 지역 개발을 상징하는 비행기와 아스팔트를 "핵미사일같이 생긴 비행기들", "아스팔트 길 위로 관광객을 실은 호사한 자동차 행렬"이라고 비판하기도 한다. 개발과 근대화 담론에 대한 비판은 제주 4·3을 소환하면서 "4·3의 수많은 원혼이 잠들지 못하고 엉겨 있는 이 섬 땅이 다시 한 번 학살당하고 있다."는 인식으로 확장된다. 4·3과 개발 모두 제주 섬 공동체를 '학살'한 주체라는 인식은 지역에 기입된 근대성의 모순을 간파한다. 제주 공동체를 지키기 위한 항쟁으로서의 제주 4·3, 그리고 절멸 수준으로 처참하게 무너진 공동체가 개발에 의해 다시 한번 사라지고 있다는 인식은 4·3과 개발을 개별적인 사건으로 인식하는 것이 아니라 그 폭력의 구현 방식을 근원적 구조에서 동일하게 바라보고 있다.

이처럼 초원과 해변의 대립은 반공주의와 자본주의가 결탁한 근대국가의 근원적 폭력성을 드러내는 서사적 장치이다. 이 때문에 "초원의 사방에서 아스팔트 도로가 절단되고, 야초를 걷어내어 그 자리에 골프 잔디가 심겨지고 있"는 상황을 초원이 "다시 환란을 맞고 있"다고 말하고 있는 것이다. '골프장'은 해변의 법질서가 초원에 이식되면 초원의 기억이, 초원의 질서가 사라질 수 있다는 위기감을 상징적으로 보여준다.

그리하여 초원은 이제 다시 환란을 맞고 있는 것이었다. 밖에서 솔씨 하나만 날아와도 발 못 붙이게 완강하게 거부하던 초원의 사방에 아스 팔트 도로로 절단되고, 야초를 걷어내어 그 자리에 골프 잔디가 심겨지 고 있었다. 골프장 반대 운동이 있기는 했다. 그러나 그것은 골프장에 잘못 들어간 송아지가 골프채에 얻어맞고 응접실의 카피트같이 고운 양잔디 위에 겁똥을 직직 내깔기고 달아난 정도의 미미한 반항에 불과 했다. 그렇게 포크레인으로 초원을 파헤치다가 우연히 동굴이 발견되 어 그 속에서 사람 뼈와 함께 소 뼈가 나왔을 때 사람들은 어떻게 생각 할까? 아마 옛날 몽고지배 때의 우마적굴(牛馬賊窟)이라고 할지 모를 일이었다.(20쪽)

초원이 초원일 수 있는 이유가 "옛 사람들"의 존재 때문이듯이 초 원이 초원의 질서를 잊어버리는 순간, 4·3의 기억은 망실될 수밖에 없다. 개발담론에 대한 투항이 결국 제주 4·3의 망각으로 이어질 수 도 있다는 우려도 여기에 있다. "세상은 초원의 과거를 더 이상 기억 하지 않"고 "희생자 유족들도 체념해버린 지 오래"지만 소설이 전망 부재의 상황에 빠지지 않는 이유도 이러한 폭력의 연속에 대한 성찰 이 있기 때문에 가능하다.

소설의 마지막에서 노인은 "온몸을 버팅기며 눈보라 속을 꿋꿋이 헤쳐나"간다. 온몸으로 해변에서부터 불어오는 광란의 바람에 저항하며 걸어가는 노인의 모습은 해변에 대한 단호한 거부이자 초원으로 살고자 하는 스스로의 다짐이다.

이처럼 현기영은 근대가 억압해왔던 역사책임을 외면하고 그 자리를 가시적인 근대화 담론으로 치장하려는 개발전략에 저항하는 비-근대적 신체들을 적극적으로 호명하고 있다. 이러한 비-근대적 신체의 등장은 개발이라는 근대화 담론의 모순을 넘어서는 탈근대적 상상력의 가능성을 보여주는 것이라고 할 수 있다.

여전한 첨단의 주술

새로운 도정이 출범한 이후 우주산업, 도심교통항공 등 첨단 산업 유치에 의욕을 보이고 있다. 20년 만에 민주당 도지사가 탄생했지만 그들이 내뱉는 언어들은 여전히 '성장'에 뿌리를 두고 있다. 1990년대 초반 현기영이 전망했듯이 "토착의 뿌리가 송두리째 뽑혀가고 있는" 현실은 여전한데, 권력의 언어는 여전히 첨단의 주술에 갇혀있다. 주술을 걷어내지 않으면, 주술을 무너뜨리지 않으면 우리의 생존은 과연 가능할 것인지에 대한 성찰은 전무하다. 38층의 드림타워. 여전히 위용을 자랑하는 '드림'의 꿈은 과연 누구의 것인가. 이제 그 질문에 대한 답을 찾아야 할 시점이다.

장소의 상실과
예술의 기억

장소, 기억의 대지

장소는 기억이다. 사람은 장소에 깃들고 장소는 몸에 스민다. 시
간의 지층에 새겨진 무늬가 기억이라면 장소는 그 무늬를 품는다.
그러기에 장소가 사라지면 기억이 사라지고, 사람의 자리가 허물어
진다. 그것은 생성을 잃어버린 폐허다. 삶을 품지 못하는 불모의 대
지다.

장소는 단순한 물리적 공간이 아니다. 장소는 인간의 삶이 탄생하
는 토대이다. 홍차에 적신 마들렌의 향기를 맡으며 과거의 시간 속
으로 들어가는 프루스트의 『잃어버린 시간을 찾아서』가 보여주듯 기
억은 장소를 통해 공유된다. 문학이 시간을 사유의 대상으로 삼을 때

장소성은 중요한 테마로 등장하곤 한다. 현기영의 『제주도우다』가 제주 4·3항쟁의 기억을 말할 때 조천의 장소성을 전면에 내세우는 것이나 김숨의 『잃어버린 사람』이 부산 영도를 배경으로 해방기의 하루를 재현하고 있는 것은 장소성이 기억의 문제와 깊은 연관을 맺고 있기 때문이다. 어쩌면 예술은 장소의 필경사를 스스로 자처하는 운명인지도 모른다.

문학, 나아가 예술이 장소성을 바탕으로 시간을 사유할 때 그것은 상실에 대해 예민한 촉수를 들이댈 수밖에 없다. 신자유주의 이후의 세계화를 유럽 중심이라는 로컬의 세계화로 규정하면서 세계화가 보편의 이름으로 장소를 지워가는 식민화의 과정이라고 지적한 것은 그런 점에서 주목할 만하다.

제주 4·3항쟁의 문제에 천착해오던 현기영이 1992년 "토착의 뿌리가 송두리째 뽑혀간다."(「목마른 신들」)라고 말한 것을 떠올려보자. 현기영의 이런 진술은 문학적 상상력의 산물이 아니었다. 이즈음 제주는 제주도개발특별법 문제로 몸살을 앓고 있었다. 연일 특별법 반대 운동이 일어나고 있었고, 탑동 매립 반대 운동 등 국가와 자본에 의한 개발의 폭력이 제주의 정체성을 훼손할 수도 있다는 위기감이 높아지던 시기였다. 그야말로 "토착의 뿌리"가 위태로웠던 시기, 그것을 현기영은 반자본, 반개발이 아니라 제주 정체성의 위기로 받아들이고 있었다. 정체성이 주체에 대한 자기 인식이라고 할 때 그것은 기억의 문제와 필연적으로 만날 수밖에 없었다.

자본에 의한 개발과 그에 따른 지리적 재편성을 현기영은 초원의 지대가 죽음의 카펫이 깔린 골프장으로 변모하고 있다고 지적한 바 있다. 그것은 초원의 기억이 자본의 기억으로 변질되는 장소성의 상실에 대한 예리한 지적이기도 했다. 이처럼 장소성의 상실은 아스팔트로 상징되는 개발주의에 의한 기억의 파괴이자, 지역의 시간을 서울의 시간으로 뒤덮는 망각의 은폐로 인식되었다. 장소성의 상실을 하나의 위기로 받아들였던 것은 현기영뿐만 아니었다. 1988년 발표된 김석희의 『땅울림』 역시 이를 순결성의 훼손으로 인식했다. 1987년 6월 항쟁 이후 제주에서는 외지인 토지 소유 문제가 대두되었고, 김석희는 소설 속에서 그것을 "외지인의 침식을 피해 제주도적인 순결로 남아있는게 과연 무엇인가?"라고 반문했다. 이러한 문학적 사유는 80년대 제주민중예술운동의 선두자였던 극단 수눌음이 창단 작품으로 〈땅풀이〉를 공연한 때로 거슬러올라간다. 그런 점에서 본다면 장소성의 상실은 예술, 특히 지역을 기반으로 한 예술과 예술인들에게 중요한 주제였다. 그것은 보편의 세계를 당연한 것으로 상정하는 근대적 진보에 대한 명백한 문제제기이자, 보편과 특수를 명명하는 문화적 헤게모니의 문제를 정면으로 바라보고자 하는 예술적 사유의 한 흐름이었다.

프랜차이즈화를 거부하는 지역의 서사

장소성의 상실을 예술의 언어로 말하기 시작한 지는 오래되었다. 하지만 자본의 탐욕은 여전하다. 시간이 흐를수록 자본은 더욱 빠른 속도로 지역을 잠식한다. 저항은 계속되지만 자본의 철옹성은 무너질 줄 모른다. 제주에서 경관 사유화의 사례로 언급되는 섭지코지의 경우, 최근까지도 개발 승인을 둘러싼 갈등이 계속되고 있다.[1] 이는 자본이 본질적으로 균질한 질서를 강요하는 폭력이라는 점을 보여준다. 모든 것을 프랜차이즈화하는 자본의 폭력성 앞에서 지역의 기억은 또다시 상실의 위기로 내몰리고 있다.

지역소멸은 단순히 인구의 감소만을 의미하지 않는다. 지역의 소멸은 기억의 소멸이다. 그러기에 지역소멸의 대안을 균형발전이라는 발전주의적 해법에 기대어서는 곤란하다. '균형발전'은 지역을 또 다른 서울로 만드는 식민성의 이식이다. 이러한 문제의식에도 불구하고 지역에 드리운 상실의 위기는 사라지지 않는다. 오늘이 몰락의 내일로 향하고 있음에도 누구도 그것을 막을 수 없다면 과연 우리는 무엇을 해야 하는가.

분명한 것은 하나다. 쾌도난마의 해법은 존재하지 않는다. 발터 벤야민은 "길을 걸어가는 사람만이 그 길의 영향력을 경험한다."고 말한 바 있다.[2] 그것은 길을 걷는 자가 길의 자장에서 벗어날 수 없음을 인식하는 패배의 고백이 아니다. 길을 걷는 행위가 길의 힘을 만들어낸다는 '생성'의 가능성을 묻는 질문이다. 길을 걸어갈 때야 비로소 길은 막힘에서 열림으로 우리를 인도한다. 그것은 길이 우리를 이끄는 것이 아니라 우리의 걸음이 길을 만드는 주체적 실천이라는 점을 말해준다. 모든 가능성이 온통 폐허의 자리가 되는 순간에도 우리는 끝내 걸어가야 한다. 해답은 걸어가는 과정의 진실 앞에서야 비로소 그 문을 열어줄 것이다.

그렇다면 우리는 어떤 걸음으로 우리의 길을 만들어야 할까. 오늘의 몰락이 내일의 폐허가 되지 않도록 우리는 과연 무엇을 해야 할까. 해답은 난망하지만 우리는 질문을 멈출 수 없다. 벤야민의 말을 조금 비틀어 말하자면 질문을 던지는 자만이 질문의 영향력을 비로소 실감하기 때문이다.

자본은 울퉁불퉁한 대지를 평평하게 만들어 버린다. 매끈하고 세련된 프랜차이즈의 세계가 우리의 미래가 아니라면 우리는 무엇으로 그것을 거부할 수 있을까. 생각해보면 지역이 지역일 수 있는 이유는 기억을 품은 장소 '들'이 있었기 때문이었다. 더 많은 장소 '들'을 기억의 숲으로 바꾸기 위한 안간힘. 오늘의 몰락에도 불구하고 땅 위의 삶이 여전히 유효하다면 자본의 이식에 맞선 기억의 식목이 지금 우리에게 남은 저항이 아닐까. 그리고 그 저항을 가능하게 하는 것은 자본의 서사를 지역의 서사로 바꾸는 서사적 실천이라고 할 수 있다.

그것을 프랜차이즈화에 맞선 지역 서사의 발견이라고 말할 때 예술의 자리는 지역의 대지에 개입할 수 있다. 누군가는 예술이 예술로서 존재 가치를 지닌다고 말할 것이다. 하지만 "예술의 순수성을 이야기하는 자야말로 가장 정치적인 사람이다."라는 조지 오웰의 지적처럼 예술은 본질적으로 사회적 개입이다. 아르헨티나의 작가 알베르토 망겔은 "작가의 재주는 우리 인간의 조건을 인정하기 위하여 이야기를 꾸며내려는 병적인 충동으로 이루어져 있다."고 말한 바 있다.3) "이야기를 꾸며내려는 병적인 충동"이란 달리 말하면 예술가들은 인간의 실존적 고민을 서사적 방식으로 말할 수밖에 없는 존재이자, 서사가 예술 행위의 근본이라는 지적이다. 그렇기에 지역에서 예술 행위를 하는 이들이야말로 지역의 서사를 예술적 방식으로 해석하는 기억의 필경사가 될 수밖에 없다.

이야기가 힘이다. 멕시코 원주민 저항 운동세력이었던 사파티스타 반란군 부사령관 마르코스가 말해듯 '우리의 말이 우리의 무기'가 될 것이다. 지역의 서사는 서울의 언어가 아니라 지역의 언어로 말해질 수밖에 없다. 그렇기에 지역의 서사는 장소에 깃든 기억을 지역의 신체에 각인한다. 평평하고 매끈한 자본의 세계가 아니라 울퉁불퉁하고 거친 지역의 세계를 오늘의 자리에 기입하는 힘. 그것은 결국 서사의 몫이 될 수밖에 없다. 예술이 더 많은 지역의 서사를 지향할 때 그것은 폐허의 오늘을 창조의 내일로 바꾸는 하나의 실천이 될 것이다.

기억이라는 오래된 오늘

노벨 문학상 수상 작가인 토니 모리슨은 그의 대표작『빌러비드』에서 흑인 노예의 참혹한 과거를 기억하기 위해 '124번지'라는 구체적 장소를 전면에 내세웠다. 이 소설은 이렇게 시작된다. "124번지는 한이 서린 곳이었다. 갓난아이의 독기가 집안 가득 가득했다." '한이 서린 곳'은 백인의 역사가 기억하기를 거부하는 시공간이자, 백인의 언어로는 말해질 수 없는 서사가 탄생하는 장소이다. 그렇기에 토니 모리슨은 '124번지'를 이렇게까지 말할 수 있다.

> 어떤 일들은 까맣게 잊어버리지만, 또 어떤 일들은 절대 잊지 못하잖니. 하지만 그게 아니었다. 그 자리. 자리가 여전히 거기 남아 있어 만약 집이 불타 무너져버렸다 해도, 그 장소, 그 집의 광경은 남아 있거든. (…) 내 말은, 설사 내가 그걸 생각하지 않더라도, 심지어 내가 죽더라도, 내가 했거나 알았거나 본 일들의 광경은 여전히 어딘가에 남아 있다는 거지. 그 일이 벌어진 바로 그 자리에(…)[4]

장소가 남아있다면, 인간의 육체가 사라졌다고 해도, 기억은 여전히 남아있다. 기억은 한 개인의 신체에만 각인되는 내밀하고 사적인 시간이 아니다. 장소가 기억을 품고 있는 한, 장소가 여전히 장소로 존재하는 한, 기억은 공유된다. 그것은 '나'라는 시간이 '너'라는 대상으로 스미는 순간이자, '우리'라는 공동체의 신체에 새겨지는 하나의 문신이다. 기억의 문신이 있기에 우리는 오늘을 오래된 과거이자, 도래할 미래가 함께하는 순간으로 인식할 수 있다.

지금 우리의 '124번지'는 과연 어디인가. 제주 해안을 매끈하게 감싸는 해안도로와 중산간 곳곳의 경관을 디즈니화하는 자본의 힘 앞에서 우리는 어떤 '124번'지를 만들어야 할 것인가. 장소는 사라지고, 모든 것이 폐허로 뒤덮이더라도 끝내 기억해야 하는 '124번지'는 과연 어디인가.

오늘의 질문 앞에서 우리는 오지 않는 내일의 희망이 아니라, 우리가 지나온 폐허의 자리를 되돌아봐야 한다. 그 폐허 속에서 끝내 예술의 이름으로 피워온 기억의 장소들이 과연 무엇이었는지를 되짚어 봐야 한다. 그러기 위해서는 80년대 이후 제주 민중예술운동이 계속해서 던져왔던 질문들이 무엇이었는지 살펴볼 필요가 있다. 현기영과 김석희가, 그리고 극단 수눌음이 던졌던 질문을, 자본과 개발의 이름으로 허물어진 오늘의 자리에서 다시 되물어야 한다.

오해하지 말기를 바란다. 80년대식의 이른바 민중적 리얼리즘 예술로 되돌아가자는 것이 아니다. '민중'이라는 말이 더 이상 효용성을 잃어버린 시대에 과거 회귀적인 예술 운동의 필요성을 말하는 것도 아니다. 지역 예술이 끝내 '지역'을 포기할 수 없다면, 그리고 우리의 예술이 '지역'의 자리에서 탄생하는 예술 언어라고 한다면, 지금 우리에게 필요한 지역 예술이 무엇인지 따져보자는 것이다. 예술이 어제가 아니라 오늘을 해석하는 현재성의 소산이라고 할 때 우리는 지금-여기의 자리에서 어떤 언어로 예술을 이야기해야 할 것인가.

누군가는 이러한 질문에 예술이 반드시 지역의 시간만을 말해야 하는 것이냐고 반문할 수도 있다. 제주 4·3 예술이 역사적 진실을 묻는 하나의 질문이었다면, 지금 우리는 우리의 실존을 위협하는 그 모든 폭력의 엄연한 현실을 외면할 수 없다. 우리의 오늘은 매끈하고 세련된 제복을 입고, 상냥한 미소를 띠는 자본으로부터 자유로울 수 없다. 지그문트 바우만이 이야기했듯이 진정한 시인은 언제나 벽 너머를 지향한다. 오늘의 한계를 한계로 인식하지 못하는 우리의 망각을 향해, 예술은 날카로운 창을 겨눠야 한다. 예술마저 그 겨눔을 상실한다면 우리의 오늘은 절망을 절망하지 않는 무기력일 뿐이다. 지금 우리에게는 '124번지'가 필요하다. 기억을 잃지 않는 장소, 기억을 생성하는 장소. 내일이 몰락으로 저물지 않도록 오늘 제주만의 '124번지'를 이야기해야 한다.

비어 있는 사실과
재현으로서의 기억

'영웅'과 '순교'

모슬포 이재수 모친 묘의 비문과 천주교 제주교구의 황사평 '순교자 묘역'은 신축항쟁과 항쟁의 주역 '이재수'에 대한 사후 기억의 대결을 잘 보여준다. 모친 묘의 전면에는 '제주 영웅 이재수 모 송씨 묘' 〈사진 1〉라고 적혀 있고 뒤편에는 '소화 15년 3월 안인보 3리 일동 근립(謹立)'이라고 되어 있다. 〈사진 2〉

'제주영웅 이재수 모친 송씨 묘'라는 비문과 비문 건립의 주체가 친인척이 아닌 안성, 인성, 보성리 3리 주민들이었다는 점에서 알 수 있듯이 묘역 조성은 '이재수'를 기억하는 당대적 시각이 무엇이었는지를 보여준다. 대정이라는 지역만이 아닌 '제주'를 대표하는 '영웅'으

〈사진 1〉 제주 영웅 이재수 모 송씨 묘　　〈사진 2〉 소화 15년 3월 안인보 3리 일동 謹立

로 부각되어 있는 것을 민중적 시선이라고 할 수 있다면 천주교 황사
평 순교자 묘역은 교회 측의 입장을 대변하고 있다. 1995년 선교100
주년 기념사업위원회 이름으로 세워진 순교자 묘역에는 묘역 조성
의 배경이 다음과 같이 소개되어 있다.

　　1901년 신축교안 당시 연락을 받은 두 척의 불란서 군함 함장들이 사
태 수습을 위해 제주도에 왔지만 이미 끝난 상태였고 많은 천주교인들
은 관덕정에서 피살되어 주검으로 변해 있었다. 이에 그들은 제주 목사
에게 이들을 매장할 공동 안장지를 제공하여 주도록 요청, 약속을 받았

다. 그러나 그 약속은 지켜지지 않았고 시신들은 제주에서 조금 떨어진 별도봉과 화북천 사이 기슭에 버려지듯 묻혔다.

그 후 불란서 공사가 조선 조정에 편지를 보내어 이 문제에 대한 조속한 해결을 요청하였다. 1903년 1월 제주목사로 부임한 홍종우와 구마실 신부와의 접촉을 시발점으로 불란서 공사와 조선 조정과의 교섭이 원만히 이루어져, 동년(광무 7) 4월에 황사평을 그 매장지로 양도받게 되었다.

당시 별도봉 밑에 임시로 묻혀있던 피살된 교인들 중 연고가 있는 분묘는 이미 다른 곳으로 이장해 간 상태였으므로 무연고 시신들만 이곳 황사평에 이장하였는데 그 수는 합장한 묘를 합하여 26기의 분묘에 28구였다.

이곳 황사평은 약 18,000평으로 신축교난 시의 순교자들 뿐 아니라 성직자들과 평신도의 공동 안장지로 사용하고 있다. (중략) 이곳 제주에 복음의 씨앗을 뿌리기 위하여 목숨을 바쳤던 신앙의 선각자들을 기억하고, 우리 역시 선배들의 순교정신을 받들어 복음 선포에 매진할 것을 다짐하면서 삼가 이 비를 세운다.[1]

비문은 신축항쟁의 원인과 발발과정에 대한 설명은 생략한 채 묘역 조성 과정을 이야기한다. '신축교안' 수습을 위해 교인들이 안장지를 요구했고 그 교섭의 결과 황사평을 매장지로 양도받게 된 과정을 설명하면서 당시 교민들의 죽음을 '순교' 시각에서 바라보고 있다. 여기에 안장된 이들은 2003년에 공개된『삼도평민교민물고성책』에 기록된 317명의 사망자들 중 연고가 없는 시신들이었다. 천주교민들의 피해를 주도했던 '이재수'는 천주교 입장에서는 '순교'의 직접적 원인 제공자이자 '학살'의 주역인 셈이다. 또한 비문에는 안장지 제공 과정이 '원만히' 이뤄졌다고 되어 있지만 당시 피살교민 매장지와 배상금 문제는 민감한 문제였다. 1902년 제주를 찾은 뮈텔 주교는 매장지 문제가 해결되지 않을 경우 군함을 파견하겠다는 협박도 서슴지 않았다. 묘지 부지에 대한 관의 허가는 지지부진했고 천주교 측은 약속 이행을 거듭 촉구했다. 그러던 것이 홍종우 목사의 부임 이후 매장지가 황사평으로 결정됐지만 이 결정 또한 바로 시행되지 못했고 결국 2년이 넘어서야 매장지 문제가 마무리되었다.[2] 거기에다 당시 묘지 조성과 더불어 대두되었던 배상금 문제에 대해서 비문은 관련 내용을 밝히지 않고 있다. 신축항쟁 이후 뮈텔 주교는 프랑스 신부의 피해배상금 명목으로 5,160원을 요구했다. 대한제국은 프랑스 상인에게 배상금을 빌렸고 이 배상금은 항쟁으로 수감되었던 채구석이 풀려나자 제주도민들이 분담하여 갚게 되었다.[3] 순교사적 시각에서 1901년 신축항쟁을 바라보려는 교회의 입장을 감안한다고 하더라도 '영웅'과 '순교'의 간극은 크다. 이 간극은 역사적 사실과 기억의 재현이 '사실'과 '해석'이라는 사후적 대결로 여전히 진행되고 있음을 보여준다. 1901년의 역사는 '사실 규명'의 과제뿐만 아니라 그것이 제주의 시간 속에서 어떻게 기억되고 어떻게 말해지고 있는가를 살펴봐야 하는 문제이다. 항쟁과 민란, 그리고 교안과 교난이라는 평가가 엇갈리는 1901년 신축항쟁이 역사적 사실과 재현으로서의 기억이 맞부딪히는 '문제적 사건'인 이유도 여기에 있다.

신축항쟁의 발발 원인은 천주교의 교세 확장과 이로 인한 폐단 그리고 정부의 조세 수탈에 있었다.⁴⁾ 이처럼 신축항쟁은 천주교 측에서는 교민들의 종교적 박해의 역사로, 제주도민들의 입장에서는 프랑스 선교사를 앞세운 천주교의 교폐와 왕실에서 파견한 봉세관의 조세 수탈에 대한 저항이라는 시각이 맞서고 있다. 이른바 민중적 시선과 교회적 입장의 대결은 제주도민과 천주교회와의 '갈등'으로 이해되어 왔다. 지난 2001년 사건 발생 100년을 맞아 지역사회에서 항쟁 100주년 기념사업회가 조직되었다. 천주교 측에서도 지역사회와의 화해를 위한 움직임이 조성되면서 2003년 천주교와 지역사회가 화해와 기념을 위한 미래선언을 공동으로 발표했다.⁵⁾

2003년 이후 교회 측의 자료가 새롭게 발굴되고, 관련 연구가 축적되면서 신축항쟁의 역사적 전개 과정과 사후 처리에 관한 역사적 사실들은 일부 밝혀졌다. 하지만 이러한 역사적 기록들이 사건을 완벽하게 보여주는 것은 아닐 것이다. '사실'은 일부만을 보여줄 뿐이다. 역사적 사실이 사실의 충만한 재현이 아니라는 점은 그것을 둘러쌍 해석의 대결이 현재진행형이라는 측면에서 설명할 수 있을 것이다. 이러한 점을 감안한다면 신축항쟁은 재현으로서의 기억과 그 구성에 담긴 욕망을 살펴볼 때 역사적 기술이 간과하고 있는 혹은 외면하고 있는 '사실'들을 확인할 수 있는 '사건'이라고 하겠다. 이러한 사후적 욕망이 기억의 전유로 이어지는 것은 어찌 보면 당연하다. 때문에 '이재수'라는 인물의 실체를 들여다보기 위해서는 '영웅'과 '순교'의 사이를 들여다봐야 한다. 이재수를 '영웅'으로 기억하려는 당대적, 혹은 사후적 욕망을 인정한다고 하더라도 그를 '영웅'으로만 기억하는 것은 이재수라는 인물의 실체를 오히려 가로막는 제한된 기억이 될 가능성이 높다. '순교'의 입장도 마찬가지다. 천주교민들의 죽음을 '억울한 죽음', '신앙을 지키기 위한 죽음'으로만 기억하는 것도 당시 천주교 신앙을 받아들였던 다양한 욕망들을 단순화하는 오류로 이어질 수 있다. 이재수를 '영웅'으로 여기지 않는다고 해서 신축항쟁의 의미가 축소되는 것은 아니다. 이재수와 천주교도들 모두 시대에 긴박된 존재들이었다. 당대를 살았던 불완전한 인간들의 불완전한 삶을 그 자체로 들여다보고, 그들의 한계와 가능성을 동시에 바라봐야 한다.

평범한 존재와 영웅으로서의 기억

이재수 모친 묘비가 만들어진 것은 1945년의 일이었다. 이재수 사후 40여 년이 지났다는 점을 염두에 둔다며 당대 민중들의 기억들이 여기에 반영되어 있다고 볼 수 있다. 그러면 여기에서 이런 의문을 던질 수 있다. '제주 영웅 이재수'라는 사후적 기억이 당시 민중들의 보편적 시각이었을까. 1957년부터 1960년 수집된 진성기의『남국의 민담』에는 이재수와 관련된 설화들이 4편 수록되어 있다. '고도체비', '신축년 난리', '성당우력', '이기선광 엄가'가 그것이다. 이 중에서 '신축년 난리'에는 1901년 신축항쟁과 이재수에 대한 기억이 비교적 잘 드러나 있다.

신축년 날리에 강우백광 오대현이 체얌인 기뱅하연 주이 싸우레 간 성교꾼에 잡혔쑤다. 그 때에 오대현 좌수고 이제순 공문 상청의 통인이 랐쑤다. 혼디 대장이 매딱 잽혀부난 군졸이 매딱 헤싸질 거 아니우꽈. 이제수가 "지주창의대장 오대현이라" 씬 길 거두언 오란 상모실개로 날뢰로 돌아뎅기명 우리 고을 좌수가 잽혀시매 혼저 나오랑 싸왕 우리 좌술 초자줍센 발이 몽굴게 뎅겨도 이제수 말을 하인부찌 말이엔 아무도 듣질 아니호였쑤다. 그영혼디 그 때 상모실개 혼 노인이 나완 아멩 노진 사름이 호는 말이주마는 그 뜻이 거룩호덴 호연 장정돌 매딱 나

오렌 호연 이제술 대장으로 삼안 싸우난 이김은 이겼쑤다. 그 때사 우리나라가 약호인 나랏일을 성상의 모심대로 호열 졌쑤과 삼을살 심언 간 청파에서 참호난 체벡도 초사오질 못호였젱 홉네다.[6]

1958년이라는 채록 시간과 92세라는 구술자의 나이를 감안할 때 구술자는 1901년 당시 30대 중반의 성인이었다. 스물두 살이었던 이재수보다 연장자로 신축년의 상황을 상세하게 기억하고 있는 구술자의 입장은 당대적 기억이 어떤 것인지를 보여준다. 이 부분을 "민중적 영웅의 비장한 죽음"[7]이라고 해석할 수도 있지만 구술 내용을 자세히 보면 이재수의 영웅적 면모보다 인간적인 비애가 더 드러난다. 신분이 낮은 이재수가 오대현과 강우백의 체포 이후 장두로 등장하는 대목과 처음에는 사람들이 호응하지 않았다는 부분을 들여다보면 이재수는 천부적 재능을 지닌 '영웅'으로 묘사되지 않는다. 오히려 신분적 차별을 받는 인물이며 그러한 시선에도 불구하고 장두로 나서는 인물이다. 이재수는 평범하지만 당시 상황에서 책임을 다하려는 윤리의식과 책임감을 지닌 인물로 묘사된다. 또한 결국 의거 이후 참수되어버린 이재수의 죽음을 연민의 시각으로 바라보는 대목은 그를 '영웅'이 아니라 평범하지만 당시 상황에서 책임을 다하려 했던 인물로 그려낸다. 이러한 이재수의 인간적 면모는 김윤식의 『속음청사』에 그려진 모습과는 사뭇 다르다. 서진이 관덕정 앞에 주둔하면서 김윤식은 서진의 대장에 대해 기록하는데 "그 대장은 견사로 싼 전립을 쓰고 담연을 매고 안경을 끼고 칼을 찾고 마를 타서 양양하게 들어오는데 좌우에는 포수, 집사들이 줄을 벌여 옹호하며 총소리를 마구 내었다."라고 되어있다. [8] 민군 진입을 앞두고 있었던 시점이었고 당시 민군의 규모를 감안할 때 이재수에 대한 김윤식의 첫인상은 충분히 이해할 만하다. 하지만 이러한 시각은 바로 부정된다.

> 서진 장두 이제수(이재수의 오기)는 대정관노이다. 채대정이 전임 대정현감으로 있을 때는 방자로 부렸는데, 지금은 관노를 거행하고 있으며 또 동진 장두인 오대현의 하예(下隷)이다. 대정민이 모두 모였을 때 사람들이 모두 장두되기를 피하려고 하여 여러 민중이 제수를 꾀어 장두로 추천하였다. 나이는 21세인데 어리석고 우둔하여 지각이 없고, 성격이 살인을 좋아하여 교인을 잡아들일 때마다 조사하여 물어보지도 않고 죽여 버리는데 죽인게 너무 많았다. [9]

이재수의 신분을 관노로 규정하고 그를 "어리석고 우둔하여 지각이 없"는 자로, "성격이 살인을 좋아하"는 폭력적 성향의 인물이라고 말하고 있다. 이재수가 오대현과 강우백과 함께 장두로 나설 수 있었던 데에는 관예 신분이기는 하였으나 그의 사회적 지위가 낮지 않았기 때문이었다. [10] 월평리 출신으로 방성칠난에도 참여했고 지역

사회에서 영향력을 행사하고 있었던 강우백과 함께 이재수가 장두
가 되었다는 점을 보더라도 이재수라는 인물을 단순히 폭력적인 성
향의 아둔하고 어리석은 인물이라고 보는 것은 당대적 평가와는 다
소 거리가 있다. 다만 1958년의 구술 채록이 이재수가 장두로 나서
는 것에 대한 초기의 거부감이 노인이 등장하면서 드라마틱하게 역
전되는 부분은 노인이 지니고 있었던 향촌사회의 영향력과 이재수
라는 인물 자체에 대한 평가 등이 복합적으로 작용했던 것으로 해석
할 수 있을 것이다. 아무리 사회적 영향력이 있는 연장자의 설득이
있었다고 하더라도 이재수에 대한 기본적 신뢰가 없었다면 장두가
될 수 없었을 것이다. 평범했지만 불의에 분노할 줄 알았던 '시민적
양심'이 근대 정치사상에서 중요한 의미를 지니고 있다는 점을 감안
한다면 이재수를 시민적 윤리의식의 소유자로 해석할 수도 있는 대
목이다.

이재수의 영웅적 면모가 부각되는 데에는 그의 누이 이순옥이 구
술한 『이재수실기』의 영향력이 컸다. 1932년 일본에서 발간된 『이
재수실기』는 이재수의 탄생과 신체적 특징에 대해 이렇게 서술하고
있다.

제주도 대정면 인성리는 오늘 일식인지 월식인지 잘 분별키 어려운
중에 이상스러운 붉은 빛은 이시준의 집을 여지없이 포함하였다. 송씨

부인 침실에는 향기가 몽롱하여 일개 옥동자가 산출하였다.(중략)

송씨 부인 "이것 좀 보세요. 이 애 등에는 왜 점이 이렇게 여럿이나 있나요? 참 이상도 하여요. 한, 둘, 셋, 넷, 다섯, 여섯, 일곱이나 되어요?"

이시준 "그것 참 이상하구려"

"옛날 한고조 유방은 좌고에 칠십이 흑점이 있었는데 후에 한나라 태조가 되셨고, 공자 같으신 성인도 팔십팔표 특이한 점이 있어서 그러한지 만고인민의 사표되심을 볼지라도 아마 무슨 특이한 점인가 보구료"[11]

기이한 출생과 영웅적 면모의 부각 등이 서술되고 있는 대목은 영웅 설화의 구조를 그대로 차용하고 있다. 출생의 비범함을 강조하면서 이재수라는 인물을 '영웅'의 자리에 놓는 이러한 기술 방식은 이후 실기에서도 일관되게 나타난다. "그의 걸음은 팔백리 걸음 걷는 신행태보 대종을 능히 압도할 만하며, 불의의 일을 보면 수화 중이라고 기어이 구언하여 내고야 마는 용기를 가졌다."라는 대목은 실기의 관점을 그대로 보여준다.[12] 그것은 이재수의 죽음과 관련한 정확한 사실을 알고 싶다는 이순옥의 탄원서 등을 감안할 때 당연한 것인지도 모른다. 그동안 이러한 실기 내용을 바탕으로 역사 기술 속에 사실상 부재했던 이재수의 모습을 재현해 냈다. 현기영의 『변방에 우짖는 새』 역시 이를 바탕으로 소설 속의 많은 장면을 묘사해 낸다. 물론

실기의 내용이『속음청사』와 황성신문과 뮈텔 주교 서한 등 천주교 측의 자료가 보여주지 않는 역사적 사실의 빈틈을 규명할 수 있는 자료임에는 분명하다. 하지만 여기에 등장한 구술자의 욕망과 그것이 어떻게 기억으로 재구성 되어가는지를 바라보는 일은 이재수라는 인물을 어떤 관점에서 바라봐야 할 것인가를 시사한다고 하겠다.

식민지, 해방, 달라지는 호명

영웅적 관점에서 이재수를 기억하는 것은 이재수라는 인물을 호명하는 주체의 욕망에 따라 전유될 우려가 있다. 이는 역사적 사실과 사후적 기억의 간극을 더 멀게 만드는 경우를 낳기도 하는데 대표적인 것이 해방 직후『신천지』에 발표된 최금동의 「봉화」이다. 봉화는 최금동이 최광운이라는 필명으로 1946년 7월 발표한 작품이다. 최금동은 식민지 시기 매일신보 기자를 지냈는데 그가 1944년 제주를 찾아 작성한 기사들을 보면 노골적으로 일본제국주의를 옹호하고 있다. '싸우는 제주도 철화(鐵火)의 방파제, 왕성한 여성의 적개심(敵愾心)'이라는 기사는 제주의 풍습을 설명하면서 그것을 전쟁에서 이기고자 하는 강인한 정신력이라고 말한다.

주민에게는 이 섬 이외에 복지(福地)는 없고 이 마을 이외의 낙원은 없다고 생각한다. 그러기에 여기 생기는 풀 한포기 돌 한덩이에 까지도 살뜰한 애착심을 품고 있는 것이다. 아무리 타관에서 가서 부귀영화를 누리더라도 종말에는 이 섬의 품안으로 돌아오고 불행히 타관에서 객사를 할지라도 그 시체만은 반드시 이 섬으로 옮겨다 묻는다는 아름다운 '고집'이 전 주민의 혈관에 맥맥히 흐르고 있다.

그것은 주민의 전 생활을 밀어나가는 힘이 되고 이 전쟁을 뚫고 나가는 강인한 전력이라고도 볼 수 있다. "죽기로써 우리들의 섬을 지키리라"는 그 투혼의 근원이 된다는 말이다.[13]

그런데 특이한 것은 이 기사에서 이재수가 언급되고 있다는 점이다. "모슬포 면장 가네모도(金本太有)씨"의 말을 인용하면서 최금동은 이렇게 적고 있다.

"주민의 철화같은 단결이 외부의 침입을 막아 냈다는 사실은 많습니다만은 그 중에도 '불우한 영웅' 이재수 난리의 이야기쯤은 누구나 다 자랑삼아 기억하고 있습니다."

지금으로부터 44년 전 천주교가 이 섬에 들어와서 그 세력을 넓힐 때 불란서 선교사 '구마실' 등은 신도를 이끌어 교리(敎理)에 배반되는 행위를 마음대로 하여 순량한 주민의 고혈을 침식하고 나중에는 국법까지 무시하는 횡포에 나오자 그 나이 25세의 젊은 이재수는 전 주민을 이끌고 선두에 서서 '구마실' 일당에 일대 반항의 깃발을 들었던 것이다. 이때 전도의 부녀자들도 일치단결 이재수의 뒤를 밀어 정신협력을 하여 도탄에 빠진 주민을 '구마실' 일당의 착취와 압작의 함정으로부터 완전히 구해내었다는 사실이다.

이것은 주민의 치열한 애향심과 투혼의 단결심을 웅변하는 역사의 한 토막이어니와 그 이야기 속에 전도 여성의 정신적 활동이 있었다는 것을 우리는 잊어서는 안된다.

제주도 여성-경제력과 노무력을 지배하는 제주도 여성-전 섬을 일주하면서 먼저 눈에 띄우는 것은 일을 하고 있는 사람의 대부분이 여자라는 것이다.[14]

1901년 '이재수 난리'가 전시동원의 당위성과 '총후 여성'의 의미를 강조하기 위해서 인용되고 있는 이 대목은 해방 후 최금동이 「봉화」라는 작품에서 그리고 있는 '청년 영웅 이재수'의 모습과 사뭇 다르다.

「봉화」는 1946년 7월부터 12월까지 총 4회에 걸쳐 『신천지』에 연재되었으며 4회에 "부득이한 사정"으로 연재가 중단된 이후 다시 게재되지 않은 채 미완으로 끝이 났다.[15] 1944년 제주에 취재차 왔던 최금동이 모슬포에서 '이재수 난리'와 관련한 이야기를 들었다는 점을 염두에 둔다면 이 작품은 제주의 풍물과 풍습에 대해 상당한 지식을 갖고 창작되었음을 알 수 있다. 그렇다면 '총후'와 '제국에 대한 적성(赤誠)'을 촉구하기 위해 '이재수 난리'를 거론했던 최금동은 해방 이후 어떤 목적에서 「봉화」를 쓰고 있을까.

때는 광무 오년(1901년) 우리 민족의 대영탑(大靈塔) 한라(漢拏) 성봉(聖峰)과 무한대(無限大)한 바다를 무대(舞台)로 용장(勇壯)하고 애달픈 이야기는 천주교당(天主敎堂)으로부터 울려오는 종소리와 함께 시작되는 것이니 말도 소도 죄업시 살고 잇는 이 남해고도(南海孤島)에 난데없는 폭풍이 십자가(十字架)의 등 뒤에 숨어서 상륙(上陸)을 한 것이다. 주민(州民)의 평화로운 꿈과 행복이 교리를 간판으로 과대망상(誇大妄想)에 날뛰는 반역도(叛逆徒)들의 발길에 여지업시 짓밟히고 빼앗길 때 이 비극(悲劇)을 대(對)할 진정(眞正)한 지도자(指導者)를 찾는 인민(人民)의 소리는 높았고 그 시선(視線)은 젊은 청년(靑年) 이재수(李在守)에게로 쏠리었다. 여기에 치열(熾烈)한 조국애(祖國愛)와 얄궂은 운명(運命)의 사랑으로 빚어내는 슬픈 승리의 한토막 영상(映像)은 기리 한라산(漢拏山)과 함께 아로삭여지거니와 그것은 과감한 우리 민족(民族)의 앞길을 빗츨 위대(偉大)한 「봉화(烽火)」로서 영원히 타오를 것이다.[16]

"항거"의 경험을 현재적 시점에서 호명하는 최금동은 '이재수난'을 외세에 대한 저항의 기억으로 공유하려 한다. 이재수의 저항은 "치열한 애국애"이며 "우리 민족의 앞길을 비출 위대한 봉화"로 형상화된다. 바로 2년 전 제주에 왔을 때는 제국주의 협력과 총후의 적성을 위한 저항의 상징이었다고 규정했던 그가 불과 2년 후에 이것을 외세 저항과 청년 이재수의 호명으로 탈바꿈하고 있다. 이러한 의도의 변화는 "진정한 지도자를 찾는 인민의 소리"와 "청년 이재수"라는 수사적 연결을 통해 규명될 수 있는데 결론적으로 말하자면 이는 당대적 욕망, 특히 나라 만들기라는 시대 과제를 수행하는 데 있어 청년의 임무를 강조하기 위한 의도된 해석이었다.

명백한 창작의도를 가진 「봉화」는 천주교의 교폐에 저항하는 이재수의 '영웅적' 저항과 천주교도인 해녀 '봉옥'과의 비극적인 사랑을 날줄과 씨줄로 하여 서사가 전개되고 있다. 주인공인 '이재수'는 일찍이 제주에 귀양을 와서 지금은 한라산 산장에서 소와 말을 방목하고 있는 '산장영감'을 아버지로 두고 있는 인물이다. 작품 속에서 '한라산 호랑이'로 지칭되는 이재수는 지역 주민들의 신망을 한 몸에 받고 있는 인물로 묘사된다.

관노 출신인 이재수의 신분이 시나리오에서는 육지에서 귀양을 온, 토착화된 몰락 양반의 후손으로 그려지고 있는 것은 이재수라는 인물의 '영웅'적 처신을 부각시키기 위한 서사적 장치라고 볼 수 있을 것이다.[17) 오대현과 강우백 등 거사를 함께 도모하는 이들이 위기에 처할 때마다 이재수를 찾아가는 장면은 이 사건을 이재수라는 한 개인을 '영웅화'하려는 전략을 전면에 드러내고 있음을 보여준다. 이재수의 영웅적 면모는 시나리오 4회의 마지막에 말을 탄 이재수가 서귀포 바닷가에 운집한 군중들에게 연설하는 장면에서 절정에 다다른다.

재수 우렁차게 외친다.

- 여러분 형제 자매여, 우리는 이제부터 싸우러 간다. 우리들의 고향을 짓밟고 우리들의 고혈을 빼앗아 가는 반역배들을 이제부터 우리의 힘으로 토벌하는 것이다.

'와'

하고 함성이 일어난다.

- 우리는 천당에 가기 전에 먼저 우리 탐라 땅을 천당보다 더 좋은 곳으로 만들지 않으면 안 된다. 우리는 같은 동족으로서 남의 힘을 등지고 제 고향 산천과 부모형제를 도탄에 빠뜨리는 역적을 소탕하려는 것이다. 지금, 조국의 운명은 험악한 회오리 바람 속에 서 있다. 그것은 지금의 제주도가 겪고 있는 운명과 마찬가지다. 우리는 우리의 손으로 제주도의 불행을 건져내고 나가서는 조국 강산에 횃불을 들어 동포들의 어지러운 꿈을 일깨워주자.

또 '와' 하고 함성이 폭발한다.

 - 용감하고 날쌘 형제자매여. 우리는 싸우자! 우리는 우리들의 피로써 이 탐라 낙토에 물들인 온갖 더러운 것을 깨끗이 씻어내자! 나는 형제자매의 앞장을 서서 나아가겠다.

 재수가 말을 마치고 또 한번 횃불을 밤하늘 높이 들어 보였을 때 열광된 군중의 환성은 천지를 뒤흔드는 듯 하였다.(『신천지』, 1946년 12월)

 난을 도모하는 세력들은 외세를 등에 진 '반역배'들을 처단하는 정의로운 집단이자 "탐라낙토"를 정화하는 순교자의 위치에 놓인다. 스물다섯 청년, 이재수의 외침은 한반도의 변방에서 발생한 난을 공식적인 기억의 장으로 옮겨 놓으며 사건에 역사적 의미를 부여한다. 그것은 외세에 의해 "험악한 회오리 바람 속에" 있는 "조국의 운명"을 구해내는 것이며 민중의 자주적 저항의 역사를 확인하는 순간이다. 최금동이 보기에 이재수는 위기의 국면을 타개할 수 있는 능력을 지닌 새로운 지도자의 등장을 기다리는 당대적 염원에 부합하는 역사적 인물이었다. 때문에 이재수는 "백성들의 어지러운 마음을 수습하고" "살림을 바로 세워 줄 사람"으로 묘사된다. 게다가 이러한 영웅서사는 이재수 개인뿐만 아니라 청년 세대 전체로 확장되고 있다.

 근대 초기의 청년담론은 식민지 전시동원체제를 거치면서 '애국청년'으로 그리고 해방 이후 '나라 만들기'라는 민족적 과제 앞에서 다시금 호출된다. 청년담론의 재생산이 "동원과 건설의 논리 하에서 청년에게 부여된 시대적 사명의 엄중성"[18]을 보여주는 것이라는 점은 「봉화」의 청년 호명이 단순히 서사적 특이성을 위해 부여된 것이 아니라 시대적 담론의 흐름을 반영한 것으로 볼 수 있다. 시나리오 처음에 대화에서의 제주방언은 일반이 이해하기 힘들기 때문에 표준어로 표현한다는 점을 분명히 하고 있다. 이는 서사적 재현의 발화가 가닿는 목표가 제주 내부가 아니라 조선 전체를 상정하고 있는 것을 보여준다. 「봉화」에서 이재수난은 지역적 사건으로 축소되기보다는 "복지(福地)" 수호를 위해 청년세대가 외세에 "항거(抗拒)"한 역사를 증명하는 실증적 사료로써 작동한다. 또한 이재수라는 청년 영웅을 서사화함으로써 민족적 책무를 담당해야 할 청년 세대의 역할이 부각된다. 이러한 점에서 해방 직후 제주는 "항거"를 실천하고 민족적 과제를 수행해야 할 청년 세대들에게 역사적 실천의 가능성을 증명하는 공간으로 인식되었다고 할 수 있다. 『이재수실기』와 「봉화」가 모두 영웅 이재수의 모습을 강조하고 있지만 그것은 이재수를 호명하는 주체에 따라 그 의미가 달라진다. 그것은 사후적 기억에 담긴 당대적 욕망, 거기에 호명 주체의 사회적 맥락이 역사적 대상을 얼마든지 전유할 수 있음을 보여준다. 사실의 부재와, 기억의 과잉을 넘어서 역사를 어떻게 기억할 것인가의 문제가 쉽지 않은 이유도 여기에 있다고 하겠다.

역사적 진실과 움직이는 기억들

최금동의 사례와 『이재수실기』의 묘사에서 바라보았듯이 '영웅'으로서의 호명도 당대적 욕망과 호명의 주체에 따라 그 의미가 달라진다. 특히 민중 기억의 일단을 보여주는 설화에서도 이재수에 대한 기억은 하나로 고정되지 않는다. 진성기의 『남국의 민담』이 이재수의 인간적 면모를 강조하고 있다면 1980년대 구술 채록은 이재수의 영웅적 면모는 물론 천주교의 입장에서 신축년을 해석하려는 입장이 모두 드러난다. 1981년에 구술채록된 『구비문학대계(9-3)』와 1981년과 1983년 사이에 채록된 『제주설화집성(1)』이 진성기의 구술채록과 시간적 간격이 30여 년 정도 있다는 점을 감안한다면 당대적 기억의 변화가 어떠했는지를 살펴볼 수 있는 텍스트라고 할 수 있다. 1983년에 한림읍 옹포리에서 구술채록된 내용에 따르면 신축항쟁을 일본 어업상인과 결탁해 천주교를 박해한 일로 그려진다.

웨놈덜이 들어와서 어떤 수작을 햇느냐 호민 대정군수 채구석이라 호는 사름을 짜서 웨놈덜이 천주교를 내쪼글 예산을 햇단 말여. 천주교가 들어와서 문화를 시기면은 웨놈덜이 이땅에 들어오질 못홀거고 우리나라를 못 먹것다 해서 요 사단을 해서 에놈덜이 채구석을 더 혼 사롬을 짜서 채구석이가 또 이제 가인상서를 맨들앗어요. 가인상서를 만들

어서 이재수라던지 강대헌이라던지 채구석이 알로 전부 놔서(하략)[19]

천주교의 교폐와 도민들의 저항과 교민의 죽음, 국가의 판결과 삼의사의 죽음, 제주도민들의 배상으로 이어졌던 것이 신축항쟁의 역사적 전개라고 한다면 이러한 서술은 다분히 천주교의 입장을 옹호하고 있다. 특히 일본 상인과 결탁해서 대항했다는 대목은 민족주의적 감정에 호소하고 있다. 삼의사의 저항을 평가 절하하는 데에 민족주의를 동원하는 것에서 알 수 있듯이 이는 다분히 기억의 사후적 구성에 의한 결과물이다. 비슷한 시기에 채록된 다른 구술에서는 이와 달리 민중적 시각에서 신축항쟁을 말하는 것이 다수다. 이러한 시각의 차이를 어떻게 바라봐야 할 것인가. 설화가 민중적 시각을 반영하는 집적물이라고 할 때 시간에 따른 민중적 시각의 변화를 어떻게 설명해야 할 것인가.

이는 역사를 대하는 우리의 기억이 고정되지 않은 동시에 새롭게 창안되는 움직이는 기억이라는 점을 보여준다. 유동하는 기억들은 그 자체로 기억과 기억의 대결을 전제로 할 수밖에 없다. 하지만 이러한 기억의 대결이 일종의 대립과 왜곡으로만 귀결되지는 않을 것이다. 여기에는 기억 재현과 역사적 진실이 뫼비우스 띠처럼 얽혀 있기 때문이다.

도민적 입장에서는 장두 전통의 계승자이자, 창안자로서 '영웅 이재수'의 면모를 기억하는 것이 손쉬운 방법인지도 모른다. 그렇다고 하더라도 300여 명의 천주교도들의 죽음에 대한 책임에서 자유로워지는 것도 아니다. 영웅의 윤리적 모순, 혹은 비윤리적 영웅의 탄생과 기억은 단선적 해석으로 이어질 우려가 있다. 하지만 우리는 여기서 다시 질문할 필요가 있다. '영웅'이라는 표상이 우리 삶의 외부에 존재하는 어떤 초월적 존재 혹은 난마같이 얽힌 현실적 고민을 단숨에 해결하는 힘을 지닌 존재로 상상하는 것은 아닐까. 어쩌면 우리 시대의 영웅이란 지극히 평범하고, 작고, 나약하지만 공동체를 위한 시민윤리, 그 평범한 윤리성을 구현해 가는 작은 힘들이 아닐까. 불완전하고 나약한, 그래서 때로는 잘못된 판단을 하기도 하지만, 인간으로서의 최소한의 윤리를 저버리지 않는 인간의 탄생, 그것이 영웅의 탄생이라면 이재수야말로 시민적 윤리성의 구현으로 바라볼 수 있을 것이다.

보는 것도
정치다

1962년 산업박람회

재경제주도민회가 1970년에 펴낸 기관지 『탐라』를 보다가 눈이 번쩍 뜨였다. 소설가 최정희가 쓴 글에는 "서울에서 열린 산업박람회 때 해녀를 구경거리로 삼았다고 해서 제주도 출신 유학생들이 떠들고 일어났다는 일은 너무나 당연하다고 봅니다."[1]라는 문장이 있었다. 최정희의 글은 제주를 방문한 짧은 소회를 담고 있다. 해녀를 낭만적으로 바라보는 세태를 비판하면서 해녀의 고단한 삶에 대한 애정을 담고 있는 200자 원고지 8매 분량의 짧은 글이다. 글은 분량도 분량이지만 해녀나 제주에 대한 시선도 피상적 감상 수준에 불과하다. 그런데 최정희가 언급하는 "서울에서 열린 산업박람회 때"의 일은 무엇을 말하고 있는 것일까. 산업박람회에서 무슨 일이 있었기에 "제주도 출신 유학생들이 떠들고 일어"난 것일까.

최정희가 말하는 산업박람회는 1962년 경복궁에서 열린 '혁명 1주년 기념 산업박람회'를 말한다. 박람회 타이틀에서부터 쿠데타의 정당성을 홍보하기 위한 정치적 목적이 다분하다. 산업진흥회 조직 자체가 산업박람회 개최만을 목표로 만들어졌다. 조직의 고문에는 당시 내각수반 송요찬이, 지도위원으로는 상공부 장관 정래혁을 비롯해 내각이 모두 참여하고 있다. 여기에다 제일모직산업의 이병철, 대한산업의 설동경, 화신산업의 박흥식 등 재계 인사들이 추진위원으로 참여하고 있다. 조직 구성의 면면만 보더라도 군정의 정통성을 홍보하기 위한 관제 동원의 성격이 드러난다. 박람회가 끝난 후 펴낸 산업연감 특별판의 개최 목적도 아래와 같이 5가지로 제시하고 있다.

① 혁명 1주년의 산업 발전 소개

② 산업면의 후진성에서 탈피하고 산업국으로 전환하는 계기를 조성한다

③ 경제5개년 계획 및 제1차년도의 현황을 소개한다

④ '우리 살림은 우리 것으로'라는 국민의욕을 고양함으로써 신생활 체제의 수립을 기한다

⑤ '우리 앞길을 우리 힘으로'라는 이념을 고취하고 자립경제의 개척

을 기필(期必)한다 [2]

산업박람회는 1962년 4월 20일부터 6월 6일까지 47일 동안 경복
궁에서 열렸다. 박람회는 "역사상 유래 없는 산업제전"으로 홍보되
었고[3] 경복궁 안에 마련된 전시장 시설비만 10억 환이 넘었다. 가건
물 150동이 지어졌고 전시회 공사에 동원된 인원만 3만 명이었다. 1
인당 GNP 87달러였던 때였다. 10억 환의 예산과 3만 명의 인원 동
원. 어마어마한 수준의 정치적 이벤트라는 점에서 쿠데타 세력의 관
심이 어느 정도였는지를 보여준다. 언론들은 관람객만 240만 명에
입장료 수입도 5억 환이었다면서 1929년 열렸던 조선 박람회와 비교
해 성공적이었다고 보도했다. [4]

이렇게 '성공적'으로 종료했던 산업박람회는 개막하자마자 여러 문
제가 발생하면서 시빗거리가 된다. 그중 하나가 사행 조장이었다. 언
론은 이를 '본지에 어긋나는 산업박람회'라고 꼬집었다. 산업발전상
을 관람하기보다는 복권판매소에 인파들이 즐비했다거나 회전당구
장, 파친코까지 준비된(?) 오락센터의 문제점을 지적하기도 했다. 그
런데 여기서 눈여겨볼 대목이 있다.

(전략) 전시된 국산품의 질이라든가 그 제작과정 등을 눈 여겨 보아
야 할 기업가 또는 기술자들이 해녀가 실연하는 수족관으로만 몰려드

는 등의 현상은 이번 박람회를 갖게 된 본지에 어긋나는 것이라 아니할 수 없다.[5]

"해녀가 실연하는 수족관"이라니. 해녀의 잠수 작업이 바다가 아닌 수족관에서 열렸다는 말인가. 관련 자료를 찾아보았다. 다행히 산업박람회 당시를 충실(?)하게 기록한 사진집이 있었다. 여기에 보면 수족관 병설 잠수관이 보인다. 특별관 중에 90평 규모의 수족관이 있었고 여기에 병설 잠수관이 따로 마련되었다. '해녀 실연장'으로 구성된 잠수관은 40.5평 규모로 서귀포의 해변가를 재현해 놓았다.[6]

당시 사진을 보면 입구를 가득 메운 관람객들이 보인다. 한복을 입

〈사진 3〉 산업박람회 사진감(寫眞鑑)

은 노인들과 아이들도 눈에 띈다. 수족관은 인기 전시관이었다. 반공관에 이어 두 번째로 많은 사람이 찾았다고 기록되어 있다. 정확한 인원은 나와 있지 않지만 반공관 관람객이 180만 명이었다는 점[7]을 감안한다면 관람 규모를 가늠해 볼 수 있다. 언론에서 지적하고 있듯이 기업가와 기술자들도 해녀 실연관을 찾았다. 업종별 전시관을 찾아야 될 기업인들이 해녀를 보기 위해 모여 들었다는 사실만 보더라도 잠수관에 대한 관심은 뜨거웠다. 해녀 실연장이 인기가 있었던 이유는 말 그대로 해녀들의 조업 장면을 실제로 보여줬기 때문이었다. 해녀들의 조업이 어떠한 방식으로 이뤄졌는지는 『연감』에 자세히 나타나 있지 않다. 하지만 해녀 실연의 규모는 확인할 수 있다. "해녀 조업"을 실연했던 해녀들은 부산 지역에서 올라온 이들로 모두 5명이었다.[8] 그런데 인기가 높았던 '해녀 실연'은 박람회가 개최되는 중에 '인권 침해' 논란에 휩싸인다. 100환의 입장료를 내고 해녀들의 물질 시연 장면을 볼 수 있게 만든 수족관을 본 관람객들 일부가 항의를 했다. 결정적인 것은 재경제주도 유학생들의 반발이었다.

인권침해라고 말썽을 일으킨 산업박람회장 안 해녀들의 잠수실기는 6월부터 중지하기로 되었다. 5일 하오 재경 제주 학생대표들은 '해녀관' 안의 위생시설과 기타 제반시설의 미비를 들어 해녀 출연의 즉시 중지를 요청하였는데 주최측에서는 해녀들의 노동 실태를 알릴 수 있

는 다른 시설을 갖출 때까지 출연을 중지시키기로 결정하였다.[9]

박람회장에서 인기가 높았던 해녀들의 실연을 중지시킨 것은 재경제주도 유학생들의 출연 중지 요청이었다. 기사는 그 이유를 '위생 시설과 기타 제반시설의 미비' 때문이었다고 전하고 있다. 해녀들의 인권 문제가 해녀 실연 중지의 이유였다. 박람회 결산을 하면서 한 언론도 이 사건을 "해녀의 인권을 흙탕물에 담은 수족관"이었다고 표현했다.[10]

박람회 개막은 4월 20일이었고 재경 제주도 유학생들의 반발로 해녀 실연이 중지된 것이 5월 6일이었다. 16일 동안 해녀 실연은 계속되었다. 당시 박람회 관람 규모를 감안하면 많은 관람객이 '해녀 실연' 장면을 직접 '관람'했던 것으로 보인다. 하지만 '인간 전시'라는 즉각적 불쾌감을 토로하는 것에서 볼 수 있듯이 해녀 실연은 당시에도 논쟁적이었다.

산업박람회는 상품과 기술의 진보를 시각적으로 전시하는 장이다. 해녀가 상품도, 기술의 진보를 보여주는 사례도 아닐 텐데 맥락 없는 '해녀 실연'은 과연 어찌된 일인가. 말 그대로 '인간 전시'라는 당시 반응에서 알 수 있듯이 해녀 실연은 그 자체로 매우 복잡한 의미를 담고 있다.

박람회, 시각적 재현의 정치

1962년 박람회가 끝난 직후『5·16혁명 일주년 기념 산업박람회 특집편 산업연감 1962』(이하 연감)와『5·16혁명 일주년 기념 산업박람회 사진감』(이하 사진감)이 발간되었다. 국내산업편, 해외산업편, 전시관편, 업종편, 법규기록편, 박람회 종합통계, 통계 부록편 등으로 구성된『연감』은 당시 박람회의 의도가 무엇이었는지를 잘 보여준다. 우선 국내산업편의 목차부터 살펴보자.[11]

제1장 경제개발5개년 계획과 국제수지

제2장 산업관계 정책

제3장 경제원조

제4장 혁명정부 1년간의 업적

제5장 산업과 국민재건운동

제6장 해외교포 동향

1961년 쿠데타로 집권한 군부는 이듬해인 1962년 1월 제1차 경제개발 5개년 계획을 수립한다. 경제 개발 정책 수립은 이때가 처음이 아니었다. 거기에는 1958년부터 시작된 장기적 경제 개발계획, 특히 계속되는 원조로 인한 재정 부담을 줄이기 위한 미국 정부의 정책 전

환이 큰 영향을 주었다.[12) 국내산업편의 목차 구성에서도 경제원조와 해외교포 동향 등이 별도의 항목으로 편재되어 있다. 1차 경제개발계획을 수립했지만 종잣돈이 없었던 쿠데타 세력은 해외, 특히 재일교포의 경제 지원에 눈을 돌렸다.[13) 경제적 원조와 자립 경제 사이에서 가시적인 경제 발전을 이뤄야 하는 당시 집권 세력의 고민들이 『연감』에서도 그대로 드러난다. 특히 전체 연감 구성 중에서 경제개발계획을 전면에 배치한 것은 당시 박람회 개최의 목적이 어디에 있는지를 잘 보여준다.

박람회 전시관 구성은 이를 보여주는 시각적 장치로 작동하고 있었다. 전시관은 크게 특별관, 업종별관, 시도관, 독립관 등 4개로 구분되었다. 각각 전시관의 세부 구성은 다음과 같다.

특별관(8개관): 혁명기념관, 5개년경제계획관, 재건국민관, 반공관, 국제관, 해외교포관, 과학관, 발명관

업종별관(18개관): 기계관, 농림관, 수산관, 직유관, 공예관, 광물관, 화공관, 전력관, 토지개량관, 식품관, 의약품관, 요업관, 농기구관, 운동문방구관, 자동차관, 통신관, 수족관, 생활과학관

시도관(10개관): 서울관, 경기관, 충북관, 충남관, 경북관, 경남관, 전북관, 전남관, 강원관, 제주관

독립관(3개관): 조달청관, 전매관, 기타관[14)

전시관 구성에서도 확인할 수 있듯이 1962년 산업박람회는 쿠데타 세력의 정치적 선전의 장이었다. 박람회장을 찾은 관람객은 제일 먼저 혁명기념관을 만나야 했다. "국가재건최고회의를 상징하는 5각 12면의 흰빛 조각물"을 중심으로 "육사생도 시가행진 사진", "박정희 의장의 친선 방미 여정 사진" 등이 전시된 혁명기념관은 '혁명 정부'의 1년을 시각적으로 재현해 내도록 구성되어 있었다.[15] 이런 조형물의 설치는 '혁명'으로 포장된 쿠데타의 정당성을 시각적으로 보여주는 장치였다. 이와 함께 국제관, 해외교포관, 과학관, 발명관 등의 특별관들은 '경제개발 5개년 계획'과 '산업재건'을 위한 선전과 동원의 전시장으로 활용되었다. 국제관과 해외교포관은 박람회 전시관 중에서도 압도적인 규모였다. 혁명기념관이 100평 규모였던 것에 비해 국제관은 796평, 해외교포관은 502평이었다. 국제관이 미국관, 우솜(USOM)관, 유엔군관, 중국관, 영국관, 독일관, 이태리관, 일본관 등 8개 관으로 구성되어 있는 점을 감안한다면 해외교포관은 전체 박람회 전시관 중에서 가장 큰 규모였다.

해외교포관은 사실상 재일교포관이나 다름없었다. 전시 품목도 신일본공기, 명공사, 오사카 전기 등 교포 기업에서 생산한 공작기계류, 무선송수신기 등으로 전시 상품 종수만도 1만 3,380점이었다. 『연감』에서는 해외교포관의 목적을 다음과 같이 설명하고 있다.

60만 재일교포의 경제역량을 대표하는 약 4만개의 교포 기업체는 해방 이후 10년 성상이 경과하는 동안 본국의 산업 계열과 유리된 존재 하에 방치된 관계로 유수 굴지의 교포 생산품의 해외 진출을 저해하였다. 이렇듯 구 정권하의 미온적인 교민 정책을 쇄신하고 교포 기업체의 정상적인 발전을 도모하기 위한 적극화한 대 교포 정책의 일환으로 교포 자체의 이득은 물론 국민경제 재건에 직결하여 모국과의 경제적 유대의 강화, 기술 교류 특히 도약하는 일본 산업계의 일각을 굳건히 쌓아 올리고 있는 재일교포의 출품으로 경제개발 5개년 계획의 일익을 담당하는 계기를 마련하는 데 목적이 있다.[16]

'재일교포 기업'을 "해방 이후 10여 년 성상이 경과하는 동안 본국의 산업계열과 유리된 존재 하에 방치된 관계"라고 규정하면서 "국민경제 재건에 직결", "모국과의 경제적 유대의 강화"가 필요하다고 말하는 것을 보면 '재일교포'를 어떻게 대하고 있는지 잘 알 수 있다. 일관되게 부르고 있는 '재일교포'라는 호칭이 한국전쟁 이후 냉전적 시각을 반영하고 있다는 점을 염두에 둔다면[17] 재일조선인에 대한 호명은 '반공'과 '조국 근대화'라는 구호 안에서만 용인되는 것이었다.[18] 여기에는 '재일'의 역사가 내재한 복잡한 사정이 담겨 있지 않았다. '경제재건'의 주체로 '재일교포'를 호명하고 있지만 사실상 그것은 권력의 동원을 자발성으로 치환하기 위한 수사에 불과했다. 국제관과 재일교포관, 그리고 업종별, 시도별 전시관에 앞서 가장 압도적이었던 전시관은 당연히 혁명기념관이었다. 혁명기념관은 업종별, 시도관보다 전면에 배치되었다. 전시관에서는 '혁명정부 1년의 업적'이 시각적으로 재현되고 있었다. 『연감』의 혁명기념관 설치 목적은 이를 잘 보여준다.

> 건평 100평인 혁명기념관 설치 목적은 전술한 바와 같이 구 정권 당시 한낮 구두선에 그친 제반 시책을 혁명정부 수립 1년 동안에 단행한 업적을 비롯하여 최고회의의 활동상 등을 국민에게 직접 전시하였으며, 이로써 사회정의 실현과 청신한 민족정기 풍의 확립으로 혁명과업 완수에 가일층 분발케 함은 물론 국내외로 5·16 혁명의 동기 및 목적 성과를 길이 기념하는데 목적이 있다.[19]

시종일관 구 정권과의 차별을 내세우고 있는 것에서 알 수 있듯이 박람회 주체 세력은 과거와의 분명한 단절을 보여줄 필요가 있었다. 쿠데타 세력이 과거를 '구악'으로 규정한 것은 후진성을 벗어나야 한다는 당대적 욕망을 표현한 것이나 다름없었다. 박람회는 권력의 정치성을 공간 구성과 배치로 드러내는 선전의 장이었다. '혁명정부 1년'의 업적은 시각적인 스펙터클로 재현되는 동시에 그 자체로 관람객들에게 소비될 필요가 있었다. 업종별, 시도별 전시관이 상품의 전시를 담당했다면 특별관은 그 자체로 박람회의 정치성을 드러내기 위한 배치였다.

근대 박람회를 "제국주의 프로파간다 장치이자 소비자를 끊임없이 유혹하는 상품 세계의 광고 장치"[20]라고 규정한다면 1962년 박람회는 '혁명 정부의 프로파간다'와 '근대적 상품의 전시'가 혼재하는 시각적 재현의 장이었다. 혁명기념관의 대형 조형물이 의도하는 바는 분명했다. 그것은 '혁명의 가시화'였다. 박람회장에 배치된 전시관들은 '혁명'이라는 불가시(不可視)의 추상을 가시화하는 재현의 공간이었다. 이런 점에서 박람회는 '혁명의 정당성'을 시각적으로 재현하고자 권력의 욕망을 그대로 보여준다. 하지만 이러한 목적이 어떻게 수행되었는지를 살펴보기 위해서는 박람회 전시관의 배치와 전시물의 성격을 자세히 들여다볼 필요가 있다.

일단 혁명기념관의 전시 품목부터 살펴보자. 혁명기념관에는 벽상(2점), 모형 건설 상징(2점), 외자(外資)사용 모형(3점), 영주 수해복구 상황 모형(1점), 지역사회 개발보조 사업 현황 모형(1점), 차트 및 도표(39매), 사진 (148매), 혁명군 서울 진주 상황 모형(1식) 등이 전시되어 있었다. '혁명 1주년의 성과'는 박람회를 개최하는 중요 목적이었다. 하지만 목적이 그 성과를 담보해주지는 않았다. 전시 품목 대부분이 모형이었다. 거창한 '혁명기념 조형물'에 비해 전시관 내부를 채우고 있는 것들은 빈약하기 짝이 없었다. 반공관과 국민재건관 역시 사정은 비슷했다. 반공관은 자유 진영과 공산 진영의 대결을 전시한 마네킹 조형물들이 대부분이었다. 국민재건관 전시물 역시 5년 후의 농촌 모형, 재건 간소복, 마네킹, 사진 등이었다. 21) '혁명'과 '근대화'를 시각적으로 재현하겠다는 의지가 무색할 정도였다. 당시 여론도 부실한 전시를 지적했다. "국제관의 반수 이상이 사진이나 붙여 놓았을 뿐"이라거나 상품이 진열된 것도 "교포관, 일본관, 이태리관 밖에 없다."는 비판의 목소리도 있었다. 22) 5개년계획관도 사정은 마찬가지였다.

3만 명이 넘는 인원이 동원되고 10억 환이 넘는 예산이 투입된 박람회였다. 23) 쿠데타 세력이 내세웠던 '경제재건'이라는 구호는 박람회를 통해 가시화되어야 했다. 상품의 전시 못지않게 중요한 것이 '경제개발'이라는 공동의 목표를 대중에게 체화시키는 일이었기 때문이었다. 24) 때문에 박람회 개최의 의미를 '자립경제 확립의 원천'이라고 규정하면서도 인간개조, 민족관념, 산업진흥책이라는 구호를 병치할 수 있었다. 25) 산업진흥이라는 목표를 달성하기 위해 인간개조와 민족관념의 수립을 우선시하는 것은 그것이 근대화의 주체를 생산하는 시대적 요구였기 때문이었다.

박정희 정권의 경제 개발은 "경제적 민족주의"를 전면에 내세우면서 경제 개발의 주체로서 국민을 만들어갔다. 26) 경제적 성과를 재현하는 박람회 장에서 인간개조와 민족관념이 등장하는 것은 박람회가 단순히 경제적 성장을 시각적으로 재현하는 공간이 아니라 그러한 재현을 함께 소비함으로써 '경제적 주체'라는 공동의 인식을 나눠 갖기 위한 장치였음을 보여준다. 박람회라는 공간의 구성을 시각적으로 소비하고 이러한 시선의 재편을 통해 '경제적 주체'라는 인식을 공유하도록 하는 것, 그것이 1962년 산업박람회가 추구하는 분명한 목표였다.

해녀를 둘러싼 시선의 위계

'해녀 실연'은 수족관에 마련된 해녀 실연장에서 이뤄졌다. 수족관은 '수산 증식'과 '학구적(學究的) 소재 제공'을 목적으로 활어장과 함께 물고기와 패조류의 표본 등이 전시되었다. 전시장은 해녀 실연장, 활어 전시장, 열대어 전시장, 파충류 전시장, 혼성 전시장, 양어장 모형, 수족 표본류 전시장 등으로 구성되어 있었다.[27] 당시 사진 자료를 보면 해녀 실연장은 수족관 병설 잠수관으로 표시되고 있었는데, 실제 전시관 배치를 보면 잠수관 면적은 전체 수족관 면적의 절반 정도였다(수족관 90평, 해녀 실연장 40.5평).

또한 해녀들의 물질 시연은 지역별 전시관인 제주관이 별도로 있었음에도 수족관에서 공개되었다. 당시 제주관에는 제주의 특산품인 해산물, 금귤, 밀감, 한약재 등 115종 709점이 전시되고 있었다. 박람회 상품 출품은 별도의 심사 기준에 의해 선정되었다. 이러한 상품의 진열과 배치는 공간 배치의 서열화를 통한 새로운 신체적 경험이었다. [28] 박람회의 공간 배치가 '바라보는 것'과 '보여지는 것'과의 위계를 드러내는 시각적 연출이었다는 점을 감안한다면[29] 수족관의 해녀 실연장은 상품 전시와 별도로 해녀의 가시화를 염두에 둔 의도된 재현이었다고 봐야 한다. 그런데 흥미로운 것은 당시 박람회에서 신체적 재현을 통한 로컬의 가시화가 '해녀'에 한정되고 있다는 점이다. 다른 시도관의 경우는 출품 자료들만이 전시되고 있었을 뿐이었다.

'혁명'의 가시성을 시각적으로 재현하는 동시에 '경제재건'이라는 근대적 과제가 상품 전시를 통해 연출되고 있는 상황에서 하필이면 '해녀'만이 신체적 재현 대상으로 호명되고 있는 이유는 무엇인가. 당시 『연감』에는 해녀 실연장이 배치되어 있다는 설명 외에 실연 의도가 무엇이었는지를 확인할 수 있는 내용이 없다. 수산 자원 증식과 해류수자원 개발을 위한 전시 목적에 비추어본다면 '해녀 실연'이 그것과 직접적인 연관이 있었다고는 보기 힘들다. 특히 박람회의 목적을 감안한다면 '해녀'라는 존재만이 신체적 재현 대상이 되고 있는 이유 역시 묘연하기만 하다.

이를 규명할 수 있는 단서는 박람회 시도관 출품 자료 수집 과정에서도 거론되고 있는 해방 10주년 박람회의 사례다. 박람회에서 해녀들을 동원해 실제 조업 장면을 재현한 것은 1962년이 처음이 아니었다. '해녀 실연'은 1955년 열린 해방 10주년 산업박람회에서도 있었다. 62년 박람회가 55년의 박람회를 중요한 참조점으로 삼고 있었다는 점을 감안한다면 '해녀 실연'은 박람회 자체가 지닌 근대적 성격이 초래한 결과일 가능성이 높다.

1955년 10월 1일 창경원에서 해방 10주년 산업박람회가 개최되었다. 국산장려회가 주최한 이 박람회에는 서울관을 비롯한 각 지역관, 특설관 등 32개의 전시관, 출품 품종 740여 점, 3만 4,500여 점의 품목이 전시되었다.[30] 당시에도 각 지역관과 특설관들이 설치되었는데 이 중 수산관에서는 해녀들이 직접 조업 장면을 재현하였다.[31]

표면적으로 국산장려회가 주최했지만 산업박람회의 총재는 이승만 대통령, 회장은 이기붕 민의원 의장이 맡았다.[32] 이러한 사실은 1955년 박람회나 1962년 박람회 모두 권력의 성과를 가시적으로 재현하기 위한 동원의 전략을 지니고 있음을 보여준다. 박람회에서 상품의 전시와 해녀의 실연이 동시에 재현되는 양상을 살펴보기 위해서는 박람회라는 스펙터클을 재구성하고 재현하는 시선의 정치성을 읽어야 한다. 그것은 일차적으로 산업발전이라는 가시적 성과를 재구성하는 것이기는 하지만 거기에는 공간을 배치하고 구성함으로써 '보여지는 것'과 '보는 것'을 구분하는 위계가 내포되어 있기 때문이다. 분명한 시선의 정치성이다.

해방 이후 두 차례 열린 박람회의 성격을 살펴보기 위해서는 박람회의 근본적 성격이 무엇이었는지를 따져봐야 한다. 박람회가 근대적 산물이라는 점은 재론의 여지가 없다. 때문에 1955년과 1962년 박람회는 박람회라는 근대적 지(知)의 연장선상에서 바라볼 때 그 의미가 보다 명확해질 수 있다. 푸코 식으로 말하자면 박람회에 대한 계보학적 탐구를 통해 당대 박람회에 드러난 정황들의 이해가 더해질 수 있을 것이다.

조선에서 박람회에 대한 근대적 지식의 계보를 따질 때 중요하게 언급되는 것은 1903년 오사카 내국 권업박람회와 1907년 도쿄 권업박람회라고 할 수 있다. 물론 1877년 메이지 시대에 1회 내국 권업박람회가 시작되었지만 1903년과 1907년 내국 권업박람회는 이후 1915년 물산공진회, 1929년 조선박람회 개최 등으로 이어지면서 '식산흥업'과 '문명개화'의 이념을 전파하는 효과적인 장치로 활용되었다.[33] 특히 1903년 내국 권업박람회에서는 '학술 인류관'에 조선, 류큐, 아이누 등의 인종 전시관이 마련되기도 하였다.

1903년과 1907년의 인종 전시는 인류학이라는 근대적 지(知)의 개입 여부에 따라 전시 배경과 전시 내용이 달랐다. 1907년의 인종 전시는 인류학적 배경이 없는 영리 목적의 전시였다는 점에서 1903년 권업박람회와는 차이가 있다.[34] 인류학적 지(知)의 개입에 의해 문명과 야만의 차별적 기획이 분명하게 드러난 1903년 인종 전시에 대해서는 중국인 유학생과 조선인, 류큐인들의 항의가 있었다. (1903년 인류관의 조선인 전시는 20여 일 정도였다고 추정된다. 학술 인류관이 개장된 이후 오사카 조선인들의 항의로 조선인 부인 정소사와 최소사 2명의 전시는 철회되었다.)[35] 그들의 항의는 타자를 서열화하는 폭력적 배치에 대한 반응이었다. 하지만 이러한 반응은 식민지 지식 권력인 일본에 대한 직접적인 항의의 성격인 동시에 생번, 류큐, 조선, 아이누 등 '학술 인류관'에 전시된 인종적 서열에 대한 반발이기도 했다.[36]

두 차례의 조선인 전시와 관련해서 조선의 반응이 그나마 남아있는 것은 1907년의 수정관 전시다. 당시 언론에서는 조선인 여성이 전시되고 있는 사실을 민족적 치욕으로 받아들이고 있었다.

> 오호 통재라 우리 동포여 오래 전 우리가 아프리카 토인종을 애처롭고 가엾게 여겼더니 어찌 아프리카 토인이 우리들을 애처롭게 여길 줄 알았으리오. 밤낮 노동으로 먹지도 입지도 못하고 약간의 돈 때문에 자기 한 몸을 다른 사람들에게 판매하여 일개 물품이 되어 동경 박람회 수정궁 안에서 세계 각국 사람들에게 막대한 치욕을 팔고 서쪽에서 고국을 바라보며 방황하는 우리 부인의 참상을 우리 동포가 아는가, 모르는가.
>
> 우리 이천만 동포여. 이번 일본 박람회 중에 아프리카 토인종도 출물품이 되야 진열함이 없거늘 무슨 이유로 일본이 우리 동포를 출품하고 동서양 각 나라 사람에게 관람료를 받는가.
>
> 嗚呼痛哉라 我同胞여 昔者에 吾人이 阿弗利加土人種을 哀憐ㅎ얏더

니엇지 今日에 阿弗利加土人이 吾人을 重憐홀줄 知하얏스리오 日夜勞

働에 不能衣不能食ㅎ고 若干金錢으로 由ㅎ야 自己一身을 外人의게 販

賣ㅎ야 一箇出品物이되여 東京博覽會水晶宮內에서 世界各國人의게

莫大호 恥辱을 買하고 西望故國ㅎ고 彷徨落淚ㅎᄂ 我邦婦人의 慘狀을

我同胞가 知乎아 不知乎아(중략)

我二千萬同胞여 今番日本博覽會中에 阿弗利加土人種도 出品物이되

야 陳列홈이 無ㅎ거늘 何故로 日本人이 我國同胞를 出品ㅎ고 東西洋

ㄱ國人에게 觀覽料를 取ㅎ나뇨[37]

기사는 조선인 전시에 대한 감정적 분노를 감추지 않는다. 아프리

카인과 비교하면서 조선 부인을 관람료를 받고 전시하는 것에 대한

대한매일신보, 1907. 7. 12.

문제를 지적하면서 1905년 을사늑약으로 외교권을 빼앗긴 상황도 언급하고 있다. "부인 동포까지 물품으로 외인에게 판매했다고 묻는다면 어떻게 답할 것인가"라고 호소하는 대목은 당시 전시에 대한 민족적 반응이 상당히 격렬했음을 보여준다. 그런데 인종 전시를 민족적 수치로 여기는 부분에서 아프리카 토인이 언급되고 있는 대목은 심상치 않다. 아프리카 토인을 불쌍히 여겼는데 이제는 아프리카 토인이 우리를 불쌍히 여길 것이라고 말하고 있는 부분은 아프리카 토인을 불쌍히 여기는 시선의 주체로서 조선인의 위치를 노출시키고 있다. 이는 인종적 비교 대상으로 황인/흑인의 위계가 배면에 깔려 있음을 보여준다. 인간이 전시될 수 있다는 문명/야만의 차별적 시선에 대한 분노와 동시에 인종적 타자에 대한 차별적 존재로서 인정받고자 하는 욕망이 동시에 드러나고 있는 것이다.

이는 전시라는 시각적 재현이 문제가 아니라 타자와의 차별성을 인정받지 못하는 자기 인정의 욕망이 당시 항의에 이면에 전제되어 있음을 보여준다. 즉 야만으로 불리는 인종적 타자와 동일시될 수 없다는 민족적 우월의 확인과 이를 통한 차별의 구현에 대한 항의, 그것이 당시 박람회 인종 전시에 대한 반응의 일단이었다. 그런데 이러한 지적 체험은 박람회가 지니고 있는 문명의 차별적 시선을 체화하는 동시에 인종주의적 차별 의식의 투사로 이어졌다. 이는 식민 권력 안에서도 '보여지는 자', '보는 자'의 구분이 존재하는 것임을 보여준 동시에 식민 권력이 피식민자에게 동일하게 투사되지 않는다는 지적 경험이었다.

이러한 지적 경험은 식민 본국에서 식민지로 옮아온 박람회에서도 이어졌다. 이는 지방의 서열화 문제를 드러낸 상품 전시에서 반복되었다. 박람회 물품의 전시는 시각적 재현의 방식으로 지방의 우열을 확인하는 수단이었다. 과학이라는 이름으로 행해진 이러한 서열화는 박람회의 공간 배치에서도 그대로 나타났다. 즉 박람회는 식민지 규율권력이 조선의 신체를 시각적으로 재현하는 장인 동시에 그러한 식민지적 위계를 시각적 이벤트로 소비하는 체험의 장이기도 했다.[38]

1955년과 1962년의 박람회에서 보여지는 시선의 정치성, 그리고 공간 배치와 서열/선택/전시 양상이 식민주의 경험을 적극적으로 소환하고 있는 것은 주목할 필요가 있다. '해녀 전시'의 의미를 단순히 '해녀'라는 특수적 존재의 전시, 혹은 인권 유린이라는 당시의 즉자적 반응에 초점을 맞추는 것은 해녀 전시에 담긴 다양한 국면을 왜소화시킬 가능성이 많다. 이를 살펴보기 위해서는 당시 제주 지역의 반응은 물론, 해녀에 대해 지역-남성-지식인이 지니고 있었던 이중성 역시 따져봐야 한다. 이것은 해녀는 말하지 않는 것인가, 말할 수 없는 존재인가, 아니면 말이 없다고 간주되는 것인가라는 문제와도 관련이 깊다. 그리고 이러한 해녀 전시에 대한 지식인들의 항의가 식민주의적 전통에 기인하고 있는 점도 세심히 살펴봐야 한다.

1962년 산업박람회 당시 식민지 시기에 열렸던 박람회들이 소환되고 있는 이유도 여기에 있다. 박람회 결산을 전하는 언론들은 1929년 조선박람회와 대비하여 산업박람회의 성과를 평가하고 있었다. 주최 측인 산업진흥회가 펴낸 책자에도 식민지 시기에 열렸던 박람회에 대해 별도의 장으로 다뤄 상세하게 설명하고 있었다. 연감의 내용을 보면 박람회를 "국가 지역의 문화, 산업상태를 소개하기 위한 사물의 진열, 지식을 개발하는 시설의 총화"라고 규정하면서 국내박람회 약사(略史)를 언급하고 있다. 1907년, 1915년, 1929년 박람회를 소개하고 있는 대목에서도 확인할 수 있듯이 당시 산업박람회는 식민주의 경험을 적극적으로 재구성하고 재조직하고 있었다. 박람회 종합계획에서도 이를 확인할 수 있는데 상품 출품에 대한 규정과 심사, 그리고 출품 전시물에 대한 심사 등 세부적인 내용들이 식민지 시기 박람회의 그것과 매우 유사하다.[39]

박람회가 근대성의 과시이자 문명의 시각적 재현이라는 점을 염두에 둔다면 1962년 산업박람회가 과거의 식민주의 경험을 적극적으로 환기하는 이유는 무엇일까. 그리고 그러한 식민주의 경험이 '해녀 실연'이라는 문제적 장면과 겹쳐지는 것은 무엇일까. 시각적 재현의 장에서 보여주는 주체와 '보여지는 대상'의 구분이 '해녀'라는 가장 로컬적인 존재의 호명으로 이어지는 것을 어떻게 봐야 할 것인가.

이를 규명하기 위해 당시 해녀 실연에 대한 세간의 평가가 어떠했는지를 살펴보도록 하자. 유학생의 항의가 있기 전에도 해녀 실연은 인권 유린 논란에 휩싸였는데 언론은 이를 살아있는 사람을 전시하는 것에 대한 불쾌감이었다고 전했다.

> ○…수족관측의 말에 의하면 전국에 산재하는 3만 여명의 해녀들이 바다 속에서 건져 올리는 해산물은 연간 수십억 환을 올리고 있으나 그들의 거의 전부가 생활에 쪼들려 마치 세농가의 입도선매처럼 업자들에게 선금을 받아 하루 불과 7, 8백환의 수입밖에 얻지 못하는 실정이라는 것이다. 이곳에서 그들의 고된 생활의 일면이라고 할 수 있는 수중 묘기를 보여줌으로써 도회의 사치족 이성들에게 각성을 촉구하자는데 이번 수족관 설치의 의의가 있다고
> ○…그러나 해녀들의 실기를 보고 어떤 'B.G'가 비참하다는 한 마디로 지적한 것처럼 돈을 받고 '산 인간'을 하나의 전시품으로 등장시킨다는 것은 '인권유린'이라고 상을 찌푸리는 것이 수족관의 해녀들을 보고 나온 관객들의 거의 공통된 표정이기도 했다.[40]

『연감』에는 해녀 실연의 목적이 드러나 있지 않지만 당시 기사를 통해 해녀 실연의 의도를 짐작할 수 있다. 기사에 따르면 해녀 실연의 목적은 생활고에 시달리는 해녀들의 고된 생활을 재현함으로써

도시의 사치 풍조를 비판하기 위한 것이었다. 문면에 나타난 의도를 그대로 받아들인다고 하더라도 생활고에 시달리는 해녀들의 모습을 보여주는 이유를 "도회의 사치족 이성"들의 "각성을 촉구"하는 데 있다는 설명은 그 자체로 모순적이다. 빈곤의 당사자를 통해 계몽을 자각한다는 설정 자체도 잘 이해가 가지 않는다. 또한 '각성'의 당사자로 지목되고 있는 '도회의 이성'이 '해녀 실연'을 '보는 자'로서 '보여지는 자'에 비해 시선의 우위를 점할 수밖에 없는 점을 감안한다면, 신문 기사에 나타난 주최 측의 설명은 납득이 되지 않는다. '해녀들의 생활고'에 대한 온정주의적 시선 역시, 실연이라는 형식 자체에 담긴 시각적 재현의 폭력성을 상쇄시키지 않는다. 그런 점에서 기사에서 나타난 온정주의적 시각은 이를 은폐하기 위한 수사적 장치라고 봐야 한다.

1962년 산업박람회의 개최 목적은 분명했다. 식민지에 축적된 박람회에 대한 근대적 지(知)의 적극적 활용을 통해 '혁명'과 '반공', '국민재건'과 '과학'이 결합한 체제 선전의 과시적 재현. 그것이 박람회의 연출 의도였다.

이러한 재현의 장에서 해녀들이 직접 작은 수족관에서 해초를 캐는 모습을 보여주는 행위는 도시(문명)/바다(미개), '보는 자'/'보여지는 자', 남성/여성 등의 구분을 위계화한 식민지적 근대의 탈식민적 버전이었다. 일부 신문에서 해녀를 '산업 전사'의 주체로 호명하고 있지만 당시 실연 장면을 '수중 묘기'라고 평가하고 있는 것에서 알 수 있듯이 '해녀 실연'은 호기심의 대상일 뿐이었다.

식민지 시기 어업이 자본주의적 질서에 편입되기 시작하면서 해녀들의 존재는 식민지적 수탈과 젠더적 착취라는 이중고를 겪어야 했다. 특히 입어료를 둘러싼 분쟁은 1960년대 입어권 분쟁으로 이어졌다. 당시 해녀들은 낭만과 민속학적 연구, 그리고 경제적 착취의 대상으로 사회적, 경제적 관계망 안에서 다양하게 호명되었는데 이러한 호명들은 해녀들을 대상화하는 남성-지식인들의 욕망에 따라 달라졌다.[41]

이런 점을 감안한다면 당시 해녀 실연은 '보는 자'의 욕망이 만들어낸 시각적 장치이자 식민지적 지(知)를 적극적으로 활용한 식민주의적 무의식의 반영이었다.

해녀를 '보여지는 대상'으로 시각화하면서 '보는 자'는 우월적 위치를 점유할 수 있었다. 이는 해녀의 신체를 보여지는 물적 존재로 만들어 버리는 폭력적 재현으로 이어졌다. 박람회 상품 전시와 함께 마련된 잠수관의 존재는 박람회가 근본적으로 지닐 수밖에 없었던 근대적 지(知)의 본질과 한계, 즉 시선의 위계가 어떤 식으로 작동하고 있었는지를 보여주는 실증적 사례라고 할 수 있다.

로컬은 자명한 것인가, 발견되는 것인가. 1962년 산업박람회의 해
녀 실연을 살펴보면서 던져야 하는 질문은 바로 만들어지는 로컬, 발
견된 로컬의 존재일 것이다. 1962년 산업박람회의 해녀 실연을 하나
의 우연적 사건으로만 바라보기 어려운 이유도 여기에 있다. 이른바
지역에 대한 심상 지리를 로컬 스스로 만들었다고 보기 쉽지만 거기
에는 외부적 발견과 이에 대한 내부의 다양한 욕망이 착종되어 있다.
이를테면 아열대의 푸른 바다와 휴양지로 대변되는 오키나와 이미
지는 1972년 '일본 복귀'와 이후 오키나와 경제 부흥 등, 다양한 사회
경제적 관계가 만들어낸 '창조된 심상'이었다. 이러한 심상 지리는
1975년 오키나와 해양박람회라는 시각적 이벤트를 통해 확산되었고
매스미디어가 이를 확대 재생산하면서 굳어졌다.[42] 메도루마 슌이
오키나와를 치유의 공간으로 상상하는 매스미디어의 모습을 '치유형
이데올로기'라고 비판하는 것도 바로 이러한 맥락에서다.[43]

로컬이 발견의 대상이 된다고 할 때 그것은 발견의 주체와 발견되
는 대상의 구분을 전제로 할 수밖에 없다. 그것은 누가 발견할 것인
가, 무엇을 발견할 것인가의 문제와 결부된다. '해녀 실연'의 문제 역
시 마찬가지다. '보는 자'와 '보여지는 자'의 구분은 해녀라는 신체성
을 통해 제주적 로컬을 '발견'하려는 당대적 욕망이었다. 해녀 실연

이 문제가 되는 것은 이러한 욕망이 박람회라는 근대적 시각 장치 안에서 실현되고 있었다는 점이다. '혁명'의 정당성과 '경제재건'의 과제를 나란히 배치하고 있었던 시각적 미디어의 장에서 '해녀'의 조업은 '실연'되었다. 그 '실연'은 사실 '실연'이 될 수 없는 '거짓의 재현'이었다. 실제 바다에서 벌어지는 해녀 조업의 모습을 수족관에서 재현한다는 것 자체가 불가능했기에 '해녀 실연'은 실연이 아니라 '보여지는 대상'으로서의 시각적 재현물일 뿐이었다. 그것은 상품 전시와 같은 물적 존재로 '보여지는 것'이자 신체성이 소거된 재현 방식이었다. 이것은 박람회라는 지(知)의 체험에 내재된 식민주의적 무의식의 재현 방식이기도 했다.

다만 1962년 산업박람회에 앞서 있었던 1955년 '해녀 실연'에 대한 반응이 무엇이었는지 확인하기는 어렵다. 당시 자료가 남아있지 않거니와 4·3과 한국전쟁을 거치면서 제주 지역에서 실제로 어떻게 반응했는지에 대한 자료들도 확인하기 어렵다. 하지만 1962년 해녀 실연에 대한 재경 유학생들의 반응에서 알 수 있듯이 1955년도 크게 다르지 않았을 것으로 유추할 수 있다. 1962년 산업박람회에서 재경 유학생들은 '인권 유린'이라는 측면에서 '해녀 실연'에 대해 불쾌한 감정을 표출했다. 관람객들의 반응 역시 일방적인 환호만 있었던 것은 아니었다. '살아있는 인간을 전시'하는 것에 대한 불쾌감도 적지 않았던 것으로 확인된다. 게다가 '인권 유린'이라고 할 정도로 열악한 시설에 대한 문제도 제기되었다. 1962년 박람회가 계속해서 식민지 박람회의 기억을 소환하면서 시각적 재현의 장이 되어갔다는 점을 감안한다면 당시 군중들의 불편한 감정을 1907년 수정궁 '인간 전시'에 대한 불쾌감과 크게 다르지 않다고 말할 수 있지 않을까.

물론 당시의 반응을 전하는 자료가 많지 않은 상황에서 단언할 수는 없다. 하지만 '혁명'과 '경제 재건'의 과제를 시각적 스펙터클로 소비하려는 시도는 역설적으로 쿠데타 세력의 조급증을 보여준다. 5·16 쿠데타를 시작으로 1963년 말 대통령 선거에서 박정희가 당선되기까지는 단순히 권력의 폭력적 억압만으로는 설명할 수 없는 다양한 국면들이 존재했다. 정통성에 대한 도전에 직면하면서도 박정희는 1962년 7월 3일 국가재건최고회의 의장에 취임하였다.[44] 당시 박정희의 일성은 "공산주의 침략 저지"와 "진정한 민주복지국가 건설"이었다.[45] 하지만 "진정한 민주복지국가 건설"의 가시적 성과를 내기에는 민정 이양 시기가 목전이었다. 제1차 경제개발계획은 1961년 7월 수립되었고 1963년 민정 이양을 앞두고 가시적 경제 성과를 내야 할 필요성도 대두되었다. 박람회 공식 주최인 한국산업진흥회가 조직된 것이 1961년 12월이었다는 점을 본다면 1962년 산업박람회는 급조된 이벤트였다. 당초 2억 6천만 환의 예산은 여러 차례 수정을 거쳐 10억 환으로 변경되었다. 5배 가까이 예산이 늘어난 이유는 그것이 사전에 준비된 것이 아니라 '혁명 1년의 성과'를 가시적으로 보여줘야 한다는 계기적 요구가 작용했음을 보여준다. 준비되지 않은 이벤트였기에 그들이 손쉽게 선취한 것은 식민지 박람회의 경험이 었다. 식민지 박람회가 식민지적 근대성을 조선인들의 신체에 각인 시켰듯이 '혁명 정부 1년의 업적'을 과시하기 위한 박람회는 시선의 공유를 통해 근대적 과제를 각인시키기 위한 과시적 이벤트였다.

때문에 이벤트의 성공을 위해서 사행성 지적에도 불구하고 복권 판매를 감행했다. 당시 박람회 복권은 3억 환이 발행되었는데 4월 28 일 첫 발행된 이후 3주 만에 매진될 정도로 인기를 끌었다. 박람회에 서 가장 인기가 많았던 곳도 복권 판매소였다. 박람회가 끝난 후의 한 기사에는 박람회에서 흥한 사람은 복권 당첨자들이었다고 회고 하고 있다.[46]

이처럼 1962년 산업박람회는 쿠데타 세력의 정통성과 '혁명의 정 당성'이 시각화되는 장이자, 상품 진열과 복권 판매, 그리고 산업박 람회 미스, 미스터를 선발하는 이벤트들이 복잡하게 뒤섞인 공간이 었다. 가용할 수 있는 지적 경험을 동원한 스펙터클의 시각화는 시 선의 공유를 통해 경제 개발의 주체인 단일한 국민을 창조해내기 위 한 효과적인 수단이었다. 하지만 이는 박정희식 근대화가 필연적으 로 내포할 수밖에 없었던 식민지 근대성의 변주가 내면화되는 과정 이기도 하였다. '해녀 실연'은 그러한 식민지 근대의 변주가 로컬을 발견하고 상상하는 시선의 위계를 징후적으로 보여주는 순간이었다.

2부

오늘의 안온을 깨뜨리는
혁명의 죽비

- 김명식의 시세계

오늘, 사월을 묻다

무려 12권으로 집대성된 김명식의 시편들을 읽으며 우리는 시간의 비수를 피하지 않는 시인을 목격한다. 그의 시편들은 일관되게 제주 4·3을 민족민중해방의 차원에서 말하고 있다. 하지만 그의 시편들은 제주 4·3항쟁의 시적 재현에 그치지 않는다. 민중혁명적 시각에서 제주 4·3을 말하고 있는 이산하의 장편 서사시 『한라산』이 이른바 항쟁 주체 세력의 입장에서 제주 4·3을 말하고 있다면 김명식의 시편들은 '인간 해방'의 시각에서 제주의 시간을 말하고 있다. 그것을 한마디로 표현하자면 '재현으로서의 4·3'이 아닌, '해석으로서의 4·3'이라고 말할 수 있다. 제주 4·3항쟁이 침묵을 강요받았던 시절,

그것의 역사적 진실을 탐구하는 일은 제주 4·3 진상규명 운동의 중요한 과제였다. 그렇기에 진상규명 운동의 처음은 봉기의 이유와 학살의 원인에 관심을 두었다. 그것은 '빨갱이'라는 낙인에 대한 거부였다. 반공국가의 이름으로 쓰여갔던 역사를 민중의 이름으로 다시 쓰고자 하는 열망이었다. 김시종 시인이 고백하듯 봉기의 정당성이 민중에게 있음을 밝히기 위한 노력이었다. 제주 4·3에 '민중항쟁'이라는 이름을 붙일 수 있었던 이유도 여기에 있다. 제주 4·3 진상규명 운동이 숨겨졌던 역사적 진실을 밝히는 원동력이 된 것은 분명하다. 그것을 제주 4·3의 역사적 복원이라고 말할 수 있을 것이다.

하지만 제주 4·3 진상규명 운동이 제도화되면서 '역사적 복원'은 제도적 퇴행의 길로 접어들었다. 2003년 노무현 대통령이 국가 원수로서는 처음으로 제주 4·3 유족과 도민들에게 사과를 하고, 제주 4·3 특별법 전부개정안이 통과되면서 법적 정의가 실현되고 있다고 반문할지도 모른다. 정부 차원의 진상조사보고서도 채택되었고, 이제는 생존 희생자와 유족에 대한 보상이 이뤄지고 있는 것도 사실이다. 1948년과 49년에 실시된 군사재판의 불법성도 진상조사보고서에 의해 밝혀졌고, 그에 따라 수형인에 대한 직권재심도 실시되면서 잇따른 무죄판결도 나오고 있다. 사월을 기억한다는 이유로 감옥에 가야 했던 세월을 생각하면 그야말로 괄목할 만한 진전이다. '완전한 해결'을 이야기하던 때가 엊그제 같은데 '정의로운 해결'이 새로운 해법으로 제시되고 있다. 역사적 실체에 대한 접근, 그 자체가 목적이었던 시절에서 이제는 그것의 현재적 의미와 미래 세대 계승이 과제가 되고 있다. 누군가는 말한다. 이만하면 제주 4·3은 과거사 해결의 세계적 모범사례가 될 만하다고. 미국 책임문제가 남아있기는 하지만 이만큼 걸어온 길 자체가 자랑스러운 역사가 되었다.

하지만 제주 4·3 진상규명의 '제도화'가 진정한 과거 청산을 가로막는다는 지적도 만만치 않다. 제주 4·3특별법을 비롯한 과거사 관련 법안들이 추상적이고 도덕적 수준의 명예회복을 내세우면서 "정치적으로도 경제적으로도 공허한 수사"에 그치고 있다는 비판[1]은 진상규명의 '제도화'가 지닌 근본적 한계가 무엇인지를 잘 보여준다. 제주 4·3특별법은 희생자를 "제주 4·3 사건으로 인하여 사망하거나 행방불명된 사람, 후유장애가 남은 사람 또는 수형인"으로 규정하면서도 제주 4·3사건진상규명 및 명예회복위원회(제주 4·3 중앙위원회)가 희생자와 유족을 심사하고 결정할 수 있도록 하고 있다.

누구를 희생자로 결정할지에 대한 권한이 제주 4·3 중앙위원회에 있다는 사실은 희생자 선정 과정에서 배제의 논리가 작동할 수 있는 여지를 남겨놓고 있다. 실제로 2001년 헌법재판소의 결정은 봉기 주체 세력을 희생자로 인정하지 않는 계기가 되었다. 당시 헌재는 "수괴급 공산무장병력지휘관 또는 중간간부로서 군경의 진압에 주도적·적극적으로 대항한 자, 모험적 도발을 직·간접적으로 지도 또는 사주

함으로써 제주4·3사건 발발의 책임이 있는 남로당 제주도당의 핵심 간부, 기타 무장유격대와 협력하여 진압 군경 및 동인들의 가족, 제헌선거관여자 등을 살해한 자, 경찰 등의 가옥과 경찰관서 등 공공시설에 대한 방화를 적극적으로 주도한 자와 같은 자들은 '희생자'로 볼 수 없다."고 판단했다.[2] 헌재가 이렇게 판단한 이유는 무장 봉기 세력의 행위를 "자유민주적 기본질서를 부정하며, 인민민주주의를 지향하는 북한 공산정권에 대한 지지"라고 보았기 때문이다.

그런데 헌재가 말하는 '자유민주적 기본질서'는 1972년 유신 헌법 전문에서야 등장한다. 1948년 제헌헌법과 1954년 개정헌법에는 이러한 개념이 등장하지 않는다. 이는 '자유민주적 기본질서'라는 개념이 분단체제와 독재정권이라는 역사성에서 '발명'된 것임을 보여준다. 제주 4·3항쟁이 해방기 남북 분단을 반대하고, 통일정부 수립에 대한 열망에서 비롯된 것이라는 사실에 비춰볼 때 헌재의 규정이 4·3 특별법에 제정 취지에 부합된다고 보기 힘들다. 제주 4·3의 제도화가 오히려 법의 내부와 외부를 구분하는 현실에서 제주 4·3항쟁의 역사적 복원은 불가능해질 수밖에 없다.

재현의 불/가능성과 해석으로서의 역사

제주 4·3의 문학적 재현이 역사적 실체를 밝히기 위한 것이었음은 주지의 사실이다. 현기영의 「순이삼촌」을 비롯하여 김석범의 『화산도』등 제주 4·3문학의 기념비적 작품들이 봉인된 제주 4·3의 기억을 풀어내는 계기가 되었음은 분명하다. 그것은 '문학적 진실'에 대한 열망이었다. 하지만 그러한 열망이 단순히 역사적 사건의 재현에 머물렀던 것은 아니다. 현기영이 「순이삼촌」에 이어서 『지상에 숟가락 하나』, 『제주도우다』등 일련의 작품들을 써내려 갔던 것은 역사적 사건의 단순한 재현이 아니었다. 「순이삼촌」이 '억울한 죽음의 신원(伸冤)'을 염두에 두었다면 90년대 이후 현기영의 소설들은 당대적 시각에서 제주 4·3을 바라보고자 하는 해석의 욕망을 드러낸다. 「목마른 신들」, 「아스팔트」 등의 단편들은 국가폭력과 자본주의적 개발의 폭력성을 동일선상에서 조망하고 있다. 여기에서 한 발짝 더 나아가 현기영은 제주적 전통의 관점에서 항쟁의 정당성을 그려내고 있다. 이를 잘 보여주는 것이 『지상에 숟가락 하나』와 최근 발표된 『제주도우다』다. 『지상에 숟가락 하나』에서 현기영은 사살된 이덕구의 시신이 관덕정 광장에 '전시'되었던 사실을 "관권의 불의에 저항했던 섬 공동체의 신화가 무너져내리고 있다."고 말한다. 김석범 또한 『화산도』에서 일관되게 해방기 남한사회의 문제를 친일 청산의 부재와 미군정과 이승만 정권에 의한 반공주의의 폭력이라고 말하고 있다. 이를 김석범은 '서울정권의 지역에 대한 차별'이라고 서술하고 있다. 현기영과 김석범의 사례에서 볼 수 있듯, 제주 4·3문학은 역사적 사건의 재현을 넘어선 해석의 욕망을 문학적 상상력으로 펼쳐 보이고 있다.

김명식의 시편들을 거론하는 자리에서 현기영과 김석범을 거론하는 것은 김명식 문학의 본질이 무엇인지를 말하기 위함이다. 김명식 시인이 제주 4·3 진상규명 운동의 선두에 섰던 것은 잘 알려진 사실이다. 일본 유학 시절 김석범 선생, 당시 도쿄대 유학생이었던 강창일 등과 함께 40주년 제주 4·3 추모제를 개최하기도 했다. 87년 6월 항쟁 이후 아라리연구원(아시아, 아프리카, 라틴아메리카 연구원)을 설립해, 『제주민중항쟁』을 잇달아 펴낸 그의 이력이 말해주듯, 그는 일관되게 제주 4·3을 민족민중해방의 관점에서 바라보고 있다. 『유채꽃 한 아름 안아들고』(1989), 『한락산』(1992), 『한락산에 피는 꽃들』(1994) 등 초기 제주 4·3 연작시는 이러한 인식의 반영이었다.

하지만 그의 시들은 이른바 항쟁 주체의 입장에서 제주 4·3의 역사적 복원만을 노래하지 않는다. 오히려 그는 제주 4·3항쟁의 본질이 근대성에 내재된 폭력에서 비롯되었고 이러한 폭력을 이해하기 위해서는 근대 자체를 뿌리부터 회의해야 한다는 입장에 서 있다. 그 동안 제주 4·3연구에서 대규모 학살의 원인이 무엇인지를 밝히는 일은 중요한 과제였다. 그것은 학살의 책임 소재를 밝히는 일인 동시에 가해의 이유를 규명하기 위한 것이었다. 제주 4·3학살의 가해자였던 경찰과 서북청년단, 그리고 그 배후에 있었던 미군정의 존재를 실증적으로 밝히는 일이 진상규명 운동의 중요한 과제였던 이유도 여기에 있다. 친일파의 등용과 반공주의를 앞세운 이승만과 미군정의 결탁이 대규모 학살의 원인이었음도 많은 자료를 통해서 드러났다.

김명식은 이러한 역사적 실체를 넘어서 근대성이 식민성의 다른 이름이자, 폭력을 수반할 수밖에 없는 근본적 한계가 있음을 지적한다.[3] 이는 제주 4·3항쟁을 박제된 역사적 사건이 아닌, 여전히 현재적 문제로 바라보고자 하는 시각이다. 이를테면 그에게 있어 제주 4·3은 명사가 아닌 동사다. 그것은 운동이며, 혁명이다. 사람을 살리고, 땅과 하늘을 살리는 살림의 역사이다.

그것을 그는 '혁명'이라고 명명하는바, 그가 말하는 혁명은 "영장을 지우는 일이며", "사피엔스를 지우"고, "전쟁과 무기를 지우"고, "거짓 종교 과학 의학을 지우는" 일이다. 그것은 "발전을 지우는 GNP GDP를 지우는 그 일"이다. ('나의 혁명' 11-1권) 제주 4·3항쟁의 혁명성을 거론하면서 '혁명'이 인간주의로 귀결되는 근대적 사유에 대한 전복으로까지 나아가야 한다는 이 대목은 김명식의 시편을 이해하는 데 있어서 중요한 단서를 제공한다.

그것은 과거의 온전한 재현의 불가능성을 극복하는 동시에 제주 4·3

항쟁이라는 역사적 사건을 오늘의 시간성에 기입하기 위한 하나의 시도이다. 과거의 시간을 온전히 재현하는 일은 불가능하다. 프리모 레비가 말했듯이 증언조차 할 수 없는, 죽은 자들의 목소리를 우리는 들을 수 없다. 증언은 결국 살아남은 자들의 목소리이다. 들을 수 없는 말들, 들어야 하지만 결코 들을 수 없는 말들을 우리는 어떻게 만날 수 있을까. 김명식은 그것을 '혁명'의 본질을 사유할 때에만 가능하다고 말한다. 그에게 혁명은 폭력적 체제 전복이 아니다. 참된 혁명은 문명을 바꾸는 일이며, 새로운 법을 창안하는 과정의 연속이다.

김용옥은 「조선사상사대관」에서 서구 근대성이 기반하지 않는 조선사상의 출발점으로 동학혁명을 거론하고 있다. 그는 오랜 시간 우리의 사상을 지배해왔던 서구의 근대성이 합리적 이성중심주의라고 비판하면서 이성이라는 서구 근대성의 대전제가 비이성적 존재에 대한 배타성을 수반할 수밖에 없다고 지적한다. 서구적 근대성이 식민과 식민 이후, 조선의 역사에 기입되어갔던 과정들이 기실 근대적 폭력성의 이식에 다름 아니라는 그의 지적은 김명식의 시들을 이해하는 데 중요한 시사점을 준다.

김명식에게 제주 4·3항쟁은 반공주의적 근대의 기획에 대한 저항이자, 해방의 시공간을 민중의 역사로 만들고자 했던 시도였다. 그것을 그는 "스스로 살아가"기 위한 힘의 분출이자,('너 있는 곳 거기에 8'),

"온 목숨, 살리는", "살림길"의 지향으로 인식한다.('너 있는 곳 거기에 6') 그것은 현기영이 「마지막 테우리」에서 말했듯이 '해변의 법'에 맞서 '초원의 법'을 세우고자 했던 주체적 시도였다. 그렇기에 김명식은 제주 4·3항쟁의 시간을 살았던 존재들을 "너 있는 곳"이라고 명명하면서 "21세기의 발전된, 아 문명한, 개명 천지"에 짓밟히고 있는 '나'의 극복을 노래한다. ('너 있는 곳 거기에 9') 이는 '너'와 '나'의 존재가 분절된 대상이 아니라는 인식이자, '나'와 '너'를 가로막는 시간성을 극복하면서 오늘을 충만한 어제의 기억으로 채우는 시적 상상력이다. 그것은 제주 4·3의 재현 불가능성을 인식하면서 그것을 박제된 불모의 대지로 만들지 않겠다는 선언이자, 오늘의 시간으로 제주 4·3의 역사적 순간을 붙잡기 위한 모험이다. 그에게 역사는 과거에 고착된 사건이 아니다. 일회적이며 우연한 시간도 아니다. 재현 불가능성과 온몸으로 대결하면서도 끊임없이 새로운 해석을 창안하는 발견의 시간이다. 그렇게 김명식에게 있어 제주 4·3은 여전히 오늘이다.

사상으로서의 제주 4·3

이번에 집대성된 그의 시편들은 그의 시가 문학적 발화를 넘어서 하나의 사상으로서 제주 4·3을 바라보고 있음을 보여주고 있다. 그 스스로 밝히고 있듯이 김명식은 『우리들의 봄』(1983)을 시작으로 18권의 시집과, 『지문거부의 사상』, 『몸의 사상과 미학』(1991) 등 7권의 저서 등 왕성한 저작 활동을 통해 꾸준하게 제주 4·3을 문학적 화두로 삼고 있다. 제주 4·3에 대한 그의 시편들은 단순히 항쟁의 정당성을 옹호하는 차원을 넘어선다. 1998년 이후 강원도 화천군 선이골에 정착한 그의 이력이 말해주듯 그는 제주 4·3을 화두로 근대성의 폭력과 대결하고 있다. 그는 제주 4·3항쟁의 역사적 복원을 넘어선 생명사상으로 확장하면서 근대의 모순을 예리하게 간파하고 있는데, '한울산 사람들' 연작은 이러한 사상의 근원을 잘 보여준다. 『한울산 사람들-이 한 목숨 이슬같이』(전집 3권)에서 김명식은 창작 의도를 다음과 같이 밝히고 있다.

『한울산 사람들-이 한 목숨 이슬같이』는 **인간 해방을 위해서 살림의 문화를 일구어 온 제주민중의 해방 싸움**의 큰 흐름을 포착하려 했다. 또한 민족 해방싸움에 있어서 개인 개인의 그 위대한 투쟁을 인간 해방 싸움 속으로 용해시키려 했던 제주민중의 고결한 의지를 규명하려고 했다. 그리고 해방 싸움에 투신한 모든 사람들이 해방의 새날을 마중하면서 신성한 해방의 무기로 살고자 했던 그 숭고한 의지의 흐름 속에서 총체적 민족민중 해방사의 획을 찾으려고 했다.(강조 인용자, 3권)

그에게 있어 제주 4·3항쟁은 "인간 해방"을 위한 싸움이었다. 그리고 이러한 싸움을 가능하게 했던 동인을 그는 "살림의 문화를 일구어 온 제주민중"이라고 규정한다. 제주 4·3항쟁을 '인간해방'을 위한 싸움이었다고 보는 시각은 '민족민중해방'이라는 그의 입장이 무엇인지를 잘 보여준다. 그가 말하는 '민족민중해방'은 단순히 좌파적 입장을 옹호하는 관점이 아니다. 해방정국에서 벌어졌던 '나라 만들기'에 대한 열망을 이념적 대립으로 바라보는 역사적 해석과도 다르다. 그것은 범박하게 말하자면 '데모크라시', 즉 민중의 자기결정권, 주권자로서의 민중의 주체성을 긍정하는 태도이다. 그것을 김명식은 '자기 살림'으로 규정하고 있는바, 그가 말하는 '자기 살림'이란 생명주의로 귀결된다.

생명이란 모든 생명을
물건이란 모든 물건을
상품화
소비화
퇴폐화
양키화
제국화
살해화

지배화

사람이란 모든 사람을

이웃이란 모든 이웃을

용병화

기계화

부품화

소외화

예속화

굴종화

U.S.A화 (중략)

민족의 해방과 인민의 해방

민족통일과 독립과 자주와

주체적 삶을

노예화시켜 놓았다

제국-U.S.A의 침략은

- '분노의 얼굴들' 4권

해방 이후 조선을 점령한 미군의 존재를, 그는 새로운 침략으로 인식한다. 그것은 단순히 통일정부 수립이라는 민중의 열망을 짓밟는 폭력만이 아니었다. 사람과 사람의 관계, 이웃과 이웃의 관계를 "노예화"하는 폭력이었다. 그것을 "소비화/ 퇴폐화/ 양키화/ 제국화/ 살해화"이자, "용병화/ 기계화/ 부품화/ 소외화/ 예속화/ 굴종화"라고 명명하는 그에게 제주 4·3항쟁은 단순히 과거의 역사적 사건이 아니다. 지금-여기 우리의 존재를 스스로 살아가지 못하게 만드는 모든 억압과 폭력에 대한 항쟁이다. 제주 4·3항쟁이 역사를 넘어서 현재적 관점에서도 유효한 이유가 여기에 있다. 그렇기에 그는 "스스로 서지 못하는 나무는/ 열매를 맺지 못"하고, "스스로 출렁이자 못하는 바다는/ 생명을 키우지 못"하며, "스스로 버텨내지 못한 산은/ 푸르름을 발하지 못한다"고 말할 수 있다. 그는 제주에서의 항쟁이 "살림의 문화를 이루어온 제주민중"의 삶이 있었기 때문이라고 진단한다.

그가 말하는 "살림"은 스스로의 힘으로 살아가는 민중적 주체성의 구현이다. 그것은 "나와 너가 우리로 하나"라는 인식이자, "하늘과 나", "땅과 나"가 "한울"이자 "한우리"로 확장된다는 자각이다. 김명식은 그것을 "하나되는 살림살이"이자, 홍익인간의 길이라고 부른다. ('하나되는 살림살이를 위하여-홍익인간지도' 7권) 민족민중항쟁으로서의 제주 4·3을 말하면서 '홍익인간'이라는 우리 민족의 사상의 뿌리를 환기하는 이 대목은 그가 말하는 '인간 해방'의 의미가 무엇인지를 잘 보여준다.

이러한 김명식의 인식은 데카르트 이래로 추구해왔던 근대적 합리성이 그 자체로 태생적 모순을 지니고 있음을 간파하는 차원으로 확장된다. 그것은 자유민으로 한정되어 왔던 데모스(demos)의 서구적 개념을 진정한 민본주의로 대체하려는 시도이다. 그것은 그의 시에서 빈번하게 등장하는 '한울'로 확장되면서, 제주 4·3을 주체와 객체에 대한 근대적 구분을 부정하는 민족사상의 출발점으로 지정한다. 이는 기존 제주 4·3문학이 추구해온 해석으로서의 발화를 넘어선 것이며, 제주 4·3을 민족 사상의 원점이자, 인간 사상의 출발로 규정하는 것이다.

그동안 제주 4·3문학은 역사적 사실로 기입될 수 없었던 역사적 진실이 무엇이었는지를 탐구해왔다. 그것은 실증이 외면한 진실과 마주하고자 한 문학적 상상력이었으며, 형해화된 사실 너머의 진실을 말하기 위한 방법론이었다. 김명식의 제주 4·3 연작들은 그동안 제주 4·3문학의 성과를 한 걸음 더 진전시키고 있다. 그에게 제주 4·3 항쟁은 모든 폭력적 억압으로부터 진정한 자유를 추구하고자 했던 인간 해방 사상의 기원이다.

생태영성으로의 제주 4·3

제주 4·3의 비극성을 말할 때 우리는 늘 죽음을 거론한다. 당시 희생의 규모가 3만 명에 달했으니, 죽음은 제주 4·3을 생각할 때 빼놓을 수 없다. 현기영이 이야기했듯이 그 죽음은 3만 명이 한꺼번에 몰살당한 단일한 사건이 아니다. 한 생명이 무려 3만 번이나 죽어갔던 비극의 역사다. 한라산에서, 바다에서, 그리고 육지로 끌려가 이름도 알 수 없는 골짜기에서 죽어갔던 생명들이 부지기수다. 제주 4·3평화공원에 새겨진 각명비와 위령제단의 위패들은 그 개별적 죽음의 비극성을 상징적으로 보여준다.

하지만 생각해보면 제주 4·3의 비극이 인간의 죽음에만 국한되어 왔던 것만은 아니다. 김명식이 그의 시에서 끊임없이 환기하듯이 인간의 죽음은, 땅의 죽음이고, 하늘의 죽음이었다. 그는 살림으로서의 제주 4·3항쟁을 말하고 있는바, 그가 말하는 살림이란, "참으로, 빛으로 함께 살아가는 것"이자, "참으로, 흙으로 함께 살아가는 것"이다. ('함께 살아가는…그 일은' 8권) 인간이 빛과 흙으로 함께 살아가는 존재임을 환기하는 그에게 있어 제주 4·3의 비극은 단순히 인간 생명의 말살만을 의미하지 않는다. 그것은 공동체의 죽음이자, 자연의 죽음이다.

"마을은 마을마다/ 산산히 재"가 되었고, "뼈들은 뼈마다 백사장/ 모래알로 하얗게 분해"되었다. ('전사의 깃발 앞으로' 9권) 사월의 비극은 공동체의 상실이자, 그 모든 죽음을 목격해야 했던 제주 땅과 하늘의 울음이었다. 그것은 인간을 포함한 모든 생명의 종언이자, 생명을 품어왔던 땅의 통곡이었다. 김명식의 시편들이 생명주의로 귀결되는 이유도 여기에 있다.

> 밥을 짓는다. 목숨 지키는 밥을// 땅 흙을 지킴입니다/ 빛을 해를 지킴입니다// 물을 비를, 빗물을 지키는/ 가람을/ 바다를// 한울-우주를 지키는 일이옵니다// 밥을 짓는다/ 쌀을 익힌다/ 물을 데운다/ 불을 지핀다// 밥은 목숨(命)이고/ 짓는다, 익힌다, 데운다, 지핀다는/ 딱음(革)이니, 나를, 날마다,// 드디어 뜸 들이는 일까지…/ 또한 밥 먹는 일까지('5·그 날마다의 혁명' 7권 2)

"밥"은 "목숨"이자, "땅 흙을"을 지키고, "빛을 해를" 지키는 근원이다. 목숨이 "한울-우주를 지키는 일"이 될 때 생명은 인간과 비인간을 구분하지 않는다. 김명식은 혁명을 목숨(命)을 지피는 딱음(革)이라고 규정하고 있는바 이것은 이성과 비이성을 나누는 근대적 환원주의를 거부하는 울림으로 확장된다. 근대적 합리성이 자연을 대상화하고, 인간중심주의라는 폭력의 역사였다는 점을 그는 분명한 목소리로 지적한다.

한나 아렌트가 인간의 조건을 '지구'라는 대지라고 말했던 것도 이러한 인간중심주의를 극복하기 위한 것이었다.[4] 한나 아렌트가 '지구소외'를 문제삼으면서 기술문명이 인간의 대지를 파괴할 것이라고 경고했던 것을 염두에 둔다면 김명식의 생명주의는 인간과 비인간의 구분을 넘어선 진정한 살림의 혁명을 말하고 있다고 할 수 있다. 이러한 살림의 혁명은 '지구살림'으로서의 신학을 주장했던 토마스 베리의 그것과 궤를 같이하고 있다. 토마스 베리는 '지구공동체'를 바탕으로 인본주의를 극복하기 위한 하나의 방법론으로 지구법학의 필요성을 제기한 바 있다. 생명과 무생명을 포함한 모든 존재가 존재할 권리, 거주 혹은 어떤 장소에 있을 권리, 지구공동체의 과정들 안에서 그 역할을 수행할 수 있는 권리의 필요성을 제기하고 있는 그의 시각은 결국 영성으로서의 새로운 신학의 가능성을 타진하기 위한 것이었다. 이러한 토마스 베리의 시각은 서구의 전유물이 아니었다. 토마스 베리의 지구신학 개념과 동학 사상의 유사성은 여러 논의에서 거론되기도 했다. 이를테면 해월 최시형은 개벽 사상을 말하며 다음과 같이 이야기하고 있다.

이 세상의 운수는 개벽의 운수라. 천지도 편안치 못하고, 산천초목도 편안치 못하고, 강물의 고기도 편안치 못하고, 나는 새 기는 짐승도 다

편안치 못하리니, 유독 사람 만이 따스하게 입고 배부르게 먹으며 편안하게 도를 구하겠는가. 선천과 후천의 운이 서로 엇갈리어 이치와 기운이 서로 싸우는지라, 만물이 다 싸우니 어찌 사람의 싸움이 없겠는가.(斯世之運開闢之運矣 天地不安 山川草木不安 江河魚鼈不安 飛禽走獸皆不安 唯獨人 暖衣飽食安逸求道乎 先天後天之運 相交相替 理氣相戰 萬物皆戰 豈無人戰乎)[5]

　　최시형이 개벽의 운수를 말하며 인간과 천지만물이 아픔을 공유하고 있음을 말하는 대목은 인간의 상실이 곧 땅의 상실이며, 한울의 상실이라고 말하는 김명식의 사상적 원류가 어디에 있는지 잘 보여준다. 김명식은 그의 시에서 참된 '한울'의 복원, 인간이 곧 한울이라는 사실을 말하고 있다. 그가 사월의 혁명을 인간 해방의 원점으로 바라보는 이유도 여기에 있다.

　　그 날마다의 혁명
　　제주 4·3 민족민중 해방항쟁은
　　그 날마다의 혁명이었습니다

　　그 날마다의 혁명은,
　　그 날마다의 죽음이었습니다

그 날마다의 죽음은

그 날마다의 살림입니다

나를

너를

우리를

모두를, 이제 여기에서

다 살림의, 다 사랑의, 따뜻한 혁명입니다

(중략)

그 날마다의 혁명은 그 날마다의

죽음-죽임당함입니다

하나 되는 어머니 땅에서

다시 태어난

오순도순 살아가게 될

어머니 땅에서

- '16·그 날마다의 혁명' 7권 2

"제주 4·3 민족민중 해방항쟁은", "그 날마다의 혁명"이었다고 말하는 이 대목은 그의 시편들이 일관되게 지향하고 있는 바가 무엇인지를 잘 보여준다. 그가 말하는 혁명은 일회적 사건으로서의 혁명이 아니라, 혁명을 혁명적으로 가능하도록 하는 연속혁명이다. 지젝의 표현을 빌리자면 김명식은 혁명을 부정하는 혁명성의 연속이 진정한 혁명이라고 말하고 있다. 그래서 그것은 죽음이자 살림이며, "어머니의 땅"에서 "다시 태어난", 진정한 부활이다. 삶과 죽음이 다르지 않으며 인간과 비인간을 나누지 않으며 천지만물이 끊임없이 연결되어 있음을 그는 정확하게 지적하고 있다. 이는 사월을 박제된 역사적 사건이 아니라 오늘의 대지를 생명으로 충만하게 만드는 원동력으로 인식하는 생태적 시각이자, 영성적 성찰이다.

그래서 그에게 사월은 거룩한 혁명이며, 사랑과 살림을 가능하게 만드는 '따뜻한 혁명'으로 각인된다. 그의 시편들이 단순히 역사적 재현을 넘어서 사랑과 살림의 생명으로 가득할 수 있는 이유도 여기에 있다. 그는 '거룩함으로 함께 살기'를 사유하는 실천사상, 실천적 신학으로서 사월의 의미를 환기한다. 그렇기에 "참 삶은 그 날마다의 혁명"을 오늘의 삶으로 실현하는 구도의 사유로 이어질 수 있다.

명사에서 동사로, 제주 4·3의 의미를 묻다

12권으로 집대성된 그의 시편들은 분량은 물론이거니와 그 사유의 깊이 또한 만만치 않다. 제주 4·3문학에서 김명식의 삶과 시가 본격적으로 조명되지 못한 것은 그의 시가 지닌 사유의 폭과 깊이 때문이다. 이번 전집 발간이 김명식 문학 연구의 출발이 될 것이라고 기대한다. 짧은 글에서 그의 문학세계를 온전히 조명하는 것은 어쩌면 불가능한 일인지도 모른다. 그의 시편들을 읽어가면서 사상과 생태 영성의 사유라는 부분에 집중한 것도 방대한 시적 사유를 읽어내기 위한 방편이었다.

특히 그의 문학을 논의할 때 명사로서의 제주 4·3이 아니라 동사로서의 제주 4·3을 말하고 있는 점은 앞으로 그의 문학 연구에서 중요한 테마가 될 것이다. 그는 제주 4·3을 일관되게 혁명이라고 말하는 있는데 그가 말하는 혁명이란 "결코, 불란서 사람들의 혁명"도 "볼세비키혁명"도, "트로츠키 혁명도", "스탈린 혁명도" 아닌, "꽃의 혁명"이다. 그 꽃은 "한울산 사람들이 피워낼/ 웃음꽃"이며, "마지막 숨결로, 입술만으로/ 다 잊어도, 다시 꽃으로 피어나는/ 꽃으로 피어나는… 다시, 그 날마다의 혁명"이다. ('24·그 날마다의 혁명' 7권 2)

"그 날마다의 혁명"이라는 표현에서 알 수 있듯이 그는 혁명을 과거의 사건으로만 바라보지 않는다. 오늘을 "꽃"으로 피어나게 하는 힘, 살림과 사랑의 대지에서 오늘의 꽃을 피워낼 수 있는 원동력이 바로 혁명이다. 그래서 그에게 혁명은 어제가 아닌 오늘이다.

제주 4·3의 제도화 이후 화해와 상생이 제주 4·3의 정신인 양 여겨지고 있지만 김명식은 이러한 언어 뒤에 숨겨진 제주 4·3의 현재성을 문제삼고 있다. 단독정부 반대, 통일정부 수립이라는 해방기의 열망은 나와 우리라는 존재가 '스스로 살림'을 구현하기 위한 혁명이었다. 자본주의적 개발이 여전히 제주 땅에서 '스스로 살림살이'를 위협하고 있는 현실에서 제주 4·3은 계속된 운동이자, 혁명이어야 한다고 그는 말한다. '4·3혁명탑을 세우자'라는 시에서 그는 이러한 혁명론을 "느닷없"는 것이 아닌 "여러 해 여러 해 생각"했던 것이라고 말하고 있는바, "3·1혁명 기념일, 동학농민 혁명 기념일/ 4·19혁명 기념일도 있고 불란서 혁명 기념일도 있는데/ 마땅히 제주 4·3 혁명 기념탑이 있어야" 한다고 외친다. 그가 말하는 혁명을 사회주의 혁명쯤으로 생각하는 것은 그의 시에 대한 명백한 오독이다. 그의 혁명은 동학이 그러했듯이 인간과 자연에 대한 모든 억압를 거부하는 사상적 혁명이다. 진정한 인간해방이라는 이상을 포기할 수 없다는 선언이다.

그래서일까. 그는 "그 누가 또한 그 무엇이/ 평화니 상생이니 치유이니/ 입술로 입술로 되는 일이 아니"라고 말하며 "스스로 뉘우침 없이는", "평화도 상생도 치유도 없"다고 단언한다. ('평화도 상생도 치유 아니리… - 내가 그리했노라고 뉘우침 없는' 1권)

강요된 화해와 상생이 아닌, 스스로를 살리는 살림의 혁명으로서의 제주 4·3을 말하는 그의 일관된 입장은 오늘 우리에게 또 다른 4·3 운동의 필요성을 역설한다. 그의 시편들을 읽어가면서 우리는 오늘의 평안과 안온을 반성하지 않을 수 없다. 오늘 우리의 평온은 망각의 증거다. 우리는 어제를 잊고 오늘의 함정에서 부패한다. 도처에 악취지만 아무도 냄새를 맡지 못한다. 그렇게 우리는 아무도 오늘을 질문하지 않는다. 하지만 김명식은 질문을 멈추지 않는다. 그의 시는 진작에 던져야 했을, 하지만 아무도 던지지 않는 질문의 언어들이다. 명사가 아닌, 영원히 살아 움직이는 동사로서의 제주 4·3. 그 찬란한 혁명을 상상하게 하는 차가운 죽비다.

엎드려야
보이는 것들

- 김순남, 『내 생에 아름다운 인연』

수직의 맹목이 놓쳐 버린 것들

엎드려야 보이는 것이 있다. 허리를 굽혀서도 아니고 무릎을 꿇어서도 아니다. 중력에 순응하듯 온몸을 땅으로 향하고, 두 다리와 두 팔을 흙속에 파묻듯, 그렇게 엎드려야 비로소 보이는 것이 있다. 직립과 부복(仆伏) 사이, 낙차야 1미터 남짓할 터이지만 크지 않은 그 차이가 불현듯 한 세상으로 다가올 때가 있다. 그것은 수직의 고독에서 내려와 수평의 연대로 향하는 순간이자, 높이를 잃은 자만이 얻을 수 있는 사유의 시작이다. 흙길을 마다하지 않는 엎드림의 시간들 속에서 우리의 눈은 수직의 관성이 놓쳐버린 세계와 마주한다.

그것은 갇혀있던 시간의 안주를 끝내는 순간이다. 높이를 포기한 자만이 만날 수 있는 낯선 세계들이다. 숲에서 헤매어본 사람은 안다. 출구는 결국 대지에 있다. 땅의 무늬를 읽을 수 있어야 '나'의 공간이 '그대'의 공간으로 나아갈 수 있다. 폐허의 자아에서 생성의 타자로 건너가는 일은 그렇게 낙차를 기꺼이 감수해야 하는 일인지도 모른다. 우리는 그동안 우리의 눈을 너무 쉽게 믿어 왔다. 우리가 보는 것이 세상의 전부가 아니다. 우리는 결국 우리의 눈높이에서 세상을 바라보는 존재다.

생각해보면 우리는 얼마나 많은 것들을 놓치고 살아왔던가. 높이를 지향하는 삶이란 결국 수직의 맹목이다. 수평의 가능성을 생각하지 않는 외통수다. 막다른 길로 향하는 파국이다. 지금 우리는 부박한 삶의 혼돈 속에서 우리가 잃어버린 시선이 무엇이었는지 되돌아보아야 한다. 속도가 아니라 멈춤의 사유, 즉자적인 맹목의 높이에서 내려와 수평의 사유로 스스로를 낮추는 일. 그것이 오늘을 반성하는 시작이다.

우리는 오늘 우리의 오랜 믿음을 회의해야 한다. 어제보다 오늘이, 오늘보다 내일이 나아지리라는 진보적 전망마저 의심해야 한다. 그것은 세계가 단일한 시간으로 흐르는 기계가 아님을, 우리의 삶이 이질적 시간들로 오히려 충만해지는 하나의 과정임을 각성하는 순간이다. 서로 다른 시간들을 단일한 리듬으로 획일화하는 것을 진보라고 불러왔다는 지적[1]은 그래서 문제적이다. 같으면서 다른, 무한한 차이를 생산하는 삶의 가능성이란, 스스로를 폐허에서 꽃을 피우는 존재로 만드는, 하나의 생산이다.

곳곳이 폐허다. 권위주의가 권위를 박탈하고, 속도가 사유를 삭제하는 시대다. '숏츠'로 불리는 콘텐츠의 무한 알고리즘이 오늘을 지배한다. 자본주의의 '시각적 플렉스' 앞에서 기꺼이 벌거숭이가 되는 오늘이다. "문학은 쓸모없음으로 우리를 억압하지 않는다."는 평론가 김현의 오랜 지적마저 박제되어버리는 세상 속에서 과연 우리는 어디로 가고 있는 것일까.

김수영이 노래했듯 절망이 절망을 반성하지 않는 시대다. 무지가 수치가 아니라, 오히려 하나의 확증이 되어버리는 시대, 성찰을 모르는 악무한의 시대, 문학은, 시는 무엇을 노래해야 하는가. 전망 부재의 오늘 앞에서 우리는, 우리의 절망을 알고리즘의 제단에 바쳐야 하는가. 그럼에도 시가 하나의 버팀이고 견딤이어야 한다면 우리는 지금 무엇을 바라보아야 하는가. 칠흑 같은 어둠 속에서 차라리 눈을 감아버리는 좌절이 우리의 선택이 아니라고 한다면 우리의 걸음은 어디로 향해야 하는가.

낮은 땅의 읊조림

　김순남의 시편들은 엎드림을 지향한다. 수직의 맹목에서 벗어나기 위해 기꺼이 엎드리는 수고를 마다하지 않는다. 그것은 "기꺼이 엎드려야 보여주는"('버먼초' 중) 세계를 만나기 위한 과정이다. "맑고 투명한 속내"는 수직의 시선이 포착하지 못한 세계이자, 수직의 시간으로는 만날 수 없는 낯선 시간이다. 그 낯섦 앞에서 김순남은 이전과 다른 시선을 획득한다.

　그것은 "나라는 이름이/ 너라는 이름 앞에서/ 궁극의 길을 묻"는('양하' 중) 질문으로 이어진다. 김순남이 생각하는 '궁극'이란 "나"라는 존재가 "너"라는 존재를 온전히 사유하는 것이다. '나'만이 강조되는 세상 속에서 낯선 타자를 품는 일은 쉽지 않다. 하나의 존재가 다른 존재의 세계로 넘어가기 위해서는 '나'라는 세계의 불완전성을 인정해야 하기 때문이다. '나'의 불확정성과 불완전성을 감각해야만 우리는 낯선 타자의 세계로 스며들 수 있다. 스며든다는 것은 엎드림의 과정을 통해 얻어지는 마주침이 전제되어야만 한다. 수직의 시선이 인간의 맹목이라면 수평의 부복은 자연의 시선이다.

　우리네 시사적(詩史的) 전통이 자연을 노래하지 않은 것은 아니었다. 하지만 김순남의 시편들은 우리 시사가 보여준 시선과 얼마간 다른 지점을 보여준다. 그것은 자연을 낭만적 대상으로 환원하지 않는 자각이다. 김순남은 자연을 정복의 대상으로 보지도 않지만, 그렇다고 자연을 조화로운 질서를 지닌 낭만적 공간으로 단정하지도 않는다. 오히려 김순남은 자연을 무수히 다른 존재가 뒤섞인 오염된 공간으로 바라본다. 그가 바라보는 오염은 순수의 훼손이거나 질적 변질이 아니다. 조화가 아니어도 상관이 없다. 인간의 시선에서 사유하는 조화란 결국 인간 존재를 전제로 발화되는 것이라는 사실을 김순남은 여러 시편들에서 반복적으로 말하고 있다.

"엎드려 코를 맞대야 눈 맞추게 되는/ 셋이면서 하나인/ 하나이면서 셋인 꽃/ 세상에서 가장 온전한/ 대지의 만가라네"('좀딱취' 중)라는 구절은 우리가 인식하는 세계가 하나의 질서로 환원되지 않음을 잘 보여준다. "셋이면서", "하나"인, "하나"이면서 "셋"인 꽃의 모습은 과학적 질서로 수렴되지 않는 자연의 모습을 있는 그대로 보여준다. 그것은 수직의 시선이 미처 발견하지 못하는 오염의 가능성을 자각하는 순간이다. 그렇기에 김순남은 낯선 타자를 만나기 위해 자신도 미처 깨닫지 못한 "땟자국을" 발견한다.

> 너를 만나기 위해
> 서어나무 잎이 누운 숲길을 지나
> 내를 건너는 것은
> 살면서 저도 모르게 낀 땟자국을

닦는 일이다

누가 뭐래도 너는
혹한의 고통을 견뎌내고
고난을 건너서 완성된
순진무구한 사랑이다
(…)

그러므로 삶은
강하게 얻는 게 아니라
부드럽고 따스할 때
뿌리가 되는 것이다

- '노란제비꽃' 중

　나의 시선을 버려야 비로소 보인다. 그때 보이는 것은 이전과 다를 수밖에 없다. 그것은 "순진무구"로 오염된 또 하나의 '사랑'을 만나는 일이자, '뿌리'의 존재로 살아가야 하는 삶의 가능성을 자각하는 일이다. 그가 말하는 뿌리란 단순한 비유가 아니다. 인간이 대지에 붙박혀 살아야 한다는 단순한 깨달음도 아니다. 그것은 수직의 맹목으로 단단해진 삶을 스스로 포기해야 한다는 각성이자, 타자와 기꺼이 오염됨으로써 충만하고 따스해지는 또 다른 세계가 있음을 알아가는 순간이다.

이러한 자각은 자칫 낭만적 감성으로 그칠 수 있지만, 김순남은 끝까지 그러한 태도를 거부한다. "세상에 독초는 없"음을 "어떤 풀도 순하지 않은 것 없"음을('천남성' 중) 노래하는 태도는 그의 시편들이 순수성을 옹호하지 않음을 잘 보여준다. 그렇기에 김순남은 "다시 일어설/ 뿌리의 힘을 믿는다"고('질경이' 중) 고백할 수 있다.

기꺼이 엎드려야 다시 일어설 수 있다. 엎드린 이후에 얻는 직립의 시선은 이전과는 다른 감각일 수밖에 없다. "기대지 않고 사는 삶"은 없고, "끼리끼리 내어주고 기대며", "생의 절정"으로('야고' 중) 향해가는 연대가 가능해지는 것도 바로 이 때문이다. 그것은 오염을 기꺼이 감수하면서 얻어지는 하나의 가능이다.

폐허를 가능으로 바꾸는 오염의 상상력

남방계 어느 먼 마을에서

떨어져 나왔는지

다만 나의 뿌리는

서귀포 야산 볕바른 언덕이

북방한계선이었을 뿐

엉겅퀴 마타리 등골나물 우북한 띠밭에서
뒤꿈치를 치켜세워도 2센티
아침 해 그림자를 지우는 정오면
꽃잎을 닫고 밤은 길었다

무수한 소멸을 지나
모지오름 풀밭에 뜬 노란별수선
크고 순한 소들의 눈망울과 노루와 꿩알
설레고 떨리는 시인의 가슴을 품었지

연두빛 자자한 오월의 꽃 문 앞에
트랙터 거대한 바퀴로 흙먼지를 일으키더니
몇 날 며칠 벼락같이 똥물은 퍼부어지고
부지불식 사라지고 지워진 건초더미 아래서
다시 마주할 시원을 위해 나는
깊은 땅에 엎드려
노란 꽃물의 시를 쓴다

- '노란별수선' 전문

땅에 기꺼이 엎드려 김순남은 "남방계 어느 먼 마을"에서 온 연약한 들꽃을 만난다. 아무리 곧추세워도 "2센티"인 존재. 평소 같으면 그냥 무시해도 될 만한 들꽃. 직립의 시선으로는 결코 만날 수 없는 존재 앞에서 그는 "설레고 떨리는" 가슴으로 타자와 하나가 된다. 그 것은 '나'라는 존재가 주체가 되어 대상을 품는 독단과 독선이 아니다. '너'라는 존재가 온전히 품어주고 스며들어야 가능한 합일이다. "트랙터 거대한 바퀴"가 "흙먼지를 일으키"고, "몇 날 며칠 벼락같이 똥물은 퍼부어지"더라도 다시 꽃이 필 것임을 그는 믿는다. 오염된 땅에서 비로소 생명을 얻는 존재를 그는 "다시 마주할 시원"이라고 말한다. 그리고 그는 스스로 꽃이 되어 "노란 꽃물의 시를 쓴다". 들뢰즈 식으로 말하자면 이 '-되기'의 순간은 그 자체로 무한한 생성을 가능케 한다. 폐허를 하나의 가능으로 바꾸는 오염의 상상력이다.

'나'는 '너'가 되고, '너'는 '내'가 된다. 그렇게 '나'라는 존재가 '너'라는 존재로 스며들고, 오염을 감수하면서 김순남은 무수히 많은 존재의 시간들을 경험한다. 이러한 경험들은 단지 자연으로 환원되는 감각에 머물지 않는다. 오히려 과거의 시간을 오늘의 시간으로 자각하고, 보이지 않는 것들을 보게 만드는 힘이다.

바람 한 줌 들지 않고

햇살 한 모금 내리지 않는 곳자왈에

키 크고 무성한 잎들이

네게는 캄캄한 밤일 수밖에 없었다

숨비소리 땅속에 콱콱 눌러 박고

애면글면 포자낭엽 만들어

무성에도 자손 일으켜 살만해 가는데

이 무슨 사나운 광풍이란 말인가

도틀굴 목시물굴 반못 벵디굴 억물에

피토하는 주검의 바다를 건너며

이 땅의 시원으로 살고 싶었다

작다고 깔보지 마라

있어도 그만 없어도 그만인 잡풀대기가 아니다

내가 곧 주인이요 역사요 평화다

- '제주고사리삼' 전문

"무성에도 자손 일으켜 살만"한 '제주고사리삼'을 보면서 그는 이렇게 말한다. "작다고 깔보지 마라"라고. "있어도 그만 없어도 그만인 잡풀대기가 아니"라고. 인간의 생존은 결국 유성 생식의 한계를 반복하는 것이다. '나'라는 존재의 유사성을 끊임없이 산출하는 동어반복의 삶. 하지만 모든 생성이 유성으로만 가능한 것은 아니다. 무성의 존재도 끊임없이 생명을 창출할 수 있다. 삶의 경로는 하나가 아니다. 우리의 삶이란 이질적이고, 낯선, 불완전한 순간들로 가득한 시간들과 마주하는 일이다. 그것은 세계가 단일한 시간으로 규정되지 않음에 대한 자각이다. 우리네 삶 자체가 수많은 다름을 만들어내는 과정이라는 자각이 무성의 삶을 또 다른 생성으로 만들어간다. 그렇기에 김순남은 제주고사리삼을 보면서 "도틀굴 목시물굴 반못 뱅디굴 억물에"서 "피토하는 주검의 바다를"를 상기한다. 제주 4·3을 아는 이라면 그것이 1948년 11월 무렵 조천읍 선흘 일대에서 벌어졌던 대학살의 비극임을 쉽게 알 수 있다. 1948년 10월 초토화 작전이 시작된 이후 중산간 일대를 중심으로 수많은 대학살이 벌어졌다. 4·3 당시 학살의 80~90%가 그 기간에 집중되었다. 선흘리 주민들은 그 무차별한 학살의 희생자였다. 제주고사리삼이 그 시절 죽어간 수많은 죽음으로 변모하는 순간, 제주고사리삼은 다른 존재의 시간으로 옮아간다. 그것을 그는 "주인이요 역사요 평화"라는 말로 표현하고 있다. 죽음이 죽음으로 종결되는 것이 아니라 "주인"이자, "역사"로,

"평화"라로 바꿔 말하고 있는 이 대목은 김순남이 기꺼이 땅에 엎드려 획득한 시선이 무엇을 바라보고 있는지를 상징적으로 보여준다.

상리공생(相利共生)의 이야기

김순남은 땅에 깃든 이야기의 힘을 믿는다. 직립의 시선을 버리고 부복의 시선으로 세계를 바라보는 그의 시편들이 식물로서의 야생화만 말하지 않는 이유가 여기에 있다. 진창을 기꺼이 감수하면서, 엎드려 온몸이 흙으로 뒤덮이더라도 그는 끝내 엎드림의 태도를 포기하지 않는다. 그것은 무릇 세계를 이루고 있는 존재들이 상리공생(相利共生)으로 충만하다는 사실을 말하기 위한 시적 버팀이다. 불현듯 나타난 세계를 인간의 시선으로 해석하지 않겠다는 의지이다. 서로 다르지만 함께 살아야 하는 다종다기한 세계의 왁자지껄. 그것은 다성(多聲)의 수다이자, 동시에 말하되 그 무엇도 타자의 언어를 억압하지 않는 공존이다. 복수(複數)의 미래를 만들어가는 목소리들의 개화이다. 그 수많은 개화 앞에서 우리는 다른 세계를 만날 수밖에 없다. 그 낯선 조우를 김순남은 기꺼이 감수한다.

낯선 존재들을 만날 때, 수직의 맹목이 삭제해 버린 시간들을 마주할 때, 비로소 생성이 가능해진다. 그것은 단일한 가능성을 만들어가는 시간이 아니다. 오히려 무수히 많은 차이를 만들어가는 다름의 생성이다. 무한한 차이를 생산하는 역동이란 우리의 세계를 이루고 있는 시간과 공간이 단일하지 않다는 자각에서 가능해진다. 엎드려야 겨우 보이는 꽃들과 마주하면서 김순남은 지금의 눈으로는 보이지 않는 숱한 다름을 발견한다. 그래서 그의 엎드림은 수직의 오만에서 내려오는 순간이자, 이질과 교란으로 가득한 세계를 만나기 위한 생성의 자각이다.

그것은 엎드린 자만이 얻을 수 있는 가능이자 창조이다. 엎드려야 보인다. 엎드려야 우리는 다름을 지향할 수 있다. 수직으로 치솟는 상상으로는 끝내 담을 수 없는 존재들. 수직의 시선으로 바라보면서 모든 것을 다 안다고 말했던 우리의 교만이 엎드림의 시선 앞에서 비로소 겸손해진다. 생각해보면 우리는 얼마나 많은 것들을 놓치고 살아왔던가. 맹목이 아니라 또 다른 가능성을 향해 우리는 단 한 번이라도 달려 본 적이 있는가. 내가 온전히 다른 존재로 뛰어 들어간 순간들이 있는가. 어쩌면 우리는 가지 않은 길들을 가야 하고, 오지 않는 시간 속으로 추락해야 하는지 모른다.

수직의 맹목을 추종하는 세대다. 높이를 욕망하는 것이 당연한 세태이다. 주식과 코인을 좇는 몰두가 이상하지 않다. '무엇을 보는가' 보다 '어떻게 보이는가'가 더 중요해진 세상에서 부끄러움조차 낯선 단어가 되어 버린지 모른다. 이 모든 폐허에서 김순남의 시편들은 그럼에도 생성의 가능성을 놓치지 않는다. 그래서 김순남의 시편들을 읽는 일은 지금 우리를 되돌아보기 위해서라도 필요한지 모른다. 그것은 지금의 태도를 묻는 질문이자, 지금의 윤리가 무엇인지 던지는 물음이다.

낮은 눈을 지닌 자가 만날 수 있는 낮은 세계. 그 수많은 세계가 만들어낸 이야기들의 힘들이 있기에 수직의 정점을 반성할 수 있다. 반성이 반성을 반성하는 그 겸허의 시작이 그가 만나는 엎드림이며, 그가 만나는 대지의 세계이다. 그리하여 그가 만나는 꽃들이란, 꽃들의 세계란, 결국 땅에 깃든 이야기일 터. 이야기는 우리에게만 있지 않고, 삶은 수직의 꼭짓점에서만 피는 것도 아니다. 김순남은 그 자명하면서도 외면했던 이야기들을 '땅꽃'의 시선으로 그려내고 있다.

그럼에도,
사랑을…

- 김형로, 『숨비기 그늘』

행동하는 질문

냉소와 무기력의 시절을 지나고 있다. 세상은 무도하고, 희망은 우리 곁에 없다. 한 사람의 열 걸음보다, 열 사람의 한 걸음을 신뢰하며, 함께의 힘으로 무도한 세상을 바꿀 수 있다고 생각했던 때가 있었다.

아름다운 시절은 지나갔다. 남은 것은 비천한 욕망뿐이다. 차마 마주하고 싶지 않은 우리 시대의 밑바닥이다. 욕망을 좇는 일이 부끄러움이 아니라 삶의 치열함을 드러내는 징표가 되어 버렸다. 한때 유행처럼 번졌던 코인 투기나, 주식도 매한가지다.

시효가 끝난 언어들이 다시 등장하고, 각자도생의 악다구니로 소란하다. 그럼에도 세상은 좀 더 좋아질 것인가. 시정의 밤거리에서,

울분에 찬 술자리에서 종주먹을 들이대는 질문들도 때론 무기력하다. "역사는 결국 전진할 것이다."라는 오래된 믿음마저 흔들린다. 타자를 향한 손가락질이 날카로운 창처럼 번득이고, 나만 아니면 된다고 안도한다. 당신의 불행이 오늘 나의 불행이 아니길 바라는 위안의 외투 안에서 겨우 살아가고 있다. 모두가 악인이 아니지만 세상은 점점 더 나빠지고, 죄의식에 빠지지 않을 만큼의 자기 위안들 속에서 우리들의 언어는 점점 왜소해지고 있다. 아무도 실패를 바라지 않지만, 모두의 실패로 끝날 수밖에 없는 자기 합리화의 무한 반복이다. 해야 할 일과 할 수 있는 일을 저울질하지 않고, 할 수 없는 일과 해도 안 되는 일들을 견주는 환멸만이 가득하다. 난국의 시절, 과연 우리는 어디로 가고 있는 것일까.

"더 이상 깃발 군중을 기다리지 말라."고 노래하던 때가 있었다. 91년 5월의 싸움이 끝난 후였고, 92년 대통령 선거에서 김대중 후보가 패배한 즈음이었다. 불온한 오늘에 침을 뱉으면서도, 낙관적 전망을 포기할 수 없었던 시간들. 진창의 날들이었지만 "무너진 가슴들 이제 다시 일어서고 있다."는 희망마저 버릴 수는 없었다. 흐르는 시간 속에서 한숨을 내뱉으면서도 우리들의 시대가 역사의 계단을 향해 오를 수 있다는 기대를 품었다. 노래처럼 한 시대가 흘러갔다. 그 시절 노래를 들으며 결기를 다짐했던 이들도 늙어버렸다.

노래가 지난 시절의 알리바이가 아니라면 지금 우리는 무엇을 기억해야 하는가. 사실은 형해화되었고, 모든 관계가 계약으로 치환되어 버린 오늘, '화려한 과거' 따위가 도대체 무슨 힘이 있는 것일까. 그래도 세상은 나아질 것이라는 기대를 하기에는 오늘의 반동이 위태롭다. '공산전체주의'라는 형용모순과 '이념전쟁'이라는 대결과 윽박의 언어가 다시 등장했다. 역사는 두 번 반복한다고 했는가. 한 번은 비극으로, 또 한 번은 희극으로. 오늘의 퇴행은 비극도 희극도 아니다. 우리 역시 희비극을 관람하며 환호와 눈물을 쏟아내는 관객이 아니다. 우리 모두는 무대 위에 함께 있다.

지젝은 우리 시대의 최우선 과제를 직접적 개입과 변화를 위한 행동이 아니라 헤게모니에 대한 질문을 던지는 것이라고 했다.[1] 운동이 아니라 질문, 행동이 아니라 방향에 대한 회의가 필요하다는 지적이리라. 그렇다. 질문 없는 행동은 위험하며 행위 없는 질문은 무기력하다. 김수영의 표현을 빌리자면 질문을 던지며 동시에 행동하는 것, 행동하는 질문, 질문하는 행동이 무책임한 연기를 바로잡는 것이며, 역사의 수레바퀴를 감당해야 하는 우리의 책임이다. 누군가가 "역사의 수레바퀴마저 사라져 버렸다."고 탄식할 때 함께 한숨 짓는 것이 아니라, 새로운 굴레를 창안해내려는 힘. 그것은 질문하는 자에게 주어지는 필연의 무게이다. 하여 오늘, 시는 무기력의 한때를 버티는 최소한의 안간힘이다.

오독이 만들어낸 은유의 세계

지그문트 바우만은 밀란 쿤데라를 인용하면서 시인의 사명은 숨어 있는 것을 찾아내는 것이 아니라 자명한 진실의 벽에 부딪히는 것이라고 했다. [2] 명백하고 자명한 진실을 대변하는 자들을 가짜 시인이라고 규정하는 그의 말은 시와 시인의 숙명이 어디에 있는지 잘 보여준다. 시는 은폐된 한계의 벽을 온몸으로 들이받는다. 시인은 명백하게 존재하지만 아무도 보려하지 않는 현실의 벽에 부딪혀 자신의 피로 우리가 믿어 왔던 오늘의 허위를 드러내는 자이다. 어쩌면 시는, 시의 언어는 기꺼이 썩어가는 운명을 감수해야 하는지 모른다. 오늘의 폐허에서 부패하면서 언젠가 오늘의 땅이 생성으로 가득하기를 바라는 안간힘. 지금 우리가 독해해야 하는 것들이 있다면 이렇게 겨우의 힘으로 버티는 어떤 간절함들이 아닐까.

한 계절 김형로의 시편을 골똘히 읽으면서 제일 먼저 든 생각은 세상이 무도하더라도 끝내 버텨야 하는 간절함 같은 것들이었다. 그것은 쾌도난마의 해결책이 더 이상 존재하지 않는 이 세상에 던지는 질문이자, 모든 것을 잃어버리더라도 끝내 버릴 수 없는 마지막 끈 같은 것이다.

김형로는 '좋은 사람'에서 "정말 모르겠다/ 좋은 사람이란 말/ 좋은 나라, 좋은 대통령은 조금 알 것 같은데/ 좋은 사람 이 말은 모르겠다"고 말한다. '정말'이라는 부사까지 쓰면서 '모르겠다'고 말하고 있지만 이것은 무지의 고백이 아니다. 오히려 '좋은 사람'이라는 통념을 회의하며 '좋음'이 무엇인가를 묻는 질문이다. 아리스토텔레스를 시작으로 '좋음'이 무엇인가는 오랜 철학적 질문이었다. "여태 살고도 이 말 모르겠어/ 좋은 사람이라든가, 사람 좋던데 같은 말"이라고 말하는 그의 고백은 "인간적으로 좋은 사람이냐고" 묻는 통념이 과연 좋음을 따질 수 있는지를 묻는다. 여기서 한 발짝 나아가 그는 "인간적으로 악한 사람도 있나"고 물으며 어느 고문 기술자의 이야기를 눙치듯 끼워놓는다. "어느 기술자가 대학생을 고문한다 쉬는 시간에/ 제 자식의 대학 진로를 물었다는데/ 이 사람은 인간적으로는 좋은 사람인가"라는 그의 질문은 좋음을 선악의 이항대립으로는 규정할 수 없음을 지적한다. 오히려 그는 "사회적으로 역사적으로 이성적으로 문법적으로/ 진짜 인간적으로"라고 반문한다. 그것은 인간의 선함을 인간의 자리가 아니라 사회적, 역사적, 이성적, 문법적 자리에서 되물어야 파악할 수 있다는 지적이다. '인간다움'을 묻는 질문이 별무소용이 되어 버린 시대, 만인이 만인을 향한 악다구니가 가득한 세상에서 이러한 질문은 인간이 끝내 놓치지 말아야 하는 윤리의 끈이 무엇인지를 찾는 탐색이기도 하다.

누군가는 이러한 진술이 고리타분하다고 여기질 모른다. 하지만 그 고리타분함이 아리스토텔레스가 말했듯 인간들이 사는 방식 속에 존재하는 좋음이 무엇인지를 끝끝내 묻고자 하는 힘일 수 있다. 그래서 그는 좋음을 판단하는 기준을 "소 닭보는 무관심"인지, "물렁한 버무림"인지, "반쯤 눈감은 반투명"인지, "반응한 탄력"인지, "공과 사의 유연한 틈"인지 되묻는다. 그것은 좋음을 판단하는 기준이 단일하지 않음을, 그래서 우리의 통념으로는 좋음을 말할 수 없다는 회의이자, 좋음을 '인간적 맥락'에서만 파악해서는 안 된다는 깨달음이기도 하다.

그의 시는 이렇게 당연한 믿음에 질문을 던진다. 그것은 때로는 의도적 오독으로 이어지기도 하는데 '우는 꽃'은 이러한 독해의 미끄러짐이 무엇을 지향하는지 잘 보여준다.

꽃을 꽃으로 읽은 적 있다
한참을 그렇게 읽었다
뜻이 커졌다 오독이 은유가 되었다

그 후로 꽃을 보면 우는 것 같았다

꽃을 꽃이라 한들
꽃을 꽃이라 한들

꽃을 못으로 읽으면
꽃은 세상을 위한 곡쟁이가 되고

못을 꽃으로 읽으면
우는 세상이 환한 서천꽃밭 같다

못을 매단 꽃
꽃을 둘린 못

늘 흔들리는, 흔들리며 우는

사람이라는 꽃
사람이라는 못

　못을 꽃으로 읽는 것은 명백한 오류다. 그런데 김형로는 그런 오
류가 "뜻이 커"지고, 하나의 "은유가 되었다"고 말한다. 못을 꽃으로
읽는 순간, 꽃은 울음이 되고, 못은 꽃이 된다. 이것은 의미의 인과관
계를 해체하고, 그것을 새로운 의미로 만들어가는 힘이 된다. 그래서
"꽃을 못으로 읽으면/ 꽃은 세상을 위한 곡쟁이가 되고", "못을 꽃으
로 읽으면/ 우는 세상이 환한 서천꽃밭 같다"고 말할 수 있다. 오독

은 기호와 기표의 자의적 관계망을 흔들고 새로운 은유로 확산되는
바, 그것은 사람이 곧 꽃이며, 사람이 곧 뿃이라는 진술로 나아간다.
울음이 꽃이 되고, 꽃이 울음이 되기 위한 의도적 오독 속에서 "늘 흔
들리는, 흔들리며 우는", "사람이라는 꽃"과 "사람이라는 뿃"이 동시
에 놓이게 된다. 이 시는 김형로의 이번 시편들을 이해하는 데 중요
한 지렛대라고 할 수 있다.

  '뿃'은 울음이며, '꽃'은 그저 꽃일 뿐이다. 지시적 의미로는 도저히
병치될 수 없다. 하지만 시인의 말처럼 "오독이 은유가 되"는 순간,
분명하고 자명한 의미망들은 균열한다. 이는 하나의 의미를 고정된
실체가 아니라 끊임없이 미끌어지는 유동적인 존재로 간주하는 것
이며, 이를 통해 새로운 은유의 세계를 구축하기 위한 방법론이다.
꽃이 울음을 매달 수 있고, 울음이 꽃을 두를 수 있는 이유가 여기에
있다. 울음이 꽃이고 꽃이 곧 울음이다. 둘이면서 하나이며 하나이
면서 둘인 세계. 하여 사람으로 산다는 일이란 그렇게 끊임없이 흔
들리며 때로는 꽃이 되기도 하고, 울음이 되기도 하는 것인지 모른
다. "사람이라는 꽃"과 "사람이라는 뿃" 사이에서 김형로는 기꺼이 미
끌어진다. 그의 미끌어짐은 세상을 곡해하거나 의도적으로 외면하
기 위한 자기 방어가 아니다. 그것은 우리 시대가 망각해버린 은유,
우리에게 필요한 은유가 과연 무엇인가를 묻는 질문이다.

'슬쩍'의 윤리

질문이 달라지면 답이 달라진다. 해답은 연속된 질문의 과정이 만들어낸 우연한 결과인지 모른다. 오독이 만들어내는 은유의 가능성을 타진하면서 그는 우연하지만 마땅한 일들이 무엇이었는지 말한다. 그것을 잘 보여주는 것은 '슬쩍'이다. 여기에서 그는 한국 현대사의 굵직한 장면들을 떠올리면서 세상을 건디는 힘이 어디에 있는지를 보여준다.

"부정 투표를 고발했다 영창에 간힌 육군 중위"에게 "헌병이", "슬쩍 밀어넣고" 간 쪽지나, 10월 항쟁 때 경찰에 쫓긴 대학생을 숨겨주었던 술집의 일행들, 그리고 "자식 잃은 에미"에게 "슬쩍" 둘러준 "목도리", 혹은 광주항쟁의 그 밤 "도청 담을 넘어 주택의 지붕을 타다", "삭은 슬레이트와 함께 떨어진 어느 집 안방"에서 주인이 "슬쩍, 옷장을 열어주던" 순간들. 거창한 구호나 목청 높은 항변이 아니라, 그저 "슬쩍", 아무렇지도 않게 마음을 열어준 시간들이야말로 그의 질문이 향하는 하나의 과녁이다. "짱돌 든 사람 없"고 광장은 텅 비어버린 지금, 그는 '슬쩍의 힘'으로 "순정했던 온몸"을 갈구한다. ('어디 없나' 중) 아무렇지도 않게 슬쩍, 목소리 높이지 않고 조용히, 순정하게 온몸으로 살아내야 하는 시간. 그것이 그의 질문이 찾아내는 과정의 진실이라면 그것을 '슬쩍의 윤리'라고 명명할 수 있으리라. 그것은 어쩔 수 없었다는 자기합리화가 아니라, "별 것 아닌 선의"[3]에 대한 믿음이다. 자기 입증이 넘쳐나는 시대에, 자기연민과 위안만으로는 모두의 실패로 끝날 수밖에 없다는 인식, 그래서 그는 '슬쩍'의 연대를 실천하는 것이 우리 시대에 필요한 '별 것 아닌 윤리'이자 '슬쩍의 힘'이라고 말하고 있다. 그것은 아무렇지도 않고, 평범하고 터무니없이 작은 행동이지만 결코 잊을 수 없는 실천이자, 시간을 견디는 힘이다. 그런 순간을 그는 "엇박의 순간"이라고 말하고 있다.

그날이라고 말하는 그런 날
하나둘 있을 것이다
아무런 고리 없이 까닭 없이 불쑥
떠오르는 어떤 사람
어떤 기억
어떤 스침
몸부림으로 솟구치는 것이다

사는 그날이 하나둘 똬리를 트는 일

길을 가다 문득 서게 만드는
그런 사람

그런 순간들, 그런 일들

그런 엇박의 사람들

- '그런 사람' 중

'슬쩍', 아무렇지도 않은 행동 하나가 "어떤 기억"으로 "어떤 스침"
으로, "몸부림으로 솟구치는 것"은 슬쩍이 역설적으로 얼마나 단단한
실천인지를 보여준다. 그것은 "길을 가다 문득 서게 만드는" 정지의
힘이자, "그런 사람"과 "그런 순간"을 끊임없이 기억하게 하는 강렬한
각인이다. '슬쩍의 윤리'를 살아간 사람들을 그는 "그런 엇박의 사람
들"이라고 말한다. '엇박'은 반복을 흔들고, 시간을 거스른다. 조화를
인정하지 않는 창조적 개입이다. 불화와 분열의 '엇박'이 질서를 거
스를 때 비로소 슬쩍의 윤리가 만들어진다. 그것은 그의 윤리관이 선
형적이며 인과론적인 관계가 아니라 '슬쩍'이라는 우연한 실천이 '엇
박'을 만들어내고, 그런 '엇박'이 '슬쩍'의 시간을 만들어내는 순환적
관계임을 보여준다. '슬쩍'과 '엇박'이 서로를 좇을 때 '그런 사람'과 '그
런 순간'들은 일회적인 우연이 아니라, 끊임없이 우리를 윤리적 시간
으로 이끌어가는 힘이 된다. 그래서 그가 말하는 '슬쩍'이란 연약한
실천이 아니다. 아무렇지도 않고, 평범하고 터무니없이 작은 행동이
지만 그것은 어떤 결연한 행위보다 강하다.

그래서 그는 한층 확고한 태도로 "최후의 자세"를 말할 수 있다. 그것은 "세상의 끝에는/ 꽉 다문 입으로 몸을 뒤틀며/ 더러는 할 말 남은, 못 닫은 입으로 가야 할 시간"과 마주하는 시간이다. 그것은 "비틀린 말과 행동을 굽어보"는 순간이자 "굴비를 보며/ 최후의 자세를, 못다 한 말을 생각하"는 순간이다. 그 순간을 그는 "그때쯤 당신은 인생 제법 산 사람/ 굴비가 될 자격이 있는 사람"이라고 말하고 있는바, 그가 말하는 사람의 자격이란 "결코 비굴하고 싶지 않아 이름을 거꾸로 뒤집어쓴/ 죽어서도 죽은 것만은 아닌 싸늘한 멸/ 다하지 않은 사라짐을 볼 자격이 있는 사람"인 것이다. ('굴비' 중)

'슬쩍의 윤리'란 그런 것이다. 거창한 구호나 요란한 목청이 아닌, 그렇게 슬쩍 사람의 일을 하는 것, 사람답게 슬쩍 사람으로서의 실천을 하는 것, 김형로는 그렇게 사람의 일을, 사랑의 일을, 사람의 실천이 우리 시대의 윤리라고 말하고 있다. 그것은 "짱돌 든 사람 없"고, "광장은 비"어 버렸고, "순정했던 온몸들"은 사라진 시대, 모멸을 견디는 그만의 방식이기도 하다.

기억이라는 역동

김형로의 시편에서 또 주목할 부분은 제주 4·3항쟁과 광주항쟁을 다룬 일련의 연작들이다. 부산 출신인 그가 광주와 제주에 주목하는 이유는 무엇일까. 사실 외부적 시각에서 광주와 제주의 시간을 바라보는 일은 쉽지 않다. 자칫 소재적 관점에 머물거나, 역사적 사실의 무게에 매몰될 가능성이 크기 때문이다. 이런 우려에도 그는 광주와 제주 연작을 이어가고 있는데 그것은 그의 시편들이 사실의 재현이 아닌 다른 무엇을 지향하고 있기 때문이다. 그 지향점이 무엇인지를 살펴볼 수 있는 작품 중 하나가 '보리밭에서 푸른 하늘을-김대진'이다.

> 봄날 보리밭 지날 때면
> 혁명은 제쳐놓고
> 보리밭에 잠들었던 산사람 생각난다
> (중략)
> 봄날 보리밭 보면
> 느 것 나 것 없는 좋은 시상 올 거우다 산으로 들어간
> 젊은 애비가 생각난다

보리 이삭 훑어 호주머니 채우던

흔들리는 푸른 하늘 바라보던

꿈꾸듯 살다 간 한 청년을 생각한다

(중략)

보리왓은 볼 수가 없어요 유월쯤 보리가 누렇게 익을 때면 몸서리치
는 그리움에 나는 앓아요 바람에 보리가 이러저리 물결칠 때는 그 사
이로 아버지가 앉아 있을 것 같았지요 세월에 잊지 않는 장사 없대도
그 강렬한 노란색은 잊을 수 없어요

맨 처음 하르방 할망이 끌려갔어요 저는 무서워 담고망으로 보고만
있었지요 그때 내 나이 열 살 집 밖으로 나가더니 총소리가 났어요 겨
울이었는데 집 근처 빈 보리밭에서 총을 쏘아 버렸지요

닷새 뒤에는 엄마가 청년들에게 잡혀갔지요 외할머니에게 우리 애기
잘 키와줍서, 잘 키와줍서 그 말 남기고 갔어요 지서 앞 밭에서 총 맞았
다는데 한 번에 안 죽이고 데굴데굴 구르다 땅을 긁어 손톱이 다 빠져
버렸대요

그 모든 게 아버지 때문이라 했지요

아버지가 산에 들어가기 전날 저녁이었어요 아버지가 저를 무릎에 앉혀서 구구단 가르쳐 주었어요 우리 딸 잘 외완 착하다 그 말이 제가 들은 마지막 목소리였어요 다음날 아버지는 없었지요

소문이 산에도 퍼졌겠죠 집에는 못 오고 진드르 우리집 보리밭 생각 났겠지요 보리 벨 때면 누구든 만날 수 있겠구나 생각했겠죠 산에서 언 몸 봄 햇살 맞으니 그만 잠들고 말았겠지요 경찰의 추격을 받고 몇 걸음 못 가 쓰러졌대요

관덕정에 사흘을 세워놨답니다 겨우겨우 화장 날 알아내 재 한 줌 가져왔지요 누가 진드르 보리밭에 갔더니 보리 이삭을 훑어놨다 합디다 거친 보리 쟁여 넣은 아버지 생각하면 쌀밥은 먹을 수가 없어요

이모도 외삼촌도 동생도 죽고 저 혼자 살아 남았어요 이런 일 다시 생긴다면 제가 먼저 죽어버릴 거우다 이 짐승 같았던 세상…소왕가시보다 더 무섭고 아픈 세상, 다시는 살구정 아녀우다

김대진은 1948년 4월 15일 인민유격대의 조직부가 개편될 때 군사부 부대장을 지냈던 인물이다. 김대진의 행방에 대해서는 오랫동안 제대로 알려지지 않았다. 제주4·3연구소가 펴낸 『이제사 말햄수

다』에는 1948년 가을에 토벌대에게 체포되었다는 증언도 있고 1949년 봄 신촌 보리밭에서 특공대에게 사살되었다는 증언도 있다. 김대진의 혈육인 딸 김낭규는 아버지의 죽음에 대해 1949년 봄 신촌 보리밭에서 사살되었다고 말한 바 있다. 제주 4·3진상규명 과정에서 인민유격대 출신들의 존재는 여전히 문제적이다. 제주 4·3특별법이 제정된 직후 보수 단체들은 헌법재판소에 특별법에 대한 위헌 소송을 제기했다. 2001년 헌법재판소는 그들의 소송에 대해 각하 결정을 내렸지만 문제는 헌재의 부대의견이었다. 헌재는 4·3 희생자 결정과 관련해서 "자유민주주의적 기본질서와 이에 부수되는 시장경제질서 및 사유재산제도를 반대한 자 정도를 발표 희생자 결정 대상에서 제외해 나가는 방법을 채택하는 것"이 헌법의 이념에 부합하다고 판단했다. 즉 남로당 제주도당의 핵심 간부는 희생자에서 제외되어야 한다는 판단이었다. 헌재의 이 결정은 이후 제주 4·3 희생자 선정 기준이 되어 버렸다. 군사부 부대장을 지냈던 김대진은 당연히 희생자에 포함되지 못했고 여전히 그의 이름은 잊혔다. 4·3 당시 수형인에 대한 군사재판의 직권재심에서 법원이 무죄 선고를 내리는 와중에도 김대진을 비롯한 '산사람'들은 여전히 기억의 외부에 존재하고 있는 것이다.

사실 제주 4·3에 대한 기존의 시편들이 4·3의 비극성에 주목한 것은 사실이다. 그런데 김형로는 제주 4·3 진상규명 운동의 마지막 열

쇠가 될 수도 있는 이른바 배제된 존재를 적극적으로 호명한다. 그리고 그 호명의 방식이 증언을 적극적으로 차용하면서 이뤄지고 있다. 이는 그의 4·3 연작들이 단순히 사건의 재현이 아니라 기억의 문제에 방점을 두고 있다는 사실을 보여준다. 특히 외부인의 입장에서 제주어를 시적으로 구현한다는 게 쉽지 않음에도 불구하고 제주어를 적극적으로 활용하고 있는 대목은 그가 주목하고 있는 기억의 문제가 결국 언어의 문제라는 사실을 보여준다.

일찍이 현기영이 「순이삼촌」에서 8년 동안 고향을 찾지 않았던 주인공이 귀향을 하면서 가장 먼저 잃어버렸던 고향의 말을 발견하는 장면을 써내려갔던 것처럼, 김형로는 억압된 과거를 기억하기 위해서는 언어의 발견이 필요하다는 점을 분명히 간파하고 있는 것이다. 이러한 시도들은 4·3뿐만 아니라 광주 연작의 진정성을 담보하고 있는 것이라고 봐도 무방하다.

제주 4·3평화문학상을 수상한 시 '천지 말간 얼굴에 동백꽃물 풀어'에도 이런 그의 지향점은 분명하다. "그해 남쪽 섬/ 붉지 않은 바위 서낫던가/ 돌아앉지 않은 꽃 이서낫던가"가라며 제주 4·3의 순간을 소환하면서 그는 설문대 신화를 4·3 당시 타올랐던 봉홧불의 이미지로 이어간다. "설문대할망 다리를 놔 줍서/ 설문대할망 다리를 놔 줍서/ 한라에 봉화 오르면/ 웃밤애기 알밤애기 오름마다 불을 받고/ 벌겋게 섬이, 달마저 붉게/ 백두에도 불 오르는 통일의 그날/ 호랑이도 곰도 느영 나영 춤을 추고/ 사름이 사름으로 살아지도록 신명나게 놀아봅주/ 좋은 싀상 우리 같이 살아도 봅주" 이러한 시적 진술은 제주 4·3을 역사적 사건으로 재현하는 것이 목적이 아니라 그 것의 의미를 현재적 관점에서 해석하고자 하는 적극적 의지의 표현이다.

이러한 의지는 조천읍 와흘리 이장과 인민위원장을 지냈고 이덕구 사령관이 체포된 이후 남아있는 인민유격대를 수습해 사령관이 된 김의봉의 사연까지 아우르게 된다. 각명비에 이름이 새겨졌지만 앞서 말한 헌재의 부대 의견으로 희생자에서 철회된 인물, 김의봉. 김형로는 그를 "이름을 잃어"버린 존재로, "살아서는 버렸고", "죽어", "지워"진 이름으로 소환한다. 그것은 잊힌 이름을 기억하는 일이 사람의 일임을, 그것이 슬쩍의 힘으로 끝내 붙잡아야 하는 윤리임을 보여준다.

광주를 다룬 연작에서도 이런 경향성은 일관되는바, 그는 "광주를 광주답게 만든 것은 어머니들이었다"면서 그것을 "처음엔 무서워 달아났지만/ 분노가 두려움을 덮은 임계의 순간", "사람을 내 품의 새끼로 거둔 말"이라고 말한다. ('내 새끼를 왜 이러냐고' 중) 어미가 자식을 품는 일이 천륜이다. 하지만 폭력은 그 당연한 의무조차 두려움으로 만들어 버린다. 하지만 사람이기에 사람의 일을, 할 수밖에 없고, 사람이기에 사람을 품을 수밖에 없다. 그래서일까. 사람의 윤리를 묻는 그의 질문은 스스로를 향하기도 한다.

"그때 만약 금남로에 있었다면/ 도청으로 걸어 들어갈 수 있었을까 나는"이라고 물으며 그는 "핏빛조차 삼켜버린 칠흑 어둠/ 쓰러지는 형제들 곁에 누울 수 있었을까"라고 되묻는다. 이런 질문의 행위가 "시를 쓰면서 나에게 던진다"라는 대목은 심상치 않다. ('너는 도청에 남았겠냐' 중) 그것은 질문이 질문으로 끝나는 것이 아니라, 행동하면서 하는 질문이자, 질문하면서 행동해야 하는 것임을 잘 보여준다.

그는 질문이 행동으로 이어지지 않고, 행동이 질문으로 이어지지 않은 것들을 "유령"이라고 규정한다. 세월호의 죽음이 단독의 사건이 아니라 "지하철 스크린 도어에, 공장의 컨베이어 벨트에, 육중한 기계의 아래나 그 사이에, 건물 높다란 외벽에, 거대한 정화조에, 지하 물류창고에, 좁다란 골목길에" 여전히 존재한다는 사실 앞에서 그는 우리의 침묵이 "유령"을 만드는 하나의 방조라고 생각한다. ('그러나 유령 아닌 것들' 중) 그렇기에 그는 우리의 기억이 습관적인 애도가 되지 않기를, "살아 남은 사람"이 "그의 얼굴과 이름을 여전히 알지 못하"는 기억의 부재를 통렬하게 꾸짖고 있다.

그의 시편들은 기억이 명사가 아님을, 기억은 기억하는 행위로 기억되는 역동임을 웅변하고 있는 것이다. 그것은 기억이 단순히 흐르는 시간을 곱씹는 복기가 아니라, 기억을 언제나 새로운 기억으로 탄생시키는 창조이다.

사라지는 섬을 위한
비념

- 한진오, 『사라진 것들의 미래』

좌충우돌, 종횡무진의 딴따라

한진오는 제주 문화판의 유명 인사다. 광대이자, 작가이자, 제주 굿 연구자로, 다큐멘터리 감독으로 그는 늘 종횡무진이다. 연극판에 있는가 싶더니 어느새 뮤직비디오에 출연해 랩으로 제주 개발의 문제를 고발하기도 한다. '야매 심방'으로 굿판에 있는가 하면 라디오 드라마 대본을 써내려 간다. 시위 현장의 앞에서 힘찬 풍물 소리로 군중들을 격려하고는 무참히 잘려버린 비자림로에서의 퍼포먼스도 척척이다. 스스로를 '제주가 낳고 세계가 버린 딴따라'라고 규정하는 그는 늘 좌충우돌의 현장을 지킨다. 어디로 튈지 모를 정도로 변화무쌍하지만 그의 작업에서 변하지 않는 것이 하나 있다. 그의 작업의 뿌리는 늘 제주 굿의 토양에서 비롯된다.

제주 굿을 떠나 그의 작업을 설명하는 일은 불가능에 가깝다. 굿이 좋았고 굿에 미쳐 살았다. 20년 넘게 굿에 빠져 지냈다. '심방이 될 팔자'라는 말도 들었다. 신내림을 받지 않기 위해 굿도 두 번이나 했다. 반은 심방이고 반은 '딴따라'로 좌충우돌, 종횡무진이지만 무엇보다 그는 작가다. 제주 민중들의 입말을 그 누구보다도 맛깔나게 드러내는 영락없는 만담꾼이다. 표준어의 세계로 포착되지 않는 로컬의 언어로 그는 신명의 작두를 탄다.

지방 발령을 아직도 '좌천'이라고 읽는 강고한 서울 중심의 사회에서 로컬의 언어는 버려진 언어다. 영화나 드라마에서 경상도와 전라도의 언어가 자주 등장한다고는 하지만 매스미디어에서 선택되는 지역의 언어란 사실 다양한 지역의 언어를 지워버리는 또 다른 왜곡이다. 부산과 마산과 대구가 다르고, 광주와 해남이, 보령과 제천이 다르듯, 지역의 언어는 수많은 차이로 존재한다. (제주만 하더라도 서귀포시와 제주시가 다르고, 대정과 토평의 언어가 다르다.) 수많은 차이의 거리야말로 개별의 세계를 만드는 힘이다. 그것은 평소에는 서울이라는 불야성 때문에 보이지 않았던 별들이다. 무심하게 쳐다보던 밤하늘에서 불현듯 수십억 광년을 지나 도착한 별빛을 보듯 로컬의 언어를 마주하는 순간, 우리는 잊고 있었던 존재들의 아우성과 만난다.

한진오의 작품을 읽는 사람들이라면 각주를 읽는 수고를 감수해야만 한다. 표준어에 익숙한 독자들에게 한진오의 작품들은 난공불락일 수도 있다. 한진오는 지역의 언어로 단단하게 성을 쌓고 표준어의 세계와 한바탕 공성전을 벌이기 때문이다. 그것은 모든 것을 표준어로 사유할 수 있고 사유해야만 한다는 (무)의식에 대한 단호한 도전이다. 낯선 진입로에서 독자들은 때로 길을 헤맬 수도 있다. 하지만 그가 만들어낸 성 안으로 들어오는 순간, 그의 세계에 매료될 수밖에 없다. 모든 것을 이해할 수는 없지만 충분히 매혹될 수 있는 세계. 그것이 한진오가 만들어낸 세상이다. 이제, 좌충우돌, 종횡무진의 세상으로 떠날 시간이다.

물신(物神)의 바벨탑을 향해 던지는 영성(靈性)의 투창

희곡집에는 「광해光海, 빛의 바다로 가다」, 「사라진 것들의 미래」, 「실명풀이-꽃사월 순임이」, 「숨을 잃은 섬」, 「이제 와서」 모두 5편의 작품이 실려 있다. 그의 작품은 '제주라는 지리적 공간을 전면에 내세운다. 한진오의 작품을 제주라는 공간에서 제주에서 나고 자란 사람들이 제주의 언어로 말하는 삶의 이야기'라고 규정할 수도 있다. 하지만 그의 작품은 제주라는 시공간에만 갇히지 않는다. 우리는 표준어의 세계 속에서 살아간다고 '상상'하지만 실제 우리가 살아가는 세계란 이질적인 언어들로 가득한 세계다. 거기에는 부산과 마산, 대전과 보령, 완도와 제천, 청양과 울진, 언양 등 수많은 삶들의 아우성이 가득하다. (중국동포와 이주노동자들의 언어까지 포함한다면 이미 우리는 차이의 언어 안에서 살고 있다.) 매스미디어가 지역을 호명하는 수준이 '6시 내 고향'과 '세상에 이런 일이', 혹은 '자연에 산다'에 머물고 있는 현실에서 한진오의 작업은 예외적일 수밖에 없다. 하지만 이런 작업이 예외적으로 치부되는 것 자체가 우리의 언어가 얼마나 균질화되어 가고 있는지를 보여준다. 언어가 같아진다는 것은 사유가 같아진다는 의미일 터. 똑같은 사유 속에서 새로운 상상은 불가능하다. 상상의 힘이 사라지는 자리에서 언어는 소비되고 휘발된다.

한진오는 우리의 몸이 대지에 뿌리를 두고 있다는 사실을 외면하는 언어들의 홍수 속에서 뿌리의 언어를 잊지 않는다. 「사라진 것들의 미래」와 「숨을 잃은 섬」은 한진오가 지닌 뿌리의 힘이 어떻게 작동하고 있는가를 잘 보여준다. 다른 작품들과 마찬가지로 이 작품에서도 굿의 사유가 밑바닥에 깔려 있다. 그가 바라보는 굿은 민속학적 탐구의 대상이 아니다. 기복의 수단도 더더욱 아니다. 그의 표현을 빌리자면 "굿이라는 건 꼭 바라는 만큼 돼고 안 돼고를 떠나 잘못을 빌"기 위한 성찰의 몸짓이다. (「숨을 잃은 섬」 중에서) 그의 언어를 이해하기 위해서는 제주 굿의 세계, 그 영성을 경유하지 않으면 안 된다. 그의 언어는 제주 굿의 삼투압으로 빚어진 비념들이다. 이번 작품집에 실린 다섯 편을 관통하는 것 역시 굿의 영성이다. 영성(靈性)이 사라진 시대, 그의 언어는 물신(物神)의 바벨탑을 향해 던지는 투창이다.

비념의 주술이 만들어낸 투창은 근대에 대한 맹신을 정면으로 겨눈다. 근대성에 대한 비판은 많은 사람들이 이야기한 바 있다. 아르투로 에스코바르, 엔리케 두셀 등은 근대성이 결국 식민성의 또 다른 이름이라고 규정한 바 있다. 근대성에 대해 강도 높게 비판하는 이들의 견해를 단지 라틴아메리카의 상황에만 국한된다고 볼 수 없다. 근대에 대한 맹목적인 지지와 열광은 지역을 지우는 폭력으로 귀결되었다. 재개발과 도시재생이라는 이름으로 이뤄진 성장의 결과는 무엇이었는가. 60년대 이후 계속된 성장주의에 대한 맹신은 지역의 이름을 지우고 서울을 이식하는 이른바 서울 '복붙'(복사+붙여넣기)이었다.

「사라진 것들의 미래」와 「숨을 잃은 섬」은 2000년대 이후 제주에 불어닥친 개발 광풍을 정면으로 다루고 있다. 「숨을 잃은 섬」은 신성이 깃들지 못하는 섬의 현재를 신화적 상상력으로 말하고 있다. 물장오리에 빠져 죽은 설문대할망 설화를 이 작품에서는 사체화생(死體化生)으로 해석한다. 설문대할망은 죽어 육신은 제주섬이 되었고 영혼의 숨결은 바람의 신으로 화했다. 제주섬에 가해진 개발의 생채기들은 설문대할망의 육신을 파괴하는 일들이자 여신의 생명을 죽이는 일들이었다. 망가진 육신에 숨결이 깃들 리 만무하다. 작품은 도수문장과 반고씨, 천지왕 등 제주신화 속에 등장하는 영적인 존재를 다성적인 소리로 등장시키면서 막을 연다. 소리는 하늘과 땅을 갈라놓은 우주의 거인 도수문장이 되었다가 설문대할망이 되기도 한다. 작품은 명주 백 동을 바치면 육지와 연결하는 다리를 놓아준다는 설문대할망의 이야기를 새롭게 해석한다. 명주 백 동으로 옷감을 지어달라는 설문대할망의 요구의 핵심은, 온 생명이 다 함께 사는 세상을 만들라는 것이었다. 다리를 놓겠다는 설문대할망의 약속은 뭍과의 연결이 중요한 게 아니라, 제주섬의 생명성으로 온 세상이 공생공존하는 세상을 만들어달라는 것이었는데 인간의 탐욕이 그것을 잘못 해석해버린 것이다.

[소리1-여] 나무와 풀은 모두 어디에 있니?

[코러스들] 다리는 어찌 되었나요?

[소리1-여] 새와 짐승은 모두 어디로 갔니?

[코러스들] 다리는 어찌 되었나요?

[소리1-여] 옷을 다 지었니?

[코러스들] 다리는 어찌 되었나요?

[소리1-여] 나와의 약속을 묻는 거야. 옷은 어찌 되었어?

[코러스들] 다리를 보여주소서. 그리하면 옷을 바치겠나이다.

[소리1-여] 나무와 풀, 새와 짐승들, 모두가 너희를 대신해 죽었어.

[코러스1] 당신의 몸을 감쌀 옷감이 되었나이다.

[소리1-여] 너희들은 또 다른 잘못을 저질렀어.

[코러스2] 당신과의 약속 때문이었나이다. 저희가 무슨 잘못을 했나요?

[소리1-여] 내가 바란 건 온 생명이 함께 사는 거야.

물신(物神)에 대한 탐욕으로 제주섬에 바람이 사라져 버린다. 음력 2월 영등달이 되면 마땅히 불어야 할 바람이 불지 않는다. 바람이 불지 않는 건 단순한 자연현상이 아니다. 바람은 설문대할망의 영혼의 숨결이기 때문이다. 신이 깃들지 않는 섬, 영혼이 머물 수 없는 물성(物性)의 섬은 이상기후로 몸살을 앓는다. 2막에서 환(幻)을 등장시켜 바람이 불지 않는 이유가 두럭산의 금기를 깨버렸기 때문이었음이 드러난다. "설문대의 육신이 제주섬이라면 여신의 숨결인 영등신은 제주의 바람"이라는 잊힌 전설을 각성하게 되는 2막의 문제의식에서 볼 수 있듯이 이 작품은 물성의 탐욕을 성찰하는 영성의 힘을 말하고 있다.

[환] 어르신은 어쩐 일로?

[노인1] 아, 동네사람덜이 두럭산 앞에서 용왕굿을 허켄 허니 폐사된 물
　　　고기영 바다쓰레기라도 치우젠 와서.

[환] 저도 도와드릴까요?

[노인1] 나사 ᄀ찌 헤주민 고맙주. 쪼끔 잇이민 동네청년덜 멧 명 올 거라.

[환] 근데 어르신, 굿을 하면 효험이 있을까요?

[노인1] 게메이. 알 수 없주. 겐디 굿이라는 건 꼭 바라는 만큼 뒈고 안 뒈고를 떠낭 잘못을 빌려고 허는 거주.

[환] 잘못요?

[노인1] 아, 제주섬에 이런 재난이 닥친 이유야 과학자들이나 정치가들이 알앙 풀어낼 문제고. 우린 사람덜이 무슨 잘못을 헤도 크게 헤시난 천지신명이 진노허영 동티가 낫다고 보는 거주. 게난 바라는 건 둘째 치고 잘못을 먼저 빌어야 뒐 거 아니라.

[환] 듣고 보니 그러네요.

환과 노인의 대화에서 알 수 있듯이 과학적 해결이 먼저가 아니다. 바람이 왜 불지 않는지, 기후변화가 어디에서 비롯되었는지, 과학적 데이터를 수집하고 분석하는 일은 본질이 아니다. 인간의 행위로 인해 동티난 세상에 대한 반성과 성찰이 우선이다. 굿은 그 성찰을 가능케 하는 제의의 양식이다. 그래서 바라는 대로 되고 안 되고를 떠나서 잘못을 빌기 위해서라도 굿이 필요하다. "부디부디 나의 유신을 망치지 말라, 제주섬을 허물지 말라."는 설문대할망의 당부를 지키지 못했다는 치열한 성찰의 굿. 그 한바탕 푸닥거리를 경유해야만 새로운 세계가 가능하다. 이것은 21세기 황량한 디스토피아에서 쓰는 천지왕본풀이자 새로운 창세기다.

「사라진 것들의 미래」 또한 디스토피아의 세계를 그려내고 있다. 그의 표현대로 이 작품은 극심한 난개발과 거대 자본의 유입으로 몸살을 앓고 있는 제주의 현실을 신화적 문법으로 그려내고 있다. 모든 것이 파괴되어버린 21세기의 어느 시간을 무대로 '스타시드'를 캐기 위해 무인도로 향하는 '물음표'와 거기에서 만나게 되는 '노인'과 '소녀'의 이야기를 통해 성장주의의 폐해를 지적하고 있다. 한때 모든 것을 다 가졌지만 이제는 알거지가 된 '물음표'는 아버지의 유품인 연구노트 속 무인도를 찾아 나선다. 아버지가 남긴 기록에 의하면 무인도에는 우주 운석이 지구로 떨어지면서 만들어내는 보석인 별들의 씨앗, 스타시드가 묻혀 있었다. '물음표'는 스타시드만 캘 수 있다면 한번에 재기할 수 있다는 기대를 품고 무인도로 향한다. 무인도에서 '물음표'는 정체를 알 수 없는 '노인'을 만난다. '물음표'는 '노인'에게서 섬의 역사를 듣는다. '노인'은 군인들이 '섬의 심장' 근처에 철조망을 치고 사람들을 내쫓았고, 과학자들이 섬을 실험장으로 만들어버렸다고 말한다. 두 사람간의 소극(笑劇)이 끝날 때쯤 새로운 인물인 '소녀'가 등장한다. 섬에서 '제일 높은 곳'에서 왔다는 소녀는 "기다란 술이 치렁치렁 매달린 칼"을 지니고 있다. 멩두, 신칼을 지난 '소녀'는 영적인 존재다. '소녀'는 바위들이 "모든 생명을 낳은 뼈"들이라면서 "생명의 씨앗"을 뿌린 여신의 존재를 이야기한다. 과학을 맹신하는 '물음표'에게 소녀의 이야기는 이해 불가능한 요설일 뿐이다. 하지만 소녀가 스스로 절벽에서 떨어져 섬의 심장 속으로 들어가는 마지막 장면을 통해 영성(靈性)은 '물음표'에게 이어진다.

　　암벽의 수많은 그림 한가운데 알 수 없는 빛이 서리며 소녀의 형상이 그림처럼 나타난다.
　　소녀의 손에는 빛나는 별의 눈물이 있다.

　　[노인] 저 분이 섬의 심장이며 여신일세. 비바람 속에서 내게 말씀하시더군. 섬의 심장께선 세상이 생겨날 때부터 이곳에 계셨대. 많은 생명들을 낳고 품었다는군. 그러나 우리 인간들만 달랐다는군. 인간들은 욕망의 끝을 모르는 존재들이래.

　　노인이 잠시 바튼 기침을 하는 사이에 섬의 심장이 맥박소리가 울리고 땅이 흔들린다.
　　맥박소리는 점점 빨라지고 있다.
　　맥박소리를 따라 암벽이 금가기 시작한다.
　　놀라는 물음표를 노인이 다독인다.

[**노인**] 그리 놀라지 말게나. 섬의 심장께선 몸소 보여주시려는 것일세. 사라진 것들의 미래를 말이네. 다시 밑바닥이 없는 호수 속으로 사라지실 걸세. 나 또한 저 분과 함께 하고 싶네.

그 사이 섬의 심장의 맥박소리는 점점 빨라지고, 소녀의 그림도 점점 빛을 잃어간다.

[**노인**] 마지막으로 자네에게 한 가지 선물을 주신다는군.
[**물음표**] 선물?
[**노인**] 자네가 그토록 갖고 싶어 했던 별의 씨앗, 저 돌 말일세.
[**물음표**] 내가 그걸 받아서 어쩌라고요?
[**노인**] 그건 자네 몫이지. 어떤 선택을 하건 전적으로 자네의 길일세. 저 돌을 팔아 많은 값을 받건 아니면 가슴에 품고 섬의 심장처럼 세상을 여행하며 사라진 것들을 되살리건 다 자네 몫이지. 잠이 오는구면. 난 꿈을 꿀 걸세. 아주 평화로운….

'물음표'가 찾으려던 스타시드가 '섬의 심장'이라는 설정에서 알 수 있듯 섬의 영성(靈性)이 섬을 살리는 유일한 길이다. 마지막 에필로그에서 '물음표'가 소녀의 옷을 입고 거룻배를 타고 바다로 나아가는 장면은 영성의 계승을 통한 섬-생명의 연속성에 대한 염원이자 비념이다.

번개처럼 새겨진 삶의 찬란

앞의 두 작품이 영성(靈性)을 잃어버린 시대에 바치는 비념이라면
「실명풀이-꽃사월 순임이」와 「이제 와서」는 제주의 역사를 신화적 문
법으로 다루고 있다. 그의 언어는 제주굿에 깊이 뿌리 박혀 있다. 제
주 4·3항쟁의 역사가 오랫동안 금기가 되어버렸던 시대에도 굿은 그
기막힌 비극의 사연을 풀어놓았다. 굿마저 못 하게 했던 시절도 있
었지만 제주 사람들의 일상에 깊이 각인된 굿을 없앨 수는 없었다. 김
성례도 이미 지적한 바대로 침묵의 시대에도 굿의 언어는 개별의 슬
픔을 말했다. 그 슬픔의 기원이 대부분 제주 4·3에서 비롯되었음은
물론이다.

「실명풀이-꽃사월 순임이」는 조천읍 북촌리를 무대로 하고 있다.
북촌리는 현기영의 「순이삼촌」의 배경으로 유명하다. 익숙한 장소를
희곡으로 다룬다는 것은 다소간의 모험이 필요하다. 「순이삼촌」의 클
리셰를 벗어나지 않는다면 동어반복이 될 가능성이 있기 때문이다.
「실명풀이-꽃사월 순임이」는 이런 우려를 단번에 불식시킨다. 이 작
품은 제주 4·3의 현재적 의미를 묻기 위해 불량 위패로 공격받는 위
패 논란을 등장시킨다. '불량 위패'란 이명박, 박근혜 정부 시절에 극
우 단체들이 제주 4·3을 공격하기 위한 단골 메뉴였다. 희생자로 선
정된 사람들 중에 '공산주의자'들은 제외되어야 한다는 게 공격의 요

지였다. 작품에서는 달군과 무룡이라는 인물을 등장시켜 '불량 위패' 논란을 형상화한다. 달군과 무룡은 친구 사이로 4·3 때 부모를 잃었다. 달군은 연좌제로 고통을 겪었고 무룡은 아버지가 공산주의자의 꼬임 때문에 억울하게 죽임을 당했다고 믿고 있다. 등장인물을 통해 알 수 있듯이 제주 4·3이 여전히 현재적 일상을 지배하고 있는 상황을 이 작품은 잘 그려내고 있다.

[대표] 좋습니다. 여러분들의 뜻이 그렇다면 이 자리에서 이 불량위패들을 박살내는 의식을 거행하겠습니다. (관객들을 보며) 자유민주주의와 국가의 질서를 수호하는 60만 제주도민 여러분! 지금부터 4·3폭동 주범들의 불량위패 박살식을 거행하겠습니다.

[달군] 대표님. 불량위패가 뭐꽈?

[대표] 그걸 질문이라고 하십니까? 불량위패를 모른다니 통탄하지 않을 수 없습니다. 지금으로부터 66년 전 우리 제주도에서 무슨 일이 일어났습니까?

[무룡] (큰소리로) 4·3폭동이우다!

[대표] 예, 맞습니다. 유사 이래 가장 악랄하고 무자비했던 폭동이지요. 그럼 누가 일으켰습니까?

[무룡] 그거야 당연히 북한괴뢰도당의 지령을 받은 남로당 폭도덜이 벌린 거 아니꽈게.

[대표] 딩동댕! 고무룡 어르신. 역시 반공용사답습니다. 그런데 이게 웬 일입니까. 폭동을 미화하고 왜곡시켜 말도 안 되는 4·3특별법을 제정한 것도 모자라 국가추념일까지 제정하는 망국적 사태가 벌어졌다 이 말입니다. 이게 말이 됩니까?

[달군] 정부에서 허는 것도 잘못된 거우꽈? 대표님이 존경해 마지않는 대통령님께서 정헌 거 아니꽈?

[대표] 저 분 누굽니까? 뭘 그렇게 따져요. 여기가 애국대회장이지 토론장입니까? 묻지도 따지지도 말고 4·3폭동 바로잡자 이겁니다.

[무룡] 맞수다. 야당부터 시작해서 시민단체다 뭐다 허는 빨갱이덜을 전부 때려 잡아뒙니다게.

[대표] 맞습니다. 그런데 말입니다. 더욱 분통 터지는 일은 저 4·3평화공원 위령실에 안치된 희생자들의 위패 속에 남로당 빨갱이들의 위패가 버젓이 걸려 있다는 사실입니다. 이걸 그냥 놔둬서야 되겠습니까?

'불량 위패' 논란을 통해 한진오는 오늘날에도 여전히 금기가 존재하고 있음을 보여준다. 다른 것은 다 되어도 빨갱이만은 안 되는 세상, 사회주의자에 대한 금기가 여전히 현재를 규정하고 있다는 사실을 그려낸다. 사회적 금기 이외에도 이 작품은 '희생자'라는 호명의 문제점을 4·3 이후 공동체 내부에서 경제적 자산의 격차가 벌어지는 과정을 통해 그려내고 있다. 4·3 이후 토지 상속 문제에서 여성이 배제되는 가부장적 상황과 여성의 목소리가 공동체 내부에서 억압당하는 상황을 보여줌으로써 '희생자'라는 획일적 규정의 문제점을 여실히 드러내고 있다. 모두를 '희생자'라고 부르는 순간 공동체 내부의 책임은 사라지고 가해와 피해라는 거친 이분법만 존재한다는 것을 이 작품은 예리하게 간파하고 있다. 순임이라는 인물을 통한 제주 4·3의 형상화가 여성수난사라는 클리셰를 피할 수 있는 것도 바로 이 때문이다. 다만 극 중반까지 진행되었던 갈등의 양상이 마지막 장면에 급격하게 해소되는 점은 다소 아쉽다. 미진한 해결이 아니라 풀리지 않는 긴장의 연속을 통해 제주 4·3의 현재적 의미를 더 천착했다면 어땠을까 하는 생각이다. 하지만 「실명풀이-꽃사월 순임이」가 지닌 미덕은 이런 아쉬움을 충분히 상쇄할 만하다.

「이제 와서」는 역사에서 배제되었던 여성의 목소리를 전면에 내세우고 있다는 점에서 새로운 여성 서사의 가능성을 보여준다. 이 작품에서는 50대의 떡집 사장이 주인공으로 등장한다. 이른바 86세대로 대학 시절에는 학생운동도 했다. 경찰서에 연행되어서도 정보과 형사와 맞짱을 떴던 당찬 여성이 바로 그이였다. 남편도 시위현장에서 만났다. 하지만 결혼은 그이의 인생을 바꿔놓았다. 남편은 IMF 외환위기 때 다단계에 빠져 쫄딱 망해버렸다. 「이제 와서」에서는 남편을 대신해 가장 노릇을 해야 했던 그이의 기막힌 인생 역정이 펼쳐진다. 그 기막힌 사연을 풍성하게 해주는 것은 바로 입말의 향연이다.

> **[떡집]** 아이고, 시리떡 다 됫져. 찜기 김빠지는 소리만큼 시원헌 것도
> 엇어예. 삼춘, 경 안허꽈? 나 인생도 저렇게 시원허게 뚫려시문 좋
> 으켜만은. 예? 복에 겨운 소리? 삼춘이야말로 사름 속 모른 소리 허
> 지 맙써. 이 추석 대목에 삼춘네영 알바 불러가멍 눈 코 뜰 새 엇이
> 바쁜디 코빼기도 안 비치는 서방 생각만 허민 터져분 송편 속만큼
> 이나 복통 터졈수다. 요 대목에 슬짝 도망가수게. 나가 맨날 웃으멍
> 일허난 살만헌 거 닮지예? 말도 맙써. 놈덜은 꿀떡 같이 사는디 나
> 인생은 완전 개떡이우다. 개떡. (뒤돌아보며) 야, 김군아. 송편 담을
> 박스에 채울 솔잎 시치라. 시리떡은 나가 꺼내켜.

명절을 앞두고 분주한 떡집의 일상을 보여주는 이 대목은 마치 프
리스타일 랩처럼 빠르다. "놈덜은 꿀떡같이 사는디 나 인생은 완전
개떡이우다."라는 표현처럼 입에 착착 감기는 입말이 구성지다. 여
고 시절 꿈 많던 소녀가 결혼을 하고 한 집안의 가장으로 살아야 했
던 인생 역정이 1인 다역으로 빠르게 펼쳐진다. 웃지 않고는 넘길 수
없는 장면들의 연속이지만 평생을 떡집에서 일하다가 난생 처음 스
스로에게 선물을 주는 그이의 결단에 이르면 비장하면서도 결연한
여성-주체의 의지가 드러난다. 여성의 주체적 자각에 이르는 과정을

한바탕 해학으로 풀어내면서도 제주 신화 중 하나인 원천강 본풀이를 곁들이면서 다성적인 호흡을 보여 준다. 미래의 그이와 오늘의 그이가 만나면서 서로의 공책을 건네주는 마지막 장면은 삶과 죽음이 마치 뫼비우스의 띠처럼 겹쳐 있음을 보여준다. 이 장면에 이어지는 노래는 제주어로 풀어헤치는 한풀이자, 비념이다.

누덕누덕 누더기가 이내 인생이로다
철을 몰라 어릴 땐 아방 품 그리멍
눈물수건 마를 날 단 하루 엇고
젊디젊어 청춘날도 늘상 붉은 단풍이라
어멍 잃고 캄캄헌 이 밤과 저 밤 사이엔
이불 섶 베갯잇이 마를 날 없엇주
서천에 꽃밭 생불꽃이 잇거들랑
날 닮은 인생에도 만발허게 피련만은
마른 땅 거친 돌 위에 핀 검뉴울꽃인가
신세타령 팔자타령에 긴 한숨만 쉬엇주
살암시민 살아진다 살암시민 살아진다
야속헌 그 말이 덧없고 허망허네
눈물수건 땀 든 의장일랑 훌훌 버려놓고
나비 나비 네 날개 활짝 펼친 꽃나비

청나비로 나빌레라 백나비로 노닐러라

나비 몸에 마음 실고 훨훨 날아오르리

나비 나비 훨훨 나비 나비 훨훨

할망의 노래가 끝나도 음악은 여전히 흐른다.

떡집과 할망이 천천히 서로에게 다가온다.

두 사람은 각자가 지닌 공책을 서로에게 건넨다.

　'살암시민 살아진다'는 '살고 있으면 살아진다'는 의미이다. 이 말
은 체념이 아니다. 살아있음으로 생을 이어가는 긍정이며, 살아있음
으로 현실을 극복하는 힘이다. 살아있기에 살아있을 수 있고 살아야
하기에 생을 살아낼 수 있었다. 떡집과 할망이 서로가 지닌 공책을
서로에게 건네는 이 대목은 미래의 내가 오늘의 나에게 주는 생(生)이
며, 오늘의 내가 미래의 나에게 건네는 삶이다. 그렇기에 삶과 죽음
은 다르지 않다. 삶과 죽음이 하나라는 사실은 그것이 선후의 문제
가 아니라는 점을 보여준다. 삶과 죽음은 삶을 살아가는 순간, 동시
에 다가오는 시간들이다. 그 시간의 동시성과 연속성 안에서 제주 사
람들은 삶을 살았고 죽음을 살았다. '살암시민 살아진다'는 결국 삶
과 죽음의 힘으로 생(生)을 만드는 긍정과 생산의 미학이다. 그 미학
의 찰나가 번개처럼 새겨진 비석, 그것이 바로 제주의 신화이며 제주

의 이야기이다. 한진오는 그 비석에 새겨진 비문을 읽고 그것을 저 잣거리에서 한바탕 만담으로 풀어낸다. 울고 웃기는 심방의 몸짓으로 만들어낸 비념의 순간들, 그것이 한진오가 보여주는 제주의 굿이다. 그래서 그가 늘 말하듯 '굿처럼 아름답게'.

사랑을 생산하는
오늘의 운동

- 김경훈, 『운동부족』

1.

기약 없는 미래를 이야기하는 자들은 믿기 어렵다. 미래로 향해 던지는 예언이 아니라 발밑을 무너뜨리는 몰락의 현재. 섣부른 꿈이 아니라 붕괴 직전의 현실을 외면하지 않고 오늘의 시간을 끝끝내 버텨내는 것. 우리가 세상을 향해 던지는 언어들은 몰락의 현재, 그 폐허의 증거가 되어야 한다. 꿈을 버리자는 말이 아니다. 방관과 허무는 더욱 아니다. 막연한 견딤도 아니다. 꿈은 폐허에서 비롯된다. '지금'을 마주하고 '지금'의 파편으로 빚어내는 '무지개'만이 '내일'을 포기하지 않을 수 있다.

흙더미 가득한, '오늘'의 잔해에서 우리가 건져야 하는 언어들이란 무엇일까. 몰락의 현재에서 우리는 무너짐의 속도에 매몰되지 않기 위해서라도 무너짐의 태도를 생각해야 한다. 그것은 허물어지는 것들의 윤리이자, 망해가는 자들의 도덕이다. 그것이 우리가 '오늘'에서 끝내 남겨야 하는 목소리들이다. 그렇다. 우리는 잘 망해야 한다.

김경훈의 『운동부족』을 다시 읽으면서 나는, 무너짐의 태도를 생각했다. 무너짐의 마지막 순간까지도, 그 발밑의 파멸을 끝끝내 지켜봐야 이유는 무엇일까. 탈출을 모르는 수인처럼 몰락의 시간에 묶여야 하는 까닭은 무엇인가. 이 난망하지만, 마땅한 질문 앞에서 우리는 무엇을 읽어야 할 것인다.

그의 시들은 몰락의 시간에 스스로를 묶어버렸다. "어둠이 빛을 이기는 시대"에 "이기기 위해서"가 아니라 "사랑하기 위하여", "더 큰 사랑으로 보복하기 위"해서라고 썼던 서른세 살의 시인. 승패가 아니라 오늘의 사랑을 노랬던 그는 "적당히"를 모르는 송곳이 되어갔다.

『운동부족』은 김경훈이라는 송곳의 시작을 보여준다. '운동부족'의 몸을 아프게 찌르는 자성(自省)의 송곳이자, 세상을 찌르는 각성(覺性)의 송곳. 스스로 송곳이 되어, 찍어내듯 써 내려간 시들이다. 그것은 몰락의 순간을 견디며, 폐허가 되어버린 오늘의 잔해에서 건져낸 시들이다. 언어의 뒷면에 스며든 붕괴의 핏자국들이다.

2.

표제작인 '운동부족' 연작은 김경훈이라는 송곳이 무엇을 겨냥했는지를 잘 보여준다. "적당히", "비판당하지 않을 만큼만 적당히 비판"하면서 "적당히 투쟁"하고, "그런 적당한 사회에"서, "적당한 인간으로" 살아가는 현실주의적 태도를 비판하면서('운동부족 3'), 그는 스스로의 "게으름"과 "무기력"과 "패배주의"가 악무한의 세계를 만들어가는 원인임을 말하고 있다. 80년대라는 시간이 만들어낸 '운동부족'에 대한 반성은 단순히 변혁 운동, 사회적 실천 운동에 대한 다짐만이 아니다.

그것은 오늘이라는 시간이 만들어낸 악무한의 모순을 외면하지 않는 대결이다. 오늘이라는 시간에만 매여 있지 않은, 오늘을 뚫고 가는 힘이다. 불가능하지만 반드시 가야만 하는 길의 생산이다. 오늘의 힘으로 내일을 만들어가는, 반드시 던져야 하는 마땅한 질문들이다. 맑스가 이야기했던가. "되돌아오는 사랑을 생산"하지 못한다면 사랑은 차라리 "무력하며 하나의 불행"이라고.[1] '운동부족'이 현실의 무기력과 대결하는 이유 역시, 사랑을 생산하는 사랑의 힘을 말하고 있기 때문이다.

그의 시선은 발밑을 향한다. 오늘의 폐허를 바라본다. 탑동 매립이 한창이었던 90년대, 치열한 싸움의 현장을 살아냈던 그는, "매립

된 사랑"에서 "피어나는 폐허"를 확인한다. 이러한 진술은 탑동 매립을 공동체의 붕괴로 상징화하는 것이다. 하지만 이 형용모순의 진술을 이해하기 위해서는 앞부분을 자세히 읽어 볼 필요가 있다.

> 어떠한/ 이유에서라도 잠시도/ 운동을 쉬지 않는다/ 잊지 않는다 부단히 공격하고/ 물러설 때/ 물러서더라도/ 철저한 확신과 여유로/ 속 좁은 싸움을 하지 않는다.('다시 바다에서')

김경훈의 시에서 자주 등장하는 운동이 세계와의 대결, 에두르지 않는 정직한 대면을 위한 자성과 각성의 의미라고 할 때 그는 폐허의 현장에서 오늘의 태도를 다짐한다. "미처/ 아물지 못한 상처를 안고", "한시도 아파하거나/ 멈추지 않"기 위해 그는 "변한 것 없"는 세상에서 사랑의 매립과 폐허의 생성이라는 형용모순과 만나게 된다. 이러한 태도가 의미하는 바는 무엇일까. 시인으로서의 그의 고민과 시에 대한 그의 태도를 보여주는 '시'를 읽어보자. 그는 이 작품에서 돈도 되지 않는, 현실에서는 전혀 무용한 시가 무엇이어야 하는가를 스스로에게 되묻는다.

> 식구의 경제가 되지 않는 나의 시는 치열한
> 무기일 수 있는가 썩은

가슴 도려내고 새 피를 적시는

이 시대의 사랑일 수 있는가

바닷속 숭어처럼

영어(囹圄)의 그리움으로 파닥이며

외치다가 쉰 목소리로 컥컥

가라앉음을 일으킬 수 있는가

일상의 감동으로

황홀한 미래를 예견하는

한발 앞선 진실일 수 있는가

아름다운 눈물 그대의 기도일 수도 없는

나의 詩는

　시는 힘이 없다. 쌀도, 위로도 되지 못한다. "식구의 경제가 되지 않는" 현실 앞에서 그는 자신의 시가 "치열한 무기"가 될 수 있는가를 묻는다. "이 시대의 사랑일 수 있는가"라고 묻는다. 그 사랑은 "썩은/ 가슴 도려내고 새 피를 적"실 수 있는 힘이다. 진실이자, 눈물이며, 기도이다. 이 질문의 힘으로 그는 시의 길이 무엇인지, 시가 무엇으로 나아가야 하는지를 생각한다. 시가 사랑이 되고 진실이자 눈물이며 기도가 되어야 한다는 의미는 무엇인가. 그것은 운동을 멈추지 않는 사랑의 연속이자 되돌아오는 운동을 생산하는 사랑의 힘을 믿

는 것이다. 그 믿음의 태도로 오늘의 붕괴를 목격하며 어제와 내일
이 함께 들끓는 오늘을 만드는 일이다. 그 오늘의 함성으로 뜨거워
질 여름의 사랑을 생산하는 일이다.

3.

그의 데뷔작인 '분부사룀'은 김경훈이라는 송곳이 어디에서 비롯
되었는지를 보여준다.

(전략)
어느날 어느 시에
악독헌 놈덜 더러운 총칼에
눈 부릅떠 죽어질 때
설운 나 자손들아
그때 난 보았져
꿈에도 그리던 세상
사람 세상
이시믄 이신 양
어시믄 어신 양

오순도순 수눌멍 사는 세상

총맞아 죽어가멍도

그 세상을 보아시난 설운 나 자손들아

나의 눈을 감기지 말라

  심방의 입을 빌려서 영가는 자신의 "눈을 감기지 말라"고 말한다. 제주에서의 억울한 죽음들은 4·3항쟁만이 아닐 터. 방성칠, 이재수에서 시작하여 4·3에 이르기까지, 제주 땅에서 벌어졌던 수많은 죽음들은, 그 영혼의 육성으로 "꿈에도 그리던 세상"을 보았으니 서러워 말라고 말한다. 그것은 "한라산을 위하여 싸우다 죽"었기 때문이며 "수많은 죽음 끝에", "새 세상"을 보았기 때문이다. 그들이 보았던 "새 세상"이란, 후손들이 지금 살아가는 세상이 아니다. 선후 관계만 따진다면 그들이 죽음을 불사하고 맛본 새 세상이 그들의 후손들이 살아가는 세상이 되어야 한다. 하지만 영가는 "그 세상을 만드는 건 느네가 할 일이여"라고 말한다. "새 세상"은 오늘이 죽음으로 결론 나더라도 "새 세상"을 포기하지 않을 때에만 만날 수 있다. "새 세상"은 세상의 미래가 오늘의 질문, 오늘의 운동을 끊임없이 내일로 향해 쏘아 올릴 때 보이는 세상이다. 그렇기에 멈추면 볼 수 없다. 멈추면 만날 수 없다.

우리가 싸워 찾는게 아니면

그건 해방이 아니여

우리가 싸워 뺏는게 아니면

그건 자유가 아니여

우리가 싸워 만든게 아니면

그건 통일이 아니여

설운 나 자손들아

우리가 싸워 이긴 게 아니면

그건 아무것도 아무것도 아니여

설운 나 자손들아 명심허라

느가 있는 그 자리가 바로

우리가 죽어간 자리이고

느가 있는 그 자리가 바로

느네가 싸움을 시작할 자리여

새날 새벽이 동터올 자리여

알암시냐 설운 나 자손들아

간 날 간 시 모르게 죽어간 영혼 피눈물만 흘렴구나

ㅂ룸질 구름질에 떠도는 영신 피눈물만 흘렴구나

"해방"도, "자유"도, "통일"도 싸워서 만들지 않으면 의미가 없다.

어제의 선취가 만들어낸 '세상'이 아니라 오늘의 싸움이 만들어갈 '세상'의 미래. 아직 오지 않은 무지개를 그리기 위해서라도 싸움은 계속되어야 한다. 그 싸움은 단독의 무모함이 아니다. 어제의 싸움으로 오늘을 싸우는 시작이다. 오늘을 싸우기 위해 어제의 싸움에서 흘렸던, 그 처연한 핏자국들과 마주하는 일이다. 그래서 그는 "어떠한/ 이유에서라도 잠시도/ 운동을 쉬지 않는다". 멈추지 않기에 어제를 바라보는 그의 시선은 연민의 심연에 매혹되지 않는다. 어제의 실패를 똑똑히 바라보면서 그는 오늘의 폐허를 산다. "미처", "아물지 못한 상처를 안고서도", "한시도 아파하거나", "멈추지 않는", 그 도저한 운동성을 선언할 수 있는 힘이 바로 여기에 있다. ('다시 바다에서')

몰락의 현재에서 그는 무너짐의 속도를 거부한다. 오늘의 싸움에서 그는 잘 벼른 칼날이다. 성큼성큼 두려움을 모르는 직선이다. 승패는 문제가 아니다. "밟히면 밟힐수록/ 뜨거운 피 차라리 삼키며" 가는 단단한 낙관(樂觀)만이 싸움의 무기이다. ('지렁이') 그 싸움은 상대를 베어 끝내 피를 보는 승부가 아니다. 그의 칼날은 자신을 먼저 겨눈다. 자신을 베어 스스로를 칼날로 만들어버리는 일, 그 칼날의 힘으로 그는 세상과 맞선다. "아무 것도 생산해내지 못하는", "자폐의 관념"을 거부하면서 "나로부터의 척결운동"을 다짐하는 것도 이 때문이다.

김경훈은 도망을 모른다. '칠 테면 쳐 봐라', 직구를 포기하지 않는 투수다. 에두르지 않는 응시의 칼날이다. "인간에 의한 인간의 착취

171

가 없는" 세상을 꿈꾸면서 "흔들지 않게 자신을 채찍질하는" 다짐의 칼날이자, "독의 해독", "똥으로부터의 해방"을 향해 던지는 의지의 투창이다.

4.

김경훈은 시인이자, 마당극 배우이다. 『운동부족』에서는 서사시의 가능성을 타진하는 일련의 작품들도 눈에 뛴다. 이야기의 현장성과 힘을 체득했던 그로서는 당연한 시도인지 모른다. '신해방가'와 '어느 해 봄의 기록'이 대표적이다. '신해방가'의 민중적 시선이 "싸우리라/ 싸우리라 엄청난 적의/ 공세 앞에/ 오직/ 목숨 걸고 싸우지 않고는/ 아무 것도 있을 수 없다 이기리라"는 낙관적 전망으로 귀결된다면 '어 느 해 봄의 기록'에서는 총체적 역사에 대한 조망을 시도하고 있다.

서시-검은 안개의 나라

누가 그 맑고 깨끗한 공기에 아편을 뿌려놓았는가

두터운 바람으로 회오리쳐 비틀거리게 하고 뒷짐지고 앉아

무슨 수작으로 뽐내고 있는가 거대한

거대한 침묵은 누구의 한숨과 눈물을 먹고 커가고 있는가

누구는 뿌리 잃은 심해초 마냥 흘러다니며

한 치 앞의 사랑에만 굶주려 있는가 어느 구석에서

제 일에만 바둥대며 머뭇거리고 있는가 누구는

곱고 뜨거운 피 고이 헌혈하며 미친 듯이 삽질하며 퍼내고

있는가 퍼내고 퍼내도 다시 모여들어 안개는 누구의

목을 숨막히게 조르고 있는가 살과 피가 소리없이 마르는

얼어붙은 나라에 추억처럼 눈부신 햇살은 어디에

머물러 있는가

맨 몸으로 부대끼며 찬란하게 다가올 태양은

어디에서 어떤 어떤 불씨를 키우고 있는가

- '어느 해 봄의 기록'

'어느 해 봄의 기록'은 침묵의 현실과 침묵의 동조를 동시에 겨냥한다. 침묵은 강요된 것만이 아니었다. 스스로 입을 닫아버린 우리의 동조가 침묵의 심연을 만들었다. 침묵은 "검은 안개"처럼 세상을 지배하고 있다. 침묵은 이제 통제 불가능해졌다. 침묵은 "한숨과 눈물"마저 먹어치워 버리는 포식자다. "한 치 앞", "사랑에 굶주"리고, "제 일에만 바둥대며 머뭇거리고 있는" 사이, 침묵은 무한 증식의 세포 분열로 비대해져 갔다. 아무것도 보이지 않는 침묵의 어둠 속에서 그는 "맨 몸으로 부대끼며 찬란하게 다가올 태양"의 마중물이 될

작은 "불씨"와 마주하고자 한다.

　3월, 4월, 5월. 동학과 3·1운동, 4·19와 5월 광주의 저항을 이야기하면서 그는 침묵과 대결하는 민중의 거대한 힘에 주목한다. 말하지 않으면 기억되지 않을 그 찬란했던 힘들의 함성을 말하면서 그는 "다시 기억"할 것을, "끝내 죽지 않을 변혁의 불씨"로 "찬란한 태양"을 생산할 것을 다짐한다.

　"찬란한 태양"은 어떻게 만들어지는가. 막연한 낙관은 태양을 만들 수 없다. 태양의 뜨거움을 견뎌내기 위해서라도 우리는 오늘과 싸울 필요가 있다. 오늘과 싸워 태양과 맞설 수 있는 몸을 만들어야 한다. 미래는 기다리는 자에게 거저 주어지는 시간이 아니기 때문이다. 내일의 희망이란 오늘과 싸우는 자의 전리품이다.

　오늘은 온통 안개다. 앞이 보이지 않는다. 발밑은 무너지고, 서 있는 자리는 위태롭다. 한 발 내딛지 않으면 추락이다. 발 빠른 자들은 서둘러 자리를 옮긴다. 무너지는 세상 따위는 던져두고 내일로 가자고 재촉한다. 하지만 우리는 안다. 그 섣부른 판단이 우리의 오늘을 무너뜨린다. 우리에게 필요한 것은 모든 게 무너져내리는 순간까지 무너짐의 시간을 외면하지 않는 일이다. 어떻게 무너질 것인지, 몰락의 태도를 질문해야 한다. 글을 쓰는 일이란 마땅하지만 모두가 외면하는 단 하나의 질문을 붙드는 것이다. 오늘의 윤리에서 내일의 태양은 타오른다.

김경훈이 말했듯 "봄은 기다리자는 자에게 오지 않고", "겨울과 맞서 싸우는 자에게"만 오는 법이다. 그 싸움의 현장에서 우리는 오늘을 산다.

5.

서른 해 가까이 되었다. 1993년에 발간된 『운동부족』을 건네받은 것이 그해 여름이었다. '1993년 7월 30일. 강남훈으로부터'. 밑줄을 그으면서 읽었던 시간이 아득하다. 몇 번의 이사에도 빛바랜 시집은 책장 한구석을 차지했다. 가까이 있으면서도 새삼스럽다. 언제고 한번은 써야 하는데, 하는 마음의 빚이 컸다. 이유는 하나다. 그 시절 거리를 외면했던 스스로를 반성하며 '운동부족'을 읽었다. 그때의 반성으로부터 얼마나 자유로워졌는지는 모르겠다. 어쩌면 그때보다 몸은 거리를 멀리하고 있는지 모른다. 하지만 거리의 상상력을, 거리에서, 거리의 힘으로, 거리의 연대로, 밀고 가야 하는 당위는 잊지 않고 있다. 그 시절 운동의 거리란, 결국 오늘을 살아가는 오늘의 상상력이자, 오늘을 외면하지 않는 오늘의 응시일 터. 그렇다면 '운동부족'은 다시, 읽을 필요가 있다. 오늘의 몰락을 외면하지 않기 위해서라도. 우리는 여전히 '운동부족'이다.

마농지 해방구의
돌하르방 시인

- 강덕환,『섬에선 바람도 벗이다』

'글라, 마농지에 소주 한잔 하게'

　강덕환 시인을 떠올리면 반사적으로 마농지(마늘장아찌의 제주어)가
떠오른다. 20여 년 전 지역 신문 문화부의 신참 기자였던 나는 시인
이 일을 하던 제주도의회를 종종 찾았다. 시인이 제주도의회 산하였
던 제주 4·3특별위원회에서 일하고 있었던 때였다. 그때만 하더라도
지역 문화부 기자는 딱히 출입처라고 할 곳이 없었다. 오전에 이런
저런 예술 단체(단체라 해봐야 예총과 민예총 정도였지만)에 들르고 기삿거
리 한두 개 겨우 건지면 다행이었다. 특종도 단독도 별로 없는 기사
마감을 끝내고 나면 뒤꼭지가 가려웠다. 변변치 않은 기사로 하루를
마감했다는 무언의 질책이었다. '어디든 나가서 뭐라도 건져오라'는

눈총을 받으면 도리가 없었다. 사무실을 나가봤자 갈 데가 없었다. 낯가림이 심했던 초짜 기자 시절이었다. 그럴 때면 도의회로 갔다. 시인의 사무실은 도의회 한켠 작은 사무실이었다. 정규직 신분이 아니었던 덕에 작은 사무실을 지키는 사람은 시인뿐이었다. 갈 데 없는 기자가 시간을 때우는 데에는 이보다 안성맞춤이 없었다. 골방 같은 사무실에서 믹스커피 몇 잔을 연거푸 얻어 마셨다. 때로는 시시껄렁한 농담도 했고, 가끔은 4·3과 관련한 의회의 동향을 귀동냥할 수 있었다.

　작은 골방 사무실은 입구부터 사람을 압도하는 육중한 철문과 자동문을 지나서 왼편으로 돌아, 청경 휴게소 옆에 자리 잡고 있었다. 갈색의 낡은 새시로 된 작은 창문을 열어야 햇빛 한 줌 들어올 것만 같았던 그곳. 칠 벗겨진 테이블 위에는 박카스와 원비디와 믹스커피가 있었고 각종 보고서들이 책장에 가득했다. 4·3특별법이 제정되었지만 제도보다는 헌신과 사명감이 우선이던 때였다. 아는 것은 없고 의기만 하늘을 찌르던 시절, 비분강개는 늘 나의 몫이었다. 목소리와 정의감이 정비례한다고 믿었고, 모든 일을 내 눈의 잣대로 잴 수 있다고 자신했다. 나는 거칠고 날카로운 목소리로 한참을 내질렀다. 스파링을 하듯 아무나 라운드에 올려놓고 원투 잽을 날렸다. 날선 이야기들을 어느 정도 쏟아놓고 나면 시인은 종례처럼 "글라, 마농지에 소주 한잔 하게."라고 말했다.

'글라'라는 말은 책상머리 분노를 잠재우는 주문과도 같았다. 마구 잡이로 쏟아내는 분노도 '글라'라는 시인의 말 앞에서는 잠잠해졌다. 비분강개의 무작위가 늘 옳았던 것도 아니었을 테지만 '글라'라는 말을 들으면 나는 왠지 모르게 마음이 풀렸다. 그것은 중구난방과 좌충우돌을 교정하는 지적도, 길들지 않은 종마처럼 마구 치닫는 울분의 질주를 피하는 외면도 아니었다. 거친 성정으로 쏟아냈던 말들을 되받아치는 반박은 더욱 아니었다. 한때 들끓었던 용암도 식어야 바위가 되듯이 한소끔 열기를 식혀야 단단하게 버텨서 파도를 견딜 수 있다는 무언의 안내였다.

"글라, 마농지에 소주 한잔 하게." 그렇게 마농지에 쓴 소주 한잔 곁들이는 시간들이 있었기에 대략난감의 그 시절을 버텨 올 수 있었다. 강덕환 시인은 그런 사람이다. 호들갑스럽지 않고 돌하르방처럼 제주를 살아온 사람. 말 많고 탈 많은 문화판의 야단법석을 '글라'라는 말 한마디로 정리하는 사람. 돌하르방처럼 항상 그 자리에 서서 온갖 투정들을 두 눈으로 이해하는 사람. 그가 '글라'라고 말하는 순간 '못난 놈들이 못난 놈들끼리' 함께할 수 있는 마농지 해방구가 만들어지곤 했다. 그 마농지 해방구에서 술잔을 기울이며 우리는 불의한 세상에 함께 짱돌을 던지곤 했다. (술이 과해 깨고 나면 자주 잊기는 했지만) 그곳에서 돌담을 쌓듯 마음을 모으던 순간들이 없었다면 우리의 술자리는 너무나 빈곤했을 것이다.

자기 긍정의 상상이 만들어가는 정체성

제주는 그의 시어를 키우는 비옥한 땅이다. 첫 시집인 『생말타기』
를 시작으로 시인의 발은 땅을 외면하지 않는다. 1987년 6월 항쟁 이
후 제주에서 발행된 『월간 제주』 기자 시절 제주 4·3의 진실을 찾아
섬 곳곳을 돌아다녔던 그의 이력에서 알 수 있듯이 제주의 역사는 그
에게 오랜 숙제였다. 섬은 언제나 그의 존재 근거였다. 섬땅에 "꼼짝
없이 박혀 사는 몸"이지만 "휘어지거나 비틀리지 않"는('돌하르방' 중) 자
기 긍정이 시 곳곳에 단단히 자리를 잡고 있다. 누군가에게는 뭍으로
가는 것이 최대의 희망일 수도 있지만, 시인은 그런 희망과도 단호히
결별한다. 잘난 놈들이 잘난 몸으로 살아가는 뭍의 시선에서 보자면
섬은 "한 번쯤 목청껏 울"지도 못하고, 그렇다고 "어깨춤 들썩여" 본
적도 없이 "구석"으로 내몰린 곳일 게다. "나 여기 있노라 소리"쳐보
고 싶은 마음 어디 없을까. 하지만 그는 "가깝거나 멀어질 수 없는",
"꼭 그만한 거리에" 서서 섬땅을 바라본다.('동자석' 중) 가지 못한 뭍을
동경하지도 않고, 떠나지 못한 열패감에 사로잡히지도 않는다.

섬에 사는 의미를 묻는 것은 섬의 정체성에 대한 질문으로 이어질
수밖에 없다. 정체성이 주어진 것이 아니라 정체성을 둘러싼 규정의
정치학이라고 정의한다면 이러한 자기 긍정은 주어진 것을 찾아가
는 탐구가 아니라 자기 규정을 생산하려는 발견의 욕망이다. 정체성

은 기원을 찾아가는 여정이 아니다. 정체성을 묻는 질문이 기원의 계보학이 아니라면 그것은 지금을 극복하는 하나의 생성이어야 한다. 시어가 새로운 시어를 생산하는 토대가 되지 못한다면 그것은 무력한 자기 인정에 불과하다. 그것은 맑스가 이야기했듯이 사랑으로서의 시가 되돌아오는 사랑을 생산하지 못하는 것이며, 무력하며 불행한 동어반복의 자멸이기 때문이다.[1] 기원의 계보학이 아니라 지금을 극복하는 언어의 창조를 위한 궁극의 길이 시의 길이자, 끝내 당겨야 하는 시위일 것이다.

그렇다면 시인은 제주섬을 어떻게 인식하고 있을까. 한때는 '반역의 땅'으로 불렸던 섬, 언제는 '환상의 섬'으로 여겨졌던 섬, 그리고 이제는 개발의 욕망과 생태적 상상이 치열하게 부딪히는 전장이 되어버린 섬, 그 섬을 시인은 어떻게 바라보고 있을까. 시인은 "몇 번이고 돌리고, 뒤집고, 빼고, 받치기를" 하면서도 "바람을 다스리고 길을 내" 준 "단단한 줄기"에 주목한다. ('흑룡만리' 중) 시인이 말하는 '흑룡만리'는 제주 섬을 에워싼 제주 밭담을 비유하는 말이다. 검은 돌담이 끝도 없이 둘러싸인 모양이 그야말로 검은 용이 구불구불 똬리를 튼 것 같다는 뜻이다. '흑룡만리' 제주 돌담을 이야기하면서 시인은 그것을 "단단한 줄기"라고 말한다.

잘 알려져 있다시피 제주 돌담 문화의 시작을 고려 시대 제주 판관을 지냈던 김구(金坵)에서부터 찾곤 한다. 고려 시대 문신 최자가 펴낸『동문선(東文選)』의 기록을 근거로 삼고 있다. 하지만 돌담의 창시자이자 개척자로 김구 판관을 거론하는 데에 대한 반대도 만만치 않다. 화산섬에서 흔하디흔한 게 돌담이고, 오랜 농경문화를 지니고 있었던 제주에서 1234년 김구 판관의 지시에 의해 비로소 돌담이 만들어졌다는 설은 그야말로 외부적 시선이라는 지적이다. 여기에는 근대와 전근대, 문명과 야만이라는 이분법적 위계의 내면화와 그에 대한 반성이라는 서로 다른 힘이 부딪히고 있다. 돌담 하나에도 뭍의 시각과 섬의 그것이 다르다. 그 다름을 시인은 "단단한 줄기"로 인식하고 있다. 시인에게 제주 돌담은 "아귀가 맞지 않"는 것들이 서로의 흠결을 다듬고 바꾸며 무정형의 질서를 만들어내는 과정의 결과물이다. 돌담은 수평과 수직의 세계로는 만들어질 수 없었다. 단호한 직선이 뭍의 세계라면 "꾸불꾸불 이어"진 돌담들은 제주의 시간이 만들어낸 결과물이다. "모나지 않"은 "거대한 흐름"에 주목하는 시인에게 그것은 "이 세상에 가장/ 아름다운 빛깔"이자, "화산회토와 벗하여/ 역사의 긴 강/ 이어가고 있"는 증거이다. ('돌담을 보면' 중) 그것을 시인은 "거대한 흐름"이라고 부르고 있는데 흐름이란 고정되지 않은 것인 동시에 오늘에서 내일로 이어지는 운동을 생산하는 가능이다. 어제의 돌담이 오늘로 이어지고, 오늘의 돌담이 내일로 향하는 그 장대한 '흑룡만리'이기에 시인은 그것을 "단단한 줄기"로 인식할 수 있었던 것이다. 이것을 자기 긍정이 만들어가는 정체성의 창안이라고 말할 때 이러한 창안은 무엇을 향해 가야 하는 것일까.

표준어로는 담을 수 없는 말들의 범람

시집의 1부에 자리 잡은 시들이 정체성의 창안을 위한 노래들이라면 2부에 놓인 시편들은 오랫동안 그를 붙잡고 있는 제주 4·3항쟁을 주제로 하고 있다. 1부의 시편들에 비해 직설적인 어법이 도드라지고 다양한 제주어를 구사하고 있는 2부의 시편들은 기억과 언어에 대한 그의 관심이 무엇인지를 잘 보여준다. 사실 지역의 기억들이란 지역의 말로 말해질 때 비로소 그 모습이 드러나는 법이다. 제주 4·3 문학의 앞자리에 놓여있는 「순이삼촌」의 주인공인 '나'는 "깊은 우울증과 찌든 가난밖에 남겨준 것이 없는" 고향을 외면해왔다. "할아버지 제삿날"에 맞춰 8년 만에 "배멀미에 시달리며" 귀향한 주인공이 가장 먼저 만난 것은 "고향 사투리"였다. '순이 삼촌'의 그 기막힌 사연과 만나기 위해서 주인공이 고향의 언어를 만나는 이유는 분명하다. 제주의 기억과 만나기 위해서는 제주의 언어가 필요했기 때문이다.[2]

2부에 수록된 '4·3이 머우꽈?', '게미용헌 스상', '가메기 모른 식게' 등 제주어를 전면에 내세운 작품들도 눈에 띄지만 '백비' 같이 제주어로만 쓰인 시도 주목할 만하다. 뭍의 사람들에게 제주어는 난공불락,

요령부득이다. '게미옹헌 싀상'에서 '게미옹허다'가 '불빛이 흐르고 약하다'라는 뜻이라고 부기해봐도 이해하기는 쉽지 않다. '게미옹헌 싀상'은 그 말 그대로 '게미옹헌 싀상'이라고 읽어야 그 의미가 오롯이 전달된다. 제주어를 쓴다는 것은 제주의 기억을 말해왔던 제주사람들의 시간을 말하기 위해서다. 공식화된 표준어가 아니라 민중들의 입말들, 기억하지 말라는 강요에도 입에서 입에서 전해진 구술의 전수는 놀라웠다. 그 놀라운 전승에 대해서 민속학자 김성례는 제주 굿에서 행해지는 심방들의 '영게 울림'은 원혼들의 기억이라고 말한 바 있다.[3] 오랜 시간을 견디며 다져졌던 입말의 지층을 제주의 말이 아니고 어떻게 전달할 수 있을까.

단호한 직선이 아니라 "바람이 일러준 대로", "구름이 빚어준 대로" 살아가는 것이 제주 사람들의 순리라고('새철 드는 날' 중) 여겼던 시인의 관심이 제주의 말에 가닿은 것은 어찌 보면 당연한 일인지 모른다. 누군가는 그것이 자족적인 언어에 갇히고 마는 것이라고 말할 수도 있겠지만 "머문다고" 고여 있는 것이 아니고, "멈춘다고/ 굴복이 아니"듯이('떠도는 섬' 중) 제주의 입말들이 제주라는 기억에만 매몰되는 것도 아니다. 그것은 매몰이 아니라 충만이며 범람이다. "오도낫이/ 이신 사름/ 밀꼉이/ 거셔가민", "와들랑/ 뒛사불주"라고 할 때 "뒛사불주"는 '저항'이라는 표준어의 세계가 담아내지 못하는 의미로 충만해진다. 표준어의 외부에 분명히 존재하지만, 표준어의 눈과 귀로

183

는 듣지도 보지도 못하는 '말들의 범람', 그 시끌벅적한 소란이 "뀃사불주"라는 말에 담겨 있다.

'그릅서, 가게마씀'은 이러한 '말들의 범람'이 무엇을 위한 시도인지를 잘 보여준다. 시는 처음에 죽은 자들의 사연을 풀어 놓으면서 시작한다.

"이래딜 오십서/ 안자리에 앉으십서/ 다랑곳 더렁굴에서/ 징준이 함박굴에서/ 너븐드르 방일리에서/ 새비리 모롬에서"

제주 땅 곳곳 학살 터 아닌 곳이 없다. "한날한시에/ 죽지도" 못하고 "이래 돌악/ 저래 곱악", 숨어 다니다 죽은 줄도 모르고 죽은 영혼이 한둘이 아니었다. 어떤 이들은 육지 형무소로 끌려가 되돌아오지 못했다. 바다에 빠뜨려 죽임을 당한 사람들도 있었다. 살았는지 죽었는지 소식 한 자 없는 불귀의 원통함도 있었다. 자기가 태어난 땅, "태 솔아분 디서도 못 죽"은 삶이었고, 낯선 "육지더래 실러불곡", 무정한 파도만 드센 "바당에 드르쳐불엉" 죽임을 당한 시간이었다. 그 모든 죽음들을 청하며 시인은 "이제사 오십셍 청허염시매", "도똣한 안 자리로 오십서"라고 말한다. 70년이 넘어 불러보는 이름들이니 오죽이나 할까. 죽은 이들의 한도 산이고, 산 아래 삶도 한이 되어버린 세월이었다. 그들을 부르고, 청하는 데 "이래딜 오십서/ 안자리에 앉으십서"라고 하는 것만큼 안성맞춤이 있을까.

"그릅서, 이디서 몽케지 말앙/ 그릅서"라고 할 때 말하는 이의 바람은 죽은 자의 세계로 향한다. '갑시다, 여기서 우두커니 있지 말고 갑시다'. 죽은 이들에 건네는 그 말은 "일흔 해, 여든 해/ 백년이 보디어가도", "아직도 눈 곰지 못헌" 원혼들을 만나기 위한 이승의 주문이다. 보이지 않는 과거가 아니라 여전히 살아 숨 쉬는 시간을 만드는 말이자, 들리지 않는 어제를 생생한 오늘로 들으려는 시끌벅적한 소란이다.

그 요란한 범람은 시집의 3부에서 유감없이 나타난다. 처음 시집을 펼치는 이들에게는 지금은 사라진 '아래아(·)'의 등장이 낯설기만 하다. 가뜩이나 난독을 감수해야 하는데 없어진 표기의 등장이라니. 표준어의 세계로 수렴되지 않는 제주어의 특징 중 하나가 바로 '아래아'의 여전한 사용이다. 'ㅏ'와 'ㅗ'의 중간쯤 되는 발음을 지금도 어렵지 않게 들을 수 있다. 그 독해의 낯섦을 감수하면서도 생경한 표기를 쓰고, 쓸 수밖에 없는 것은 표준어로는 말할 수 없는 말들이 있기 때문이다. 넘치는 충만이자, 담을 수 없는 범람이 여전히 남아있기 때문이다.

"푸더지곡/ 다대경/ 헐리난디/ 코-오/ 햄시매/ 봉물지 말앙/ 오고생이/ 나사불라 이?"라는 말은 "넘어지고/ 부딪히고/ 상처난 자리에/ 코오 하고 입김/ 불었으니/ 덧나지 말고/ 그대로 나아라"라는 말과 얼마나 다른가. '푸더지곡'과 '넘어지고'의 사이는 또 얼마나 먼가. '봉물지 말앙'과 '덧나지 말고'는 또 어떤가. 뜻은 통하되 의미는 다르고, 의미는 통하되 뜻이 미끄러지는, 그 무한한 차이와 지연. 그것은 충

만한 넘침과 범람으로 소란스러운, 말의 바깥을 향한 운동이다. '기름
장수 똥구멍'과 '엿장수 똥구멍'이 아니라 "지름장시 또꼬망"과 "엿장
시 또고망"이어야 "맨질맨질"과 "푸달푸달"의 부사가 온전히 연결될
수 있다. 그것은 우연하지만 연유가 분명한 단어의 조합이었다. 오랜
시간 제주를 살아낸 사람들이 땅에 기대 써내려간 표제어들이었다.

제주어 사전을 곱씹으면서 시인은 3부의 시편들을 이어간다. 이
해 불가한 난수표 같은 시어들일 수도 있지만, 곱씹어 읽어보면 의미
가 드러난다. 한지를 덧대어 붓으로 그림을 그려내듯 단단한 표준어
의 세계를 부드럽게 부풀리는 제주어의 맛을 느낄 수 있다. 그 의미
를 오롯이 알기 위해서는 눈으로 읽어서는 안 된다. 소리로 읽어내
야 한다. 몸에 가득 고이는 소리의 충만을 뱃속 깊이 담아내야 된다.
그렇게 몸 안에 오래 두고 궁글릴 때 요란한 제주의 말들이 들리는
법이다.

따지고 보면 오랫동안 표준어의 세계는 묵묵부답이었다. 시끌벅
적한 외침과 비명으로 가득했던 제주의 말을 외면했던 침묵이었다.
제주는 혼자서라도 소리쳤다. 아무도 알아듣는 사람이 없어도, 때로
는 알 수 없는 악다구니라고 구박을 받아도, 소리치고, 또 소리쳤다.
표준어의 세계로는 다 담을 수 없는 그 요란한 말들이 결국 어제를
잊지 않게 만드는 힘이었다. 땅을 닮은 말, 바다를 품은 말, 땅의 문
장과 바람의 말들이 제주의 말들이었고 제주의 기억이었다. 땅과 바

다가 낳고 기른 문장들을 깎고 다듬고 만든 것이 제주의 노래였다. 바람의 노래를 듣듯 바람의 문장을 읽을 수 있다면, 제주 땅에 새겨진 시간을 읽어갈 수 있으리라.

그릅서, 가게마씸

시인과는 인연이 깊다. '마농지에 소주 한잔'이 수백 잔이 된 지 오래다. "지만 몬여 가켄/ 놉드지 말곡", "혼디 글라". '자기만 먼저 가겠다고 나서지 말고 같이 가자'는 말이다. 그 부드러운 청유형이 시인과 오랜 시간을 함께할 수 있었던 힘이었다. 비겁한 타협이 아니라 단호하지만 부드러운 함께의 마음이었다. 힘들면 쉬면서, 혼자서 어려우면 여럿의 손을 빌려서라도 천천히 그러나 끝내 가닿자는 권유였다. 그리고 보니 시인은 대학 시절 '신세대'라는 문학 동아리부터 시작해서 지금까지, 늦지만 멈추지 않았다. 지금은 믿기지 않을 정도로 몸매가 날렵해서 '날으는 생이꽝', '날아다니는 새의 뼈'처럼 말랐던 때도 있었다고 한다. 그때부터 후덕해진 오늘까지 그는 매일 조금씩 나아가고 있는 중이다. 그 작은 진전을 옆에서 지켜볼 것이다. 지칠 때도 있을 것이다. 그럴 때면 '글라'라고 말해주던 그 시절의 시인처럼, "그릅서, 가게마씸" 하고 말해줄 참이다. 시인의 건필을 빈다.

말할 수 없는
목소리들의 아우성

- 한림화 소설 읽기

통분을 거부하는 언어들

말은 어떻게 공적인 지위를 얻게 되는가. 언어의 공적인 지위를 문제 삼을 때 이른바 공식 언어, 즉 표준어의 문제를 언급하지 않으면 안 된다. 근대 국민국가의 수립과정에서 공식적 언어, 표준어의 수립은 필연적인 수순이었다. '국민'이라는 추상적 집단을 구성하는 데 있어서 규범이 되는 언어의 등장이 필요했다. [1] 이는 복수로 존재하는 말들 사이에 위계를 형성하는 과정이었다. 어떤 언어를 공식적인 언어로 할 것인가는 어떤 언어가 공식적인 언어에서 제외되는가라는 문제이기도 했다. 피에르 부르디외(Pierre Bourdieu)는 이를 일종의 언어 자본을 소유한 "생산자와 소비자 간의 상징 권력관계"[2]로 규정한다. 동등하고 균질적인 언어 공동체가 '상상된 것'이라는 그의 지적은 모든 말이 당연하게 공적인 지위를 얻는 것이 아니라는 점을 잘 말해준다.

그렇다면 다시 앞의 질문으로 되돌아가보자. 말은 어떻게 공적인 지위를 얻는가라고 할 때 여기에는 어떤 말이 공적인 지위를 얻게 될 때 공적인 지위에서 제외되어 사적인 영역으로 축소되거나, 혹은 그러한 사적인 영역에서마저 배제되는 말이 존재할 수 있다는 점을 의미한다. 그것은 언어적 교환의 장에서 이뤄지는 일종의 선택과 배제가 격렬한 대결을 촉발할 수밖에 없음을 전제로 한다. 어떤 언어가 공적인 언어가 되기 위해서 특정한 언어는 배제되어야 한다. 그러한 배제는 단순히 언어적 차원에 국한되는 것만이 아니었다. 그것은 언어를 기반으로 구축된 신체와 시간의 문제이기도 했다. 언어의 공적인 지위를 둘러싼 언어들 사이의 투쟁은 특정한 언어를 바탕으로 구축되어 왔다. 이러한 과정은 언어적 신체들 간의 대립인 동시에 그러한 언어를 바탕으로 축적된 문화적 기억의 대결이기도 했다.

이는 이른바 문학장에서 텍스트의 지위가 공인된 언어라는 상징체계를 전제로 작동하고 있음을 의미한다. 표준어라는 상상적 언어체계가 공적인 지위를 얻기 위해서는 정확한 언어 규범의 확립이 필요하고 이를 실천적으로 구현하는 행위는 글쓰기를 통해 구현된다. 피에르 부르디외는 이를 다음과 같이 말한 바 있다.

말과 사유의 결, 장르, 올바른 기법 또는 스타일, 더 일반적으로 말해 '좋은 용법'의 사례로 인용되고 '권위를 갖게 될' 담론들, 이 모든 생산 수단들의 생산은 그것을 수행하는 사람에게 언어에 대한 권력을 부여하며, 이를 통해 언어의 단순한 이용자들 및 그들의 자본에 대한 권력을 부여한다. 올바른 언어는 공간 속에서 자신의 확장을 규정하는 권력을 갖는다. 하지만 시간 속에서 자신의 영속성을 보장하는 권력까지 갖고 있는 것은 아니다. 끊임없는 창조만이 올바른 언어와 그 가치-즉, 그 언어에 부여된 승인-의 영속성을 보장해 줄 수 있다. 그런데 이러한 창조는 전문화된 생산의 장 내에서 올바른 표현양식의 부과를 독점하려는 경쟁에 연루되어 있는 **상이한 권위자들 간의 끊임없는 투쟁 속에서 이루어진다.**[3](강조 인용자)

이렇게 표준어 문학에 부여된 권위는 투쟁의 결과물이다. 그리고 이러한 투쟁의 결과는 언어들의 차이를 인정하지 않는 권력의 행사로 이어진다. 즉 복수의 언어들이 지닌 수많은 언어들의 차이를 고정된 것으로 인식하게 만든다.

'표준어' 글쓰기의 상징권력은 복수의 말(들)이라는 분모들을 '표준어'로 통분하려는 시도이자 통치의 전략이었다. 복수로 존재하는 말들의 분모들을 단일한 것으로 만들어 버리는 과정은 그 자체로 공식 언어가 되지 못한 복수의 말들이 지닌 시간과 신체의 소거로 이어질 수밖에 없었다. 말의 생산과 소비는 개별의 경험과 기억을 나누고 전수하는 수단이라는 점을 염두에 둔다면, 공식 언어에서 말(들)이 배제된다는 것은 그러한 말(들)의 생산자이자 소비자로 존재했던 신체의 소거로 이어질 수밖에 없다. 그것은 시간의 기억을 지닌 신체의 소멸이자 기억의 실종이었다.

그동안 문학장에서 지역어[4])의 구현 방식을 논의할 때 지역적 색채, 이른바 향토적 정서의 재현 혹은 억압된 지역의 기억을 환기하는 차원에서 논의되어왔다.[5]) 하지만 이러한 방법은 표준어 문학이 내재할 수밖에 없는 언어적 위계의 문제에 대해서는 간과할 우려가 있다. 특히 국민국가 안에서 로컬적 사유와 가능성에 대해 논의하기 위해서는 이른바 '국민국가 문학장'이 필연적으로 가질 수밖에 없는 차이와 차별의 문제에 주목할 필요가 있다. 문학적 재현이 기억의 공유를 가능하게 한다는 지적을 염두에 둔다면[6]) 언어의 위계가 빚어낸 배제와 차별은 기억되는 것과 기억되지 않는 것을 만들어 내는 근원이라고 할 수 있다.

이러한 문제의식을 바탕으로 지역어의 문학적 재현에 주목할 때 한림화는 독특한 위치를 차지하고 있는 작가라고 할 수 있다. 제주 문학이 표준어와 지역어의 위계를 극명하게 보여주는 하나의 사례라고 할 때 한림화의 일련의 소설들은 문학장에서의 언어의 문제를 살펴볼 수 있는 중요한 관점을 보여준다.

한림화에 대한 연구는 제주 4·3에 대한 기억과 이를 형상화하는 방식(언어)에 대한 논의가 주를 이룬다.[7] 하지만 그동안의 작품 활동에 비한다면 본격적인 연구는 많지 않다.[8] 그나마 4·3을 다룬 다른 작품들과 연관되어 언급되고 있는 정도이다.

표준어라는 '낯선 언어'와 익명성을 거부하는 말(들)

한림화는 작품 속에 제주어를 드러내는 다양한 방식(제주어 표기를 한다거나 표준어 해설을 덧붙이는)을 사용하고 있고 더 나아가 표준어와 제주어를 병치하는 소설 쓰기를 시도하고 있다. 이러한 소설 쓰기는 표준어/지역어의 이중적 발화가 지닌 언어적 차이의 문제를 노골적으로 드러내는 방식이라고 할 수 있다.

한림화는 이른바 '제주어 소설'이라는 방식을 서사적으로 시도하고 있다. 예컨대, 『The Islander-바람섬이 전하는 이야기』(이하 『바람섬』으로 약칭)는 모두 12편의 소설로 이뤄져 있는데 7편은 소설 속에서 적극적으로 제주어를 드러내고 있고, 후반부 5편의 경우 제주어와 표준어로 된 소설을 병치하고 있다. 일종의 제주어 소설의 표준어 번역본이라고 할 수 있는 이러한 소설 쓰기는 그 자체로 문제적이다. 제주어로 소설을 쓰고, 그것을 다시 표준어로 '번역'하는 수고로움을 감수하는 글쓰기는 표준어가 이른바 '매끈한 단일어'로 이뤄진 배제의 언어라는 점을 가시화한다.

한림화가 보여주는 언어적 감각은 '표준어'로는 표현할 수 없는 로컬 정체성을 드러내는 것이라고 볼 수 있을 것이다. 그런데 이러한 시도들이 로컬 정체성에 대한 서사적 관심에서 발현된 것이라고 단정하는 것은 이들의 서사적 전략을 단순화할 우려가 있다.

표준어라는 상징권력의 형성과정을 사회적, 정치적 위계에 주목한 피에르 부르디외의 논의를 바탕으로 이 작가의 서사적 실험을 생각해본다면, 그것은 표준어라는 상징권력의 통치성에 대한 서사적 반발이라고 규정지을 수 있지 않을까. 즉 하나의 상징권력으로 존재하는 표준어의 통치성은 복수로 존재하는 말(들)의 대결 과정이 만들어 낸 '상상된 권력'이다. 논의를 위해 도식적인 해석의 우려를 감수하고 말하자면 표준어의 생산은 n개의 분자로 존재하는 말(들)을 통분해서 생산된 '상상된 권력의 언어'라고 말할 수 있을 것이다.

복수로서 존재하는 말(들)을 $x^1, x^2, x^3, x^4, x^5, x^6, x^7, x^8, \cdots x^\infty$라고 가정할 때 표준어는 $x^{1 \sim \infty}$을 통분하여 얻은 X이다. 피에르 부르디외가 구조주의 언어학을 비판한 것은 표준어 X의 세계는 겉으로는 매끈한 언어들의 집합이지만, 그것은 역설적으로 수많은 말(x)을 배제해서 만들어진 세계라는 것을 설명하기 위함이었다. 그런데 x를 무한대로 확장한다고 하더라도 결코 언어화될 수 없는 것들, 말하자면 x라는 기표를 얻지 못하는 것들의 존재를 상정한다면 x는 필연적으로 x라는 기표를 얻지 못하는 외부를 가질 수밖에 없다. x의 외부를, 말할 수 없는 말, 말해질 수 없는 말, 결코 말의 세계에 편입될 수 없는 영원한 침묵들이라고 가정한다면 표준어 X의 세계는 그 자체로 불완전할 수밖에 없다. 그런 점에서 한림화의 서사적 시도들은 매끈한 언어로 상상된 표준어의 세계 자체가 수많은 틈들로 가득한 가공의 세계라는 것을 드러내는 효과적인 방식이다.

한림화는 '제주어 소설'이라고 말하고 있지만 거기에 구사되고 있는 제주어는 이른바 표준화된 제주어가 아니다. 한림화는 『바람섬』의 일러두기에서 소설 속의 제주어가 '제주어 표기법'과 맞지 않을 수도 있다는 점을 분명히 하고 있다.

여기에 써진 제주어(齊州語)는 제주도의 동쪽에 자리 잡은 성산 지역에서 주로 사용하였던 말들에서 빌린 것이다. 그러므로 어떤 표기는 '제주어 표기법'상으로 알맞지 않을 수도 있다.

이는 제주 지역의 언어 습관과 무관하지 않아서, 바로 이웃한 마을도 상이한 경우가 허다하다.

예를 들면 '가져오다'에 해당하는 제주어도 'ㅇ져오다', 'ㄱ져오다', 'ㄱ조오다' 등 지역과 마을에 따라 달리 표현한다.

이 작품집은 제주어를 규정할 목적으로 집필하지 않았다. 단지 필자의 언어 습관에 충실하여 오로지 제주 섬사람들의 숨겨진 역사와 생활 습관을 기록하는 차원에서만 집필된 순수 창작 문예물이므로 널리 이해를 구한다.[9]

한림화는 소설 속에서 사용된 제주어를 '제주어 표기법'에 맞지 않는 "주로 성산 지역에서 사용하였던 말들에서 빌린 것"이라고 말하고 있다. 그가 말하고 있는 '제주어 표기법'이란 제주어 연구자들이 펴낸『제주어 사전』에서 규정하고 있는 표기법을 말한다. '제주어 표기법'은 1995년에 처음 발간된『제주어 사전』과 이후 2009년 증보 발행된『제주어 사전』의 '제주어 표기법'을 이르는데 제주방언연구회가 합의한 '제주어 표기법'은 모두 26개 항으로 구성되어 있다. '제주어 표기법' 제1장 총칙은 제주어 표기 방식을 다음과 같이 규정하고 있다.

제1장 총칙

제1항 제주어 표기법은 "한글 맞춤법"에 따라 제주어를 소리대로 적되, 어법에 맞도록 함을 원칙으로 한다.

제2항 제주어에서 한 가지 의미의 말이 둘 이상의 형태로 나타날 경우에는 그 모두를 표기 대상으로 삼는다.[10]

제주어 표기를 '한글 맞춤법'에 따라 '제주어를 소리대로 적되', '어법에 맞도록' 한다는 제1항의 규정은 표준어/제주어라는 언어적 차이를 인정하면서도 표준어 문법체계를 용인하는 결과를 초래한다. '한 가지 의미의 말이 둘 이상의 형태로 나타날 경우', '그 모두를 표기'한다고 하는 2항의 규정에도 불구하고 1항의 규정은 '한글 맞춤법'이라고 하는 표준어 체계가 제주어 표기 체계에 긴박되어 있음을 보여준다. 한림화가 "'제주어 표기법' 상으로는 알맞지 않을 수 있다."라고 말하는 것은 이러한 제주어 표기 규정을 염두에 두고 있는 것으로 해석할 수 있다. 일반적인 '제주어 표기법'과 다른 글쓰기를 가능하게 하는 것은 표준어가 담을 수 없는 언어체계에 대한 위계를 (무)의식적으로 감각하는 것인 동시에 지역어가 이질적인 발화들로 구성되어 있음을 보여주는 것이다.

이러한 의식은 표준어 체계를 자명한 것으로 인정하지 않는 것에서 출발할 수밖에 없다. 이런 점에서 본다면 한림화의 소설들은 그의 문학이 '표준어 세계'의 불완전함에 예민하게 반응하고 있음을 보여준다.

그는 표준어라는 자명한 세계를 거부하고, 이질적인 발화들로 가득한 지역어의 존재를 서사적으로 재현하고 있다. 이는 표준어 혹은 표준어 체계에 긴박된 지역어의 발화들이 외면하고 있는 존재를 효과적으로 드러낸다.

한림화는 제주어 소설 쓰기라는 서사적 재현을 통해 표준어, 또는 표준어 체계에 긴박된 지역어의 발화들이 외면하고 있는 존재들과 만나게 된다. 「평지 ᄂ물이 지름 ᄂ물인거 세상이 다 알지 못혜신가?」라는 작품에는 제주 출신 위안부가 등장한다. 유채나물의 영어식 표현 'rape'와 유사하다는 점을 중요한 모티브로 삼고 있는 이 소설에서는 일본군 '성노예'로 끌려갔던 함행선 할망이 등장한다. 그동안 숨겨왔던 함행선 할망의 역사적 경험은 '언어적 감각'에 의해 촉발된다. 소설은 유채밭에서 잡초를 매고 있던 함행선 할망이 갑자기 호미를 내던지고 화를 내는 장면으로 시작한다. 외국인을 대동하고 근처를 돌아보던 일행들이 유채나물(제주어로는 평지ᄂ물)을 '레이프'라고 이야기하자 함행선 할망은 "무시거? 이 나물이 강간나물이라고?(뭐라고? 이 나물이 강간나물이라고?)"라고 발끈하며 항의한다. 함행선 할망의 항의의 이유는 그녀의 경험에서 비롯된 것이었다. 소설 속에서 함행선 할망은 "성산 단추 공장"에서 일하다 일본인에 의해 "남양군도"로 끌려가 위안부 생활을 했던 것으로 그려지는데, 함행선 할망은 일본 패망 이후 남양군도에 진주한 미국인들에게 "일본군 '성노예'로 끌려가게 된 경위와 거기서 당한 사연"을 반복해서 말해야 했다. 그럴 때마다 미군은 '레이프'라는 단어를 사용했고 그것을 기억하고 있던 함행선 할망은 평지나물을 '레이프'라고 말하는 외국인 일행들의 말을 듣고 왜 유채나물이 강간나물이냐고 항의한 것이다.

함행선 할망은 그 말을 기억했다. 그 먼 곳에서 한국으로 그리고 제주 섬까지 가 닿으려면, 자신의 신분을 밝혀야만 한다면, 미국군인들 말로 딱 부러지게 하자. 그래서 기억했다.

"나는 일본 군인한테 사냥당하여 이제까지 강간당하면서 노예 생활을 했다."

하필 평지ㄴ물 영어 이름이 '강간'이라고 할 때의 'rape'와 왜 똑같단 말인가?

이 세상에 하고 많은 언어가 다 하나의 단어로 이루어졌는데 왜?

'강간'이라는 말과 '평지ㄴ물' 이름이 영어로 똑같다는 걸 알았더라면 함행선 할망은 그래도 그 단어를 기억했을까 모르겠다.[11]

영어와 표준어, 표준어와 지역어의 차이에서 빚어지는 언어의 문제가 함행선 할망의 경험을 일깨우는 방식도 주목할 만하지만 이 장면은 언어가 지칭하는 대상이 기억의 문제와 결부되면서 '차이'를 생산하는 미묘한 긴장을 보여준다. 이는 '강간'이라는 영어식 표기와 '유채나물'이 같은 데서 오는 단순한 해프닝이 아니다. 오히려 '레이프'='유채나물'≠'평지나물'의 차이가 결국 기억의 존재와 부재의 문제로 이어진다는 점이 문제적이다. 표준어 체계와 영어라는 외부의 언어와 다른 지역어의 의미, 평지나물이 유채나물이 아니고 평지나물이어야 한다는 함행선 할망의 강변은 자신의 역사적 경험을 드러내는 계기가 되는데 이러한 경험의 발견은 '수치'를 애써 은폐하지 않는다. 함행선 할망이 펑지나물이 왜 강간나물이냐고 강변하는 순간, 감춰졌던 기억은 사회적 기억으로 호명된다. 이는 표준어 체계라는 언어의 세계가 지역어의 외부이자 지역의 기억을 억압하고 재단하는 힘이라는 사실을 언어적 감각으로 드러내는 방식이라고 할 수 있을 것이다.

한림화의 언어적 감각들은 표준어로 구축된 한국문학 체계와 다른 변별적 요소들이 서사적으로 재현되어야 하고, 재현될 수 있음을 (무)의식적으로 간파하고 있음을 시사한다. 이는 궁극적으로 문학장에서의 언어의 문제, 특히 언어적 위계와 상징권력의 문제를 깊이 있게 들여다볼 필요가 있음을 보여준다.

민중(적) 언어를 '발명'하는 신체들

그렇다면 한림화의 언어 감각이 보여주는 서사적 지향은 과연 무엇이었을까. 이를 위해 우선 한림화의『바람섬』연작을 살펴볼 필요가 있다. 한림화의『바람섬』연작의 첫 번째 수록작인「그 허벅을 게무로사」를 보면 한림화의 제주어 소설 쓰기의 형태가 어떻게 시작되고 있는지를 확인할 수 있다. 이 작품 속에서 제주어는 단어 혹은 인물의 대화에서 노출되는데 특이한 것은 마치 일본어 루비를 달 듯 표준어를 괄호 안에 병기해 놓고 있다는 점이다.

① 그날도 할머니와 어머니와 나는 할머니가 사는 우리 집 밖거리 정
지(부엌) 앞문 밖에 옆으로 비켜(후략)[12]

②"무사마씀?"(왜요?)

"너 새봄에 오캔 전화허난 그때부터 경 사람을 다올려라게.(너 새봄
에 오겠다고 전화하니 그때부터 그렇게 사람을 들볶더라고.)"(11쪽)

①과 ②의 경우는 제주어를 작품 속에 등장시키는 방법 중 하나다.
한림화뿐만 아니라 다른 작가들의 경우에도 이러한 표기방식을 시
도한 적이 있다. 1984년 제주 출신 김광협 시인이 『돌할으방 어디 감
수광』(태광문화사)을 발표한 이후 제주어 글쓰기는 많은 작가들에 의해
시도된 바 있다. 1978년 현기영의 「순이삼촌」에서도 제주어 글쓰기
는 인물들의 대화에서 구현된 바 있으며 김수열, 강덕환 시인 등도
제주어로 시를 쓰기도 했다.[13] ①, ②의 사례는 지역적 특색을 드러
내기 위한 방법이라고 할 수 있을 것이다.

그런데 여기에서 생각해볼 점은 한림화의 제주어 글쓰기가 여기
에서 그치지 않고 제주어와 표준어를 나란히 배치하는 방식으로까
지 확장된다는 것이다. 「하늘에 오른 테우리」, 「털어 구둠 안 나는 사
름은 보지 맙서」, 「곱을락을 햇수다마는」, 「삭다리광 생낭은」, 「눈 우

윗 사농바치」 등 5편이 그러한 방식으로 쓰인 소설들이다. 제주어 표기 방식을 차이를 확인하기 위해 우선 「하늘에 오른 테우리」부터 살펴보자.

① 테우리 마씀

옛날 옛적이, 나가 살던 무슬 어귀에 미여지뱅뒤(제주도에서 지상낙원, 즉 천국을 일컫는 말-인용자 주)가 시작되는 테우리동산이 잇엇는디 예, 음력 칠월 열나흘 밤광 보름 새벽 어간에 백중제엔도 허는 '테우리코사'를 지냇수다.

테우리가 어떤 일 허는 사름인 것사 다 압주 예.

경혜도 몰른 사름 잇인디사 설명해 보쿠다. 쇠나 물을 저 곳 산전이나 자왈에 탱탱 얽어진 중산간 드르에 フ꾸는 일은 전문으로 허는 사름이라 마씀.

아, 예 게, 엣날사 제주섬에 살멍 쇠나 물을 フ꾸와 보지 안헌 이 누게 잇수과마는 이디선 직업으로 그 일을 허는 사름만 딱 짚엉 곧는 겁주 마씀.(104쪽)

② 목자 말입니다.

옛날 옛적에 제가 살던 마을 어귀에 허허벌판이 시작되는 목자동산이 있었는데요, 음력 칠월 열나흘 밤과 보름 새벽 어간에 백중제(伯仲

祭)라고도 하는 목자제사를 지냈습니다.

　목자가 어떤 일을 하는 사람인 거야 다 아시죠.

　그래도 모른 사람이 있을까 봐 설명해 보겠습니다. 소나 말[馬]을 저 산속 깊숙한 밀림 지대나 잡목과 청미래 덩굴과 찔레 등이 돌무지와 어우러진 들에 빼곡하게 얽어진 중산간 들판에서 가꾸는 일을 전문으로 하는 사람입니다.

　아, 그렇습니다, 옛날에야 제주섬에 살면서 소나 말을 가꿔 보지 않은 이 누구 있습니까마는 여기에서는 직업으로 그 일을 하는 사람만 딱 짚어서 말하는 겁니다.(105쪽)

　①과 ②를 나란히 쓰고 있는 이러한 배치는 제주어 서사가 완결된 이후에 표준어로 풀어 쓰는 것이 아니라 각각의 내용을 동시에 확인할 수 있도록 배치되어 있다. 번거로움을 감수하면서 ①과 ②를 배치하고 있는 것은 각각의 언어가 상정하는 독자가 다르다는 점을 보여준다. ①을 해독할 수 있는 경우 ②는 불필요한 반복이며 ①을 해독할 수 없는 경우는 ②의 서사가 주된 이해의 경로가 된다. ②의 방식을 통해 서사를 이해하는 독자들에게 ①은 또한 불필요한 '난독의 텍스트'일 뿐이다. 제주어로 이해하든, 표준어로 읽어가든, 아니면 그 둘 사이를 번갈아가면서 이해하든, 어떤 경우에라도 이 텍스트를 읽는 경험은 표준어 문학을 읽는 경험과 다를 수밖에 없다. ①에서 한

국어 표준어 체계에서는 사라진 아래아를 사용하는 것처럼 표기 방식의 차이는 표준어와 지역어의 다름을 시각적으로 보여주는 동시에 표준어 문학과 다른 또 다른 언어의 세계가 존재함을 보여준다.

이러한 방식은 표준어의 외부에 존재하는 지역어의 존재를 인식하지 않으면 불가능한 표기 전략이다. 'ㅏ'와 'ㅗ'의 중간음인 '아래아'는 표준어의 세계에서는 발음될 수 없다. '아래아'는 표준어의 외부에 존재하는 지워진 표기이다. 하지만 한림화는 그것을 그대로 노출시키면서 표준어 문법과 다른 지역의 언어를 드러낸다. 이는 표준어와 다른 제주어의 특수성을 드러내는 방식이다. 특히 '아래아'의 표기는 강덕환, 김경훈, 양전형, 강봉수 등 제주어 시에서 빈번하게 등장하는데 이러한 문자의 노출은 표준어의 외부에 존재하는 지역어의 존재를 발견하는 방식이라고 할 수 있다. 그렇다면 표준어와 다른 존재, 달리 말하면 표준어의 외부에 존재하는 지역어의 존재를 등장시키는 이유는 무엇일까.

그것은 표준어를 낯설게 만듦으로써 표준어의 세계로 환원될 수 없는 지역의 일상을 재현하기 방법이었다. 하지만 이러한 지역어의 발견이 표준어 문학장을 전면적으로 거부하는 방식으로 나아가는 경우는 드물었다. 거기에는 여러 이유가 있겠지만 무엇보다도 문학적 글쓰기 자체가 지역어를 해독할 수 있는 소수의 독자를 상대로 발화하는 것이 아닌, 표준어 독자를 상정했기 때문이다.

김광협이 제주민요시집이라고 명명한『돌할으방 어디 감수광』은 이러한 표준어 문학장에 균열을 내기 시작한 작품이다. 그가 서문에서 고백하고 있듯이 제주어 글쓰기는 "제주 사람들이 쓰는 말 그대로를 가지고 제주 사람들의 한 시대의 생각과 삶의 모습을 그려"보기 위한 시도였다. 하지만 이러한 시도는 역설적으로 표준어와 지역어의 위계가 대단히 강고한 체계임을 보여준다. 제주어로 쓴 시와 표준어 '번역'을 나란히 병치한 시집 체제는 제주어를 이해하지 못하는 독자들을 향한 발화였다. 그것은 문학적 발화가 표준어의 세계를 외면할 수 없음을 인정하는 굴복이자, 좌절이었다.

제주어뿐만이 아니다. 지역어를 전면에 드러내는 전략은 때때로 표준어와 지역어의 위계를 드러내는 불가피한 타협이자, 지역어의 존재를 표준어 문학장에 드러내기 위한 고육지책이었다. 소설에서 주요 서사는 표준어가 담당하고 인물들의 대화에서 지역어를 노출시키는 방식은 이를 보여주는 하나의 사례다. 이는 한국문학장에서 표준어 문학의 영향력을 전복한다는 것이 어려운 일임을 그대로 보여준다. 한림화가 서사를 노출하는 방식은 표준어를 자명한 세계로 인식하지 않음으로써 지역어의 서사를 발견하는 계기로 작용한다.

그렇다면 이러한 지역어의 '발견'이 지향하는 것은 무엇인가. 한림화의 제주어 소설 쓰기는 '제주어'라는 단일한 언어체계에 대한 '발견'이 아니다. 그는 표준어를 낯설게 함으로써 오히려 '제주어' 안의 다양하고 이질적인 언어들에게 자격을 부여하는 전략을 취한다. 앞서 살펴본 것처럼 한림화는 자신의 제주어 글쓰기가 제주어 표기법에 맞지 않을 수도 있다면서 제주의 동쪽인 성산 지역에서 주로 사용하는 말들을 빌렸다고 밝히고 있다. 이처럼 소설 속에서 제주어 글쓰기는 일종의 표준화된 '제주어'가 아닌 특정 지역의 입말을 차용하고 있다.

이러한 방식은 '한글 맞춤법'이라는 표준어 체계 안에서 지역어를 표기하는 것에 대한 문제 제기로 읽힌다. 또한 제주어와 표준어로 각각 작품을 써 내려간 것은(이것은 김광협이 시도한 것처럼 단순히 '번역'의 차원이 아니다.) 동일한 서사가 두 개의 언어로 발화될 때의 차이를 드러내기 위한 수단이다. 이는 지역어가 표준어의 서사로 구현될 수 없는 어떤 '재현 불가능'의 지대가 있음을 보여준다. 이를테면 「눈 우읫 사농바치」에서 "경허난 내 설룬 똘년덜아, 하다 '지달이고서방' 하르방 모소왕허지 말앙 예의바르게, 곱게 대해사 헌다, 알암시냐?"는 "그러니까 내 애달픈 딸년들아, 부디 '지달이고서방' 할아버지 무서워하지 예의 바르게, 곱게 대해야 한다, 알겠지?"로 서술되는데, 이 말은 지역어와 표준어가 일대일로 대응이 되지 않음을 보여준다. 표준어의 규범에서는 사라진 '아래아'의 표기는 물론이거니와 '설룬'과 '애달픈'의 어감적 차이는 표준어의 세계로 수렴될 수 없는 지역의 존재를 노출시킨다. 이러한 차이는 단순히 어휘나 음운적 차이에 머물지 않는다.

제주어의 언어적 실천

침묵을 강요받았던 시절, 제주 4·3을 말하기 위해서 처음 한 일은 지워진 목소리를 듣는 일이었다. 현기영이 「순이삼촌」을 쓰기 위해 낡은 녹음기를 들고 다녔던 일은 잘 알려진 일화다. 1987년 민주항쟁 이후 봇물처럼 쏟아진 증언 자료집들은 말할 수 없었던 목소리들의 말에 귀 기울인 결과였다. 문학은 말할 수 없는 사람들, 말을 잃어버린 사람들의 말을 듣는 일이었다. 그것은 '몫 없는 자'들의 '몫'을 찾는 일이었다.

세월은 흐르고, 잊혔던 목소리들도 자기의 '몫'을 찾기 시작했다. 하지만 오늘의 외부에 존재하는 목소리들은 여전하다. 아감벤이 지적했듯이 진정 말해야 하는 이들은 '죽은 자'들이며, 죽은 자들은 죽음으로 침묵하고 있다. 우리가 잊지 말아야 하는 것이 바로 죽어버린 침묵이다. 입이 사라지고, 말이 사라지고, 기억이 사라져버린 존재들. 그들의 목소리를 듣고, 입이 사라진 몸을 복원하기 위한 과정, 그 과정의 진실이 바로 문학이었다.

하지만 여기에서 간과해서는 안 되는 일이 있다. 그것은 들리지 않는 목소리, 목소리조차 얻지 못한 말들이다. 죽어버린 자들이 증언할 수 없는 것처럼, 목소리를 얻지 못한 소리들은 말해질 수 없다. 오늘이 되어버린 과거가 있다면, 여전히 오늘이 될 수 없는 시간도 있다.

시간의 바깥에서 여전히 아우성치는 목소리들을 듣는 일, 그 불가능한 듣기에 도전하는 일이야말로 문학의 이름으로 찾아야 하는 말들일 것이다.

한림화의 소설들은 들을 수 없는 소리들이 어떻게 서사화될 수 있는지를 보여준다. 그것은 지역의 언어가 어떻게 목소리를 얻을 수 있는지를 타진하면서 시작된다. 이때 지역의 언어란 단순히 제주어를 작품 속에 드러낸다는 의미만이 아니다. 서사 전략은 지역어를 표준어의 내부에 기입함으로써 지역어의 가능성을 실현하려는 시도가 아니라 오히려 내부와 외부를 구분하는 힘 그 자체를 무화시켜버림으로써 새로운 서사적 기억을 창출하려는 시도들이라고 할 수 있다.

한림화는 언어의 수행 주체를 여성으로 내세우면서 남성 중심의 증언이 배제하고 있는 기억들을 그려낸다. 『The Islander-바람섬이 전하는 이야기』는 제주어를 전면에 드러내거나 표준어와 나란히 쓰고 있는데, 이러한 서술의 방식이 의도하는 바는 분명하다. 그것은 표준어 체계 안에서 소수자의 언어가 될 수밖에 없는 지역어의 존재에 주목하는 것이다. 소수자의 언어로서 제주어 글쓰기를 하는 것은 그 자체로 전복적이라고 할 수 있다. 80년대 김광협 시인이 '번역 불가능성'을 염두에 두면서 제주어 글쓰기를 시도한 이래로, 제주어 글쓰기는 단순히 '제주어'라는 소멸 언어의 가치를 드러내기 위한 수준에서 논의될 수 없다. 한림화의 소설에는 위안부, 중공군 포로 등 그

동안 남성 증언 서사에서 배제되었던 존재들이 등장한다. 『평지나물이 지름나물인거 세상이 다 알지 못헤신가?(평지나물이 기름나물인 것을 세상이 다 알지 못했을까?)』에서 한림화는 일본군 '위안부'였던 함행선 할망을 등장시키고 있다. 이는 단순히 잊힌 과거를 기억하자는 차원에서 그치는 것이 아니다. 이는 그동안 남성 중심 증언, 그리고 그러한 증언의 장에서 수난당하는 여성으로 상대화된 제주 여성들의 존재를 '기억하는 여성'이라는 주체적 인물로 등장시키기 위함이다.

들리지 않는 목소리, 보이지 않는 소리들을 듣는 일은 이처럼 언어가 되지 못한 소리들, 그리고 증언의 주체가 되지 못했던 여성에 주목하는 일인지도 모른다. 누가 말하는가, 누가 기억하는가를 둘러싼 기억투쟁이 제주의 기억투쟁이었던 점은 분명하다. 하지만 이러한 기억투쟁은 단순히 국가의 역사와 지역의 기억이라는 대립만이 아니다. 여기에는 지역에서조차 말해지지 않는 사람들, 말할 수 없는 목소리들과 증언의 지위를 얻은 지역의 주류 남성 엘리트들과의 대립이 존재한다. 제주의 여성들을 수난사적 관점에서만 바라보는 것은 국가의 기억이 지니고 있는 폭력성을 지역 안에서 되풀이하는 일일 것이다. 여성을 비롯한 소수자의 언어를 대상화하지 않고 주체적 선택과 자율적 의지를 표출했던 아우성으로 기억할 때 제주의 기억, 더 나아가 제주의 언어는 한층 더 풍부해질 수 있을 것이다.

사랑과 혁명을
읽는 시간

- 황규관, 『사랑에 미쳐 날뛸 날이 올 거다』

1.

세상이 흉흉하다. 최소한의 위선마저 벗어던진 날것의 욕망들이 가득하다. 자유니, 민주니, 정의니 하는 말들이 품었던 정념도 차갑게 식은 지 오래다. 모두가 위기라고 말하지만 정작 위기를 대하는 오늘의 태도는 진부하기 짝이 없다. 정치가 권력의 재생산을 위한 도구쯤으로 치부되는 동안 시민의 성원권조차 얻지 못한 이들의 비명은 여전하다. 한 해 2,000명이 넘는 노동자가 집으로 돌아가지 못하고 있지만 우리의 욕망은 그들의 비극 앞에서도 멈추지 않는다.

삶이 상투적 언어들로 가득해져버린 시절에도 우리는 우리의 삶을 살아갈 수밖에 없다. 우리는 지옥도를 향해 냉소의 손가락질이나 날리는 관중이 아니다. 처참한 지옥을 함께 살아내야 하는 진창의 선수들이다. 흙투성이가 되더라도 끝내 함께 살아가야 할 오늘이다. 백무산이 말했듯이 "이렇게 한심한 시절의 아침"에도 "젖은 겨울나무와 함께 가야할 곳"은 반드시 있는 법이다.[1] 그 함께의 힘을 '사랑'이라고 말할 수 있다면 지금 우리에게는 서로에게서 사랑의 얼굴을 읽어가는 사랑의 독법이 필요하다.

2.

언제부터인가 황규관 시인이 김수영에게 '꽂혔다'라는 말이 돌았다. "노동자 계급의 정체성과 언어를 사수하기 위한 응전"[2]을 보여왔다고 평가받았던 그가 하필이면 김수영을…. 의아한 시선을 보내는 이들도 있었다. "풀이 눕는다/ 바람보다도 더 빨리 눕는다"('풀')는 구절이야 워낙 유명하지만 정작 그의 시세계를 오롯이 이해하는 일은 쉽지 않다. 거기에는 '공자의 생활난', '묘정의 노래' 등 초기 시의 난해함도 한몫하고 있다. 그 난해함 때문에 그를 모더니스트의 계보로 이해하는 이들도 많다. 김수영과 이상, 김수영과 김춘수를 나란히 읽어가는 연구들도 있다. 김수영을 모더니스트로 이해하든 리얼리스트로 이해하든 김수영의 시를 읽어가는 일은 만만한 작업이 아니다. 그것은 황규관 시인이 지적하고 있듯이 우리의 근대사 그 자체였던 '김수영의 현실'을 이해하는 통사적 읽기가 선행되어야 하는 일이기 때문이다.

연구자가 아닌 시인의 김수영 읽기는 다분히 그의 시적 사유를 확대하기 위한 분투일 터인데 황규관 시인과 김수영 시인의 조합이 이전과 다른 독해를 보여줄 것인지 기대 반 의문 반이었다. 그러던 중에 황규관 시인이 『리얼리스트 김수영-자유와 혁명과 사랑을 향한 여정』(한티재, 2018)을 펴내고 뒤이어 『사랑에 미쳐 날뛸 날이 올 거다』(책구름, 2023)까지 펴냈다. 5년의 시차를 두고 김수영 시인을 '읽어 버린' 결과가 두 권의 책으로 나왔다는 사실만 보더라도 황규관의 김수영 읽기는 단순히 창작을 위한 참고나 뒤늦은 학습이 아니다. 그 5년의 시간 동안 황규관은 김수영의 문장을 삼키고, 소화했다. 그것은 머리가 아니라 몸으로 체화한 시 읽기이자, 무도한 세상을 견디기 위한 단단한 독해였다.

『리얼리스트 김수영』에서 황규관은 "김수영이 구축한 시적 양식"이 "그의 사후 곡해되어 계승되어 온 측면이 있다."고 말한다. 김수영 사후 50년이 넘어서도 여전히 그의 시가 읽히고 있지만 그의 시를 제대로 읽어내지 못하고 있다는 진단이다. 황규관의 김수영 읽기는 김수영의 시를 텍스트로 삼아 오늘을 해명하기 위한 일종의 고군분투인 셈이다. 그렇다면 황규관이 진단하는 오늘의 상태는 과연 어떠한가.

혹자들은 자본주의의 극대화 앞에서도 시는 더욱 필요할 것이며 이제 시만이 유일한 탈구 지점이라고 한다. 도대체 시가 무슨 힘으로 자본주의에 맞설 수 있다는 말인지 이해가 되지 않는게, 사실 이미 시는 한낱 나무 그늘 아래에서의 농담이 된 지가 꽤 되었기 때문이다. 시는 얼마 안 가 자본주의의 신경 구조로 완전히 편입될 것이다.(『리얼리스트 김수영』, 349쪽)

이 말은 자본의 거대한 폭력 앞에서 한없이 작아지는 시의 무력함을 토로하는 대목이 아니다. 오히려 자본과 맞서, 오늘의 허위를 드러내는 삶의 진실을 향해 시가 묵묵히 걸어가야 한다는 다짐이다. 오늘의 무력함을 시의 힘으로 견디고 돌파하기 위해 황규관은 김수영을 읽어갔다. 김수영을 "역사 속에서 자유를 갈망했고 혁명을 살았으며 사랑을 발명"한 시인으로 규정하는 것도 스스로 오늘의 암흑을 외면하지 않으면서 자유와 혁명과 사랑을 '발견'하기 위함이다.

김수영이 남긴 시들은 여전히 환호와 열광의 대상이 되고 있다. 하지만 그러한 환호와 열광이 단순히 시를 '이해'하는 이성적 이해에 머문다면 김수영을 제대로 읽지 못하는 것이다. 한국전쟁과 4·19혁명, 그리고 5·16 쿠데타로 이어지는 한국 현대사의 소용돌이를 온몸으로 관통했던 김수영은 무력하지만 단단한 시를 온몸으로 던져왔다.

"시를 안다는 것은 전부를 아는 것"('저 하늘 열릴 때')이라는 김수영의 진술은 단지 예술적 수사가 아니다. 거기에는 자신의 위선과 허위마저 드러내고 절망과 냉소를 극복하기 위한 치열한 몸부림이 새겨져 있다. 전작『리얼리스트 김수영』에서 모더니즘과 리얼리즘의 낡은 구도를 넘어서기 위한 방법론으로 그의 리얼리즘적 태도에 집중했다면『사랑에 미쳐 날뛸 날이 올 거다』는 김수영 시의 궁극인 '사랑과 혁명'을 해명하기 위한 독법이 눈에 띈다.

황규관은 종종 그가 김수영의 전모를 이해하기에 부족하고, 때로는 설명할 깜냥이 되지 않는다고 하지만『사랑에 …』는 이러한 그의 겸손이 엄살처럼 들릴 정도로 꼼꼼하고 세밀하게 김수영을 읽어가고 있다. 김수영의 시편들에 대한 그의 설명은 연구자들에게도 벼락같은 사유의 세례를 주지만 김수영을 잘 모르는 이들도 황규관의 친절한 설명을 따라가다 보면 김수영의 진면목을 만날 수 있다. 난해함 때문에 김수영의 시세계를 이해할 엄두가 나지 않았다면 이 책만큼 좋은 참고서가 없다.

3.

『사랑에 …』를 읽을 때에는 김수영 전집을 옆에 두는 것이 좋다. '시인들의 시인'으로 불리는 김수영지만 정작 왜 그가 그러한 찬사와 영광을 받는지, 『사랑에…』를 읽다 보면 의문이 저절로 풀린다. 누구나 알고 있지만 아무도 제대로 읽지 않은 책을 고전이라고 했던가. 『사랑에…』는 켜켜이 먼지 쌓인 고전의 자리에서 실재하는 현재로 김수영을 읽게 만든다.

김수영 시가 난해한 이유를 황규관은 "김수영 시인이 자신이 처한 혼란스러운 현실 속에서 영혼을 잃어버리지 않으려는 고투를 통해 시를 썼기 때문"이라고 말한다. 이 말은 김수영을 이해하기 위해서는 그의 시를 단독적 예술의 발화가 아닌 그가 경험했던 시간의 맥락 속에서 읽어야 함을 의미한다.

개인들이 경험한 시간의 총합이 역사가 아니듯, 역사적 시간의 경험은 개인마다 편차가 있을 수밖에 없다. 황규관은 그 편차를 염두에 두면서 김수영이 그의 시간 속에서 잃지 않으려고 했던 정서와 인식이 무엇인지를 따져 묻고 있다. 잘 알려진 김수영의 '온몸의 시론'에 대해서 황규관은 초기 시에 등장하는 '정직'과 '자기극복 의지'를 이해해야 한다고 말한다. '정직'과 '자기극복 의지'는 김수영 시론의 요체이자, 그의 관념성이 무엇을 지향하는지를 보여주는 중요한 열쇳말이다.

초기작인 '공자의 생활난'을 설명하면서 황규관은 막연한 전통 지향으로 김수영을 바라보는 시각을 정면으로 반박한다. "꽃이 열매의 상부에 피었을 때"로 시작하여 "동무여 이제 나는 바로 보마/ 사물과 사물의 생리를/ 사물의 수량과 한도와/ 사물의 우매와 사물의 명석성을/ 그리고 나는 죽을 것이다"로 끝나는 '공자의 생활난'을 설명하면서 그는 김수영이 현실과 대면하는 태도에 주목한다. 황규관은 "김수영의 '바로 보기'는 이것도 저것도 아닌 '비켜보기'가 아니다"라면서 "사물의 우매와 사물의 명석성"을 바로 보겠다는 것은 해방공간을 '바로 보겠다'는 것이나 다름없다고 설명한다. 초기시의 관념성이 단순히 초월적 관념성의 표출이 아니라 누구보다도 치열하게 당대를 사유하고자 했던 고투라는 지적은 황규관의 김수영 시 읽기가 무엇을 겨냥하고 있는지를 잘 보여준다. 그러면서 그는 김수영의 '온몸의 시론'이 "단순히 신체적 감각이나 운동이 아니"고, "몸에 새겨진 모든 경험", "그 몸을 가진 시인의 지성과 서정과 정신이 모두 참여하는 것"이라고 판단한다. (40쪽)

김수영이 자신의 신체로, 지성과 서정과 정신을 모두 동원하여 '바로 보겠다'고 말했던 것처럼 황규관도 오늘의 아비규환과 진창을 냉소의 날개로 비켜서지 않고 정면으로 대결해야 함을 스스로에게 다짐하고 있다. 그것은 이를테면 김수영의 '시적 섬광'을 사라진 불꽃이 아니라 오늘의 어둠을 밝혀야 할 불쏘시개로 삼겠다는 의지의 표현이다. 김수영의 내면 인식의 변화와 시적 변화를 충실하게 읽어가는 해설의 성격을 지녔지만 행간마다 황규관이 한 명의 시인으로서, 그리고 이 시대를 살아가는 시민으로서, 현실과 어떻게 대결해야 하는지를 스스로에게 되묻는 질문이 가득하다.

김수영의 시는 우리가 시 자체를 깊이 이해하는 데 아주 좋은 예이기도 하면서 김수영의 시작을 통해 우리가 시를 짓는 데 아주 귀한 것을 발견하기도 합니다. 그래서 저는 시를 배우고 쓰는 분들에게 어렵기는 하지만 김수영의 시작 원리를 공부할 것을 권하기도 합니다. 기성 시인들에게도 자신의 시가 어떤 난관에 봉착하면 대체로 형식의 실험을 통해 돌파구를 찾으려고 하는 경향이 있는데 김수영은 전혀 다른 길을 가르쳐주지요. (75쪽)

'달나라의 장난'을 해석하면서 황규관은 김수영의 시가 시를 깊이 이해하는 데 도움이 될 뿐만 아니라 시쓰기의 방법론도 습득할 수 있다고 말한다. 그것은 독자에게 하는 말인 동시에 "기성 시인"인 황규관 스스로 김수영 시를 통해 "돌파구"를 찾고자 하는 자문자답이기도 하다. 『사랑에…』의 또 다른 장점이 여기에 있다. 친절하고 단단하게 읽어간 김수영 시 해설서인 동시에 오늘의 난관을 어떻게든 돌파하고자 하는 한 시인의 몸부림. 김수영의 문장을 흘러간 과거로 치부하는 것이 아니라 오늘의 안녕과 결별하는 무기로 삼고자 하는 결연함. 우리는 김수영을 읽어가는 동시에 여전히 시인이고자 하는, 아니 시인으로서 살고자 하는 천생 시인의 고군분투를 함께 읽어갈 수 있다. 그래서일까, 이 책에는 김수영의 시에 기대어 쓴 황규관의 시론이 심심찮게 드러난다.

누구나 자기의 한도 이상을 전부라고 말하지 않습니다. 자신의 '전부'는 자신의 한도 안이지요. 그렇다고 여기에 머물러서는 안 되는데, 시인이 만나게 될 사물이나 사건은 어제도 오늘도 동일하지 않습니다. 왜냐면 세계는 부단히 변화하니까요. 그래서 시인의 '전부'는 더 계발되어야 하고, 더 확장되고 높아지면서 깊어져야 합니다. (77쪽)

한때 좋은 리얼리즘 시를 썼다고 해서 그게 평생 유용한 신원 증명서가 될 수는 없습니다. (…) 리얼리스트는 단순히 리얼리즘 양식의 작품을 쓰는 사람이 아니라 변화하는 현실 속에서 중단 없는 자기 갱신을 하는 작가를 말합니다. 그래서 한때 리얼리스트일 수는 있어도 온 삶이 리얼리스트인 경우는 드뭅니다. (101쪽)

황규관이 문명의 폭력성을 누구보다도 예리하게 노래해왔던 사실에 주목해보면, 이러한 그의 진술은 김수영의 윤리적 감각을 오늘의 자리에서 '발견'하기 위한 자기 다짐이다. 부단하게 변화하는 현실을 '극복'하기 위해 자신의 '전부'를 확장하겠다는 약속이다. "한때 리얼리즘 시를" 썼다는 사실이 "평생 유용한 신원 증명서"가 아니라는 '자기 갱신'의 출발이다.

4.

진창은 더욱 깊어지고 어둠은 더 짙어진다. 냉소와 혐오로는 진창을 건널 수 없음을 황규관은 누구보다 깊이 인식하고 있다. 김수영이 온몸으로 이야기했던 사랑과 혁명을 읽어가는 일은 오늘의 난관을 함께의 힘으로 넘어서고자 하는 몸부림이다. 그 몸부림이 결국 '사랑'이고, 그것이 '혁명'이라는 사실을, 황규관은 김수영을 통해 말하고 싶은 것이다. 김수영을 이해하기 위해, 그리고 오늘, 이토록 무도한 시대와 대결하기 위해서 지금 우리는 사랑에 미쳐 날뛰어야 한다. 시작도 사랑이고, 끝도 사랑이다.

사랑, 삶,
그리고 기억

- 배길남, 『하하하, 부산』

기억의 프랜차이즈를 거부하다

『하하하, 부산』은 제목에서 말하고 있듯이 부산 토박이 소설가 길남 씨의 부산 이야기이다. 산복도로를 타고 시작된 그의 부산 기행은 대연동과 못골, 수영과 기장 시장과 자갈치 시장을 거쳐 문현동 중앙 시장까지 이른다. 『하하하, 부산』은 길남 씨가 발로 그려나간 부산의 기억이다. 장소에 각인된 기억들을 소환하는 길남 씨는 그의 미발표작인 『동래부왜관수사록』의 수다쟁이 박소담을 닮았다. (길남 씨가 자주 언급하고 있는 『동래부왜관수사록』은 그의 말대로 미완의 장편소설이다. 길남 씨는 동래부를 무대로 한 소설을 구상 중이라면서 미완성의 소설 속 인물들을 등장시키곤 한다. 읽지도 못한 소설이지만 부산의 곳곳을 누비는 길남 씨의 안내를 따라가다 보면 어느새 소설 한 편은 너끈히 읽은 느낌이다. 그러니 소설 속 인물들이야 말해 무엇하랴.)

장소를 소환하는 글들은 많이 있다. 각종 여행기는 넘쳐나고 숨어 있는 명소를 소개하는 블로그도 조금만 뒤지면 지천이다. 방송을 비롯한 미디어는 온갖 장소를 소개한다. 가히 장소의 과잉소비라 할 만하다. 인스타그램 같은 소셜미디어에서 장소만큼 빠르게 소비되고 휘발되는 것도 없다. '#○○맛집', '#○○인생 샷' 등 장소는 해시태그 안에 갇혀 유통된다. 영향력 있는 소셜미디어 스타가 해시태그를 붙여 장소를 소개하면 비슷한 이미지들이 순식간에 늘어난다. 이푸 투안이 공간(Space)과 장소(Place)를 구분하면서 기억의 장소성을 언급한 게 1977년이다.[1] 물리적 '공간'이 아니라 개인의 가치가 탄생하는 '장소'의 친밀성을 이야기했던 그의 견해에 비춰 본다면 해시태그로 유통되는 장소들은 기억의 대량생산, 대량유통이나 마찬가지다. 음식점만 프랜차이즈가 있는 게 아니다. 장소들도 프랜차이즈의 시대다.

마치 잘 만들어진 대형 음식 체인의 레시피처럼 장소들이 소비된다는 의미는 무엇일까. 그것은 우리의 감각과 경험이 정형화되고 있음을 말한다. 산부인과 병동에서 시작해, 산후조리원과 아파트 단지의 놀이터, 어느 지역이나 다를 것 없는 학교 공간에서 어린 시절을 보내온 우리들에게 장소란 도대체 무엇일까. 편의점과 규격화된 체인점들이 도시 생활의 전부가 되어 버린 현실 속에서 과연 다른 장소 감각은 가능한 것인가. 장소가 물리적 공간과 구별되는 것이 기억의 유무라고 할 때 장소의 대량생산과 유통은 기억의 대량생산과 유통이나 마찬가지다. 서울이라는 거대 도시는 모든 것을 빨아들이는 블랙홀이다. 우리의 경험과 감각도 서울을 벗어나지 못한다. 서울과 '다른' 경험은 불편하다. 서울과 같아지기 위해 우리는 오늘도 SNS의 바다를 헤매고 있는지 모른다. 서로의 감각과 경험을 '복붙'(복사+붙여넣기)하면서….

한때 '지역균형 발전'이 정치권에서 화두가 된 적이 있었다. '수도 이전'이 '관습법'이라는 이유로 '위헌' 판결을 받은 이후에도 서울에 본사를 둔 정부기관들의 지역 이전이 '균형 발전'이라는 이름으로 추진되었다. 지역마다 생긴 혁신도시들은 '균형 발전'이 가져다 준 결과다. 지금에 와서 생각해보면 유행처럼 번졌던 '균형 발전'이 과연 무엇인지, 누구를 위한 발전인지 알 수 없다. 그렇게 해서 만들어진 '혁신'이라는 이름의 도시들이 그 이름값을 하는지도 미지수다. 그때의 '균형'이 결국 서울과 같아지기 위한 수사(修辭)였다는 사실만은 분명하다. 그렇게 부산이, 목포가, 광주가, 대구가, 제주가, 모두 서울처럼 '발전'해야 한다고, '발전'할 수 있다고 믿었던 시절이 있었다. ('있었다'라는 과거형을 쓰는 것은 적절치 못하다. 그 욕망의 강도는 여전하다.) 범박하게 그것을 성장주의에 대한 맹신이라고 말할 수 있을 것이다.

그래서 지금 장소를 말하는 것은 단순히 기억을 소환하는 과거의 향수가 되어서는 안 된다. 한때 인기를 끌었던 드라마 '응답하라' 시리즈처럼 레트로의 감성으로 오늘을 감추어서는 안 된다. 지역의 수많은 답사 프로그램들이 과거의 흔적을 더듬는 것에 멈춘다면 그것은 기억을 소비하고 휘발시키는 일이 되고 말 것이다. 벤야민이 이야기했듯이 "기억은 지나간 것을 알아내기 위한 도구"가 아닌 "매개물"이다. '기억'이라는 명사 안에 갇히는 것이 아니라 '기억하다'라는 동사의 세계로 옮아가는 역동의 반역. 그것이 장소를 이야기하고, 장소를 거니는 이유이다. 추억의 환기가 아니라 지금, 여기의 '꼬라지'를 응시하기 위한 수단으로서의 기억. 그럴 때만이 '기억'은, '기억하기'는 정형화된 프랜차이즈를 거부하는 개별의 힘이자, 오늘의 모순을 향해 던지는 투창이 될 수 있을 것이다.

수다스런 길남 씨의 부산행은 기억의 프랜차이즈를 거부한다. 그의 시선은 늘 '사라진 것들'에 주목하지만 그것을 추억으로만 새겨넣지는 않는다. 길남 씨는 구체적으로 말하지 않는다. 다만 "사라진 사람들과 사라진 시장 속에서", "무언가 자꾸 찾아내려"(101쪽) 애쓴다. 그것이 인스타그램의 사진 몇 장으로 소비되는 부산이 아님은 분명하다. 길남 씨의 시선이 개발 자본주의의 폭력을 끊임없이 환기하는 이유도 여기에 있을 것이다. "자본의 이빨이 생태마을 물만골의 턱 앞까지 달려와 으르렁 대"는 현실 속에서 그는, "자본으로 무럭무럭

자란 쌍둥이 빌딩"의 탐욕을 외면하지 않는다. 그 애면글면의 수다 야말로 길남 씨의 '부산 댕기기'가 지닌 큰 미덕이다.

산복도로 밀양쌀상회, 길남 씨와의 낮술

3인칭으로 서술된 길남 씨의 부산 나들이와 동행하는 일은 유쾌하다. 좌충우돌과 종횡무진에 함께하는 동료가 된 기분이랄까. 길치에다 지독히도 산만한 그의 발걸음에 보폭을 맞추다 보면 어느새 산복도로 한가운데에 서 있는 기분이다. 내려갈 길은 아득한데 길남 씨는 밀양쌀상회에서 막걸리 몇 병 사 들고 술판이라도 벌일 듯 부산하다.

"일로 오이소. 술이나 한잔 하입시더."

길남 씨의 술 재촉에 기분이 절로 좋아진다. 그렇다. 갈 길이 멀어도 "산에 둘러싸여 있으면서도 끊길 듯 끊기지 않고 이어지는 도시의 전망"(45쪽)과 길남 씨의 기억을 안주 삼는다면 질펀한 낮술이 무슨 상관이랴. "해운대, 남천동, 용호동의 거대 아파트들이 자본으로 서로의 순위를 매"(27쪽)기는 세상에선 낮술 한잔이 제격이긴 하다.

부산도 그렇지만 제주 역시 자본의 순위질은 심각하다. 제주시 노형동에 38층 높이의 '드림타워'가 2020년 3월 준공했다. 제주의 랜드

마크를 만들어야 한다면서 50층 높이로 추진되다가 그나마 시민들의 반대로 층수가 줄었다. 육지에서야 40~50층 되는 건물이 부지기수지만 제주에서는 고층 빌딩이 드물다. 이유는 고도제한 때문이다. 인근에 제주공항이 있고 한라산 경관을 지켜야 한다는 이유로 오랫동안 고집스러울 정도로 고도제한을 지켜왔다. 그러던 게 이런저런 이유로 풀리더니 50층 높이의 복합리조트를 도심 한복판에 건설하겠다고 했다. 제주의 랜드마크가 될 거라면서 고용 유발이니, 경제 파급 효과니 온갖 장밋빛 전망을 들이대기 시작했다. 시민사회의 반대가 컸지만 신축계획은 층수를 일부 조정해서 허가가 났다. 중국 자본이 투자한 복합 리조트 빌딩 '드림타워'는 그렇게 제주 한복판에 날카로운 어금니를 드러냈다. 이제 제주공항에 내릴 때면 한라산이 아니라 '드림타워'가 사람들의 눈을 찌른다.

"아이고, 여기서 보니 부산이 한눈에 보이네요." 제주에서 온 이방인은 잔에 술을 채우다 말고 산 아래 풍경에 시선을 빼앗긴다. 산비탈을 따라 들어선 집들도 장관이다. 밥때가 되면 시루떡 연기를 피우듯 모든 굴뚝에서 연기가 가득 피어오르던 시절이 있었을 것도 같았다.

"이짝부터 저짝까지 다 재개발인데, 10년 넘게 재개발한다고 뭔 지랄인지…." 길남 씨가 말꼬리를 흐리는 이유를 객(客)은 알 것만 같다.

길남 씨가 술을 치다 말고 헛손질로 피 같은 막걸리를 흘리는 까닭
도, 아까부터 길남 씨의 눈이 느닷없이 그윽해지는 것도. 아무래도
길남 씨는 사라져 버린 것들의 그림자를 좇고 있는 게다. 사람들로
북적거리던 신정 시장이며 실핏줄처럼 집과 집을 잇던 수많은 골목
들…. 대연고개와 못골역 1번 출구 어디쯤, 지금은 사라져 버린 그 기
억의 그림자가 길남 씨는 그리웠던 게다.

따지고 보면 사라지는 것들이 어디 부산뿐이겠는가. 제주, 목포,
군산, 대구…. 지역들은 얼마간 서울로 야반도주 중이었다. 큼지막
한 보따리 하나 들고 너나없이 서울역으로 몰려들었던 그 시절처럼,
지역들은 서울로, 서울로, 내달렸다. 부나비처럼 언젠가 산산이 타버
릴지도 모른다는 우려 따위야 달리는 기차를 보고 짖는 강아지쯤으
로 여겼다. 길남 씨가 건네는 술잔에 호기로운 너털웃음으로도 감출
수 없는 헛헛함이 드는 이유도 바로 이 오랜 '야반도주' 때문이리라.

"술 한잔 묵고 치다보면 천지뻬까리 아파트라예…. 뭐 재개발이 꼭
나쁘진 않지예. 그래도 그런 게 있는 기라예. 뭔가, 아, 말로는 하긴
어려운데예, 거대한 무언가가 자꾸 더 큰 무언가에 묻혀 사라지는기,
꼭 그란 기분이라예."

시간만큼 먹성 좋은 놈도 없다. 장소도, 기억도 시간 앞에서는 속
수무책이다. 허물어지고, 잊히고, 그렇게 사라지는 것이 인생이라

고 누가 이야기했던가. 길남 씨의 푸념을 들으면서 제주의 객도 지금은 사라지고 없는 골목길 하나를 기억 속에서 하나 꺼내어 놓기 시작한다.

"제주에서는 관덕정이 부산 중앙동, 네 부산 중구처럼 중심지였습니다. 관덕정, 왜 안 들어봤습니까? 지난번 제주에 오셨을 때 고기국수 먹은 데 있잖습니까, 왜 성당 앞에…, 기억나시죠. 네 바로 거기 근처요.

조선시대에는 행정구역을 제주목이라고 했거든요. 관아가 있던 자리였습니다, 거기가. 참, 부산에 와서 제주 이야기를 다 하네요. 하여간 거기가 제주도 중심지였거든요. 옛날에는 도청도 있었고, 경찰서도, 법원도, 다 거기 몰려 있었습니다. 왜 1948년 3·1절 발포사건 있지 않습니까? 아, 아시는군요. 맞습니다. 제주 4·3항쟁이 시작되는…. 4·3진상조사보고서에서도 1947년 3월 1일 3·1절 발포사건을 기점으로, 이렇게 쓰여 있거든요. 그 3·1절 발포사건의 무대가 바로 거기였습니다.

예전에는 거기 도로 앞에 분수대가 있었거든요. 분수대가 요즘 말로 하면 핫플이었습니다. 아마 그 시절에 분수대 배경으로 사진 찍지 않은 제주도 사람은 거의 없다고 해도 거짓말은 아닐 겁니다. 저도 한 일곱 살 땐가 거기서 찍은 사진이 있었는데. 아, 지금요. 핸드

폰엔 없죠. 언제 본가에 가면 핸드폰으로 찍어야지 하고 생각은 하고 있었는데. 근데 그거 봐봐야 지금 내가 맞나, 그렇게 생각할 겁니다. 원체 사람이 달라져갔고….

길남 씨가 부산 댕기듯이 저도 제주에서 관덕정 주변을 올레길 걷듯 자주 다니거든요. 요즘 부산도 그런 거 있던데, 아, 네. 원도심 답사. 네 그런 겁니다. 제가 답사할 때마다 하는 이야기가 있는데요. 우리가 답사하는 이유는 과거를 추억하기 위해서가 아니다. 우리가 걸어 다니는 길은 수많은 사람들의 기억들이 지층처럼 쌓인 기억의 장소다. 내가 오늘 걷는 길이, 누군가에는 내일의 길이 되듯이 우리가 오늘 걷는 길이 과거 누군가가 걸었던 오늘일 수 있다.

어려워요? 뭘 그렇게 어렵게 설명하느냐고요? 쉽게 말하자면 과거를 기억하는 것은 별 의미가 없다, 뭐 이런 의미입니다. 왜 그런 말들 하잖아요. 옛날이 좋았는데…. 요즘 꼰대들이 피해야 하는 게 '라떼는 말이야' 뭐 이런 거라면서요. 하긴 뭐 이렇게 길가에 철퍼덕 앉아서 낮술하는 게 영락없는 꼰대 같기는 한데….”

어느새 길남 씨와 객이 마신 술이 막걸리 서너 병은 족히 됐다. 변변한 안주 없이 그저 부산의 풍경을 반찬 삼아 이런저런 이야기가 제법 길어졌다. 다들 배가 조금씩 나오고, 이마가 조금씩 넓어져 가는, 세월을 탓하기에는 아직이지만, 그렇다고 마냥 청춘은 아닌, 아재들의 수다가 저물어가는 시간의 그늘 아래에서 낮게 퍼지고 있었다.

"답사를 다니다 보면 별별 사람들이 다 있죠. 부산말로 하면, 마 치와라, 맞나요. 제주도말로 하면 그건 아니우다게, 뭐 이렇게 됩니다만. 하여간 별것도 아닌 거에 시비 걸어오기도 합니다. 연배로 치자면야 저보다 훨씬 위죠. 이유요? 이유야 뭐, 자기들이 훨씬 많이 안다는 거겠죠. 저야 뭐, 책이나 신문, 옛날 자료나 증언을 들어서 아는 사실들이지만 자기들은 직접 봤다는 거죠.

그럴 때요? 같이 대거리하면 싸움이 되고요. 그냥 그렇습니까, 하고 맙니다. 하지만 이렇게는 이야기하죠. 사람의 경험이야말로 가장 개인적인 거 아니겠습니까. 내가 직접 겪은 거다, 이렇게 말하면 그냥 게임 끝이죠. 근데요, 경험이 지극히 개인적인 것이기 때문에 기억은 사람마다 다를 수밖에 없죠. 우리가 걷는 이 길도 다를 수밖에 없잖아요. 누군가에는 밀회를 나누던 사랑의 길이겠지만 누군가에는 끔찍한 학살의 길일 수도 있는 거겠죠. 그렇게 기억들이 쌓여서 만들어진 게 지금이 아니겠습니까. 그러니까 옛길을 걷는 게 그냥 옛날로 가는 게 아니겠죠. 타임머신도 아니고요."

객(客)의 말을 곰곰이 듣던 길남 씨가 무릎을 친다.

"맞다. 그기 맞는기라예. 부산이나 제주나, 옛날에 금잔디도 아니고, 백날천날 옛날에 뭐가 있었느니 하고 떠들어봐야 죽은 아들 불알 만지는 기랑 다르지 않지예. 그라니까 저 높은 삘딩을 보면서 지금 왜 이 꼬라지가 됐는지, 이 꼬라지를 다시 안 만들라믄 무얼 해야 하는지 그거를 따지보는기. 그거지예."

　사라지는 것들은 사라지는 시간 속에 둘 수밖에 없다. 과거의 기억은 추억이라는 이름으로 쉽게 치장된다. 복고란 어쩌면 그 손쉬운 화해의 다른 이름이 아닐는지. 그래서 구불구불 산복도로변에서 술 몇 잔을 나눠 마시는 지금, 부산과 제주를 이야기하는 이유도 지금 이 꼬라지를 되풀이하지 않기 위한 결별의 다짐 같은 것인지도 모른다.

　어느새 석양이 길게 꼬리를 늘어뜨리면서 산 너머로 기울고 있었다. 산복도로를 힘겹게 오르는 자동차의 숨소리가 이날따라 더 거칠게 들려왔다. 불콰해진 두 사내의 얼굴도 어둠 속으로 사위어 갔다. 언제나 무방비로 다가오는 세월처럼, 어둠이 예고도 없이 사내들을 지우고 있었다. 어둠 속에서 그라지예, 그렇지요, 두 사내의 목소리가 산비탈을 타고 오르고 있었다.

다시, 부산에 가면

　『하하하, 부산』을 읽으면서 부산이 다시 들리기 시작했다. 중앙동 돼지국밥의 얼큰함과 영도 양곱창의 달짝지근한 맛만으로 부산을 알고 있었던 내게 길남 씨의 이야기는 부산이나 제주나 삶은 어느 자리에서나 함께, 라는 사실을 알려주었다. 좌충우돌, 종횡무진, 허둥지둥 길을 나서는 길남 씨와의 동행은 언제나 유쾌하다. 깔깔거리면서 함께 걷다 보면 어느새 길남 씨는 동행의 의미를 묻고 있었다.

"함께 걷는 기 무슨 의민지 아십니꺼."

길남 씨의 질문에 한참을 생각하다 나는 이렇게 대답한다.

"함께 걷는 것은 서로의 시선을 모으는 일 아닐까요."

그렇게 같은 것을 보고, 같은 방향으로 동시에 들어선다. 그렇게 나의 시선은 너의 시선으로 풍요로워지고 나와 너는 우리로 다시 태어난다.

다시 부산에 가면, 길남 씨와 나란히 걸을 수 있으리라. 문득 걸음을 멈추고 "자본으로 무럭무럭 자라난 쌍둥이 빌딩"을 보면서 길남 씨와 나는 빌딩이 세워지기 전의 거리를 그려볼 수 있으리라. 시간의 불가역성 앞에서 처절하게 무릎 꿇는 게 우리네 삶이라 하더라도, 자본의 이빨이 모든 것을 집어삼킨다고 해도, 그럼에도 불구하고.

맞다, 그럼에도 불구하고. 길남 씨와 나는 걷고 또 걷고 다시 길로 나설 것이다. 그 길에서 옛 동네의 수명이 얼마 남지 않았다는 안타까움은 오히려 단단한 내일이 되리라. 집착과 미망이 아니라 그래도 오늘의 얼마큼을 내일로 향하게 하는, 작은 발걸음. 그 동행의 길 위에서 길남 씨와 나는 서로의 발걸음을 포개며 함께이리라. 그 동행의 배경 위에서 "동해 남부선의 눈부신 풍경"과 "부전역에서 경주까지 가던 비둘기호와 통일호의 추억"들이 번져갈 것이다. 길남 씨의 청춘을 배경으로 흐르는 기차를 바라보면서 나 역시 탑동 바다를 메우던 포클레인의 삽날을 뒤로한 채 하염없이 거닐었던 그날을 떠올릴 수 있으리라. 그렇게 나는 길남 씨로 번지고, 길남 씨는 나로 스며들 것이다. 서로가 서로에게 스며들고 번지면서 그렇게 한 시대를 단단히 살아가는, 동행. 그 동행의 의미를 알기에 오늘도 '하하하' 부산과 제주를, 이야기할 수 있지 않을까.

아, 잊을 뻔했다. 길남 씨의 미완성 장편소설『동래부왜관수사록』을 하루빨리 읽을 수 있는 날이 오기를.

* 길남 씨의 대사는『하하하, 부산』의 구절을 변용하였다. 글을 쓰던 시점에 미완성이었던 '동래부왜관수사록'은 2023년 '두모포왜관 수사록'이라는 제목으로 출간되었다.

오키나와전쟁과
대면하는 비극적 서정

- 오시로 사다토시, 『생명의 강, 시이노가와』

오키나와 전후(戰後) 세대의 대표 작가, 오시로 사다토시

오시로 사다토시(大城貞俊)는 소설가이자, 시인이며, 문학평론가이
다. 1949년 오키나와현 오기미무라(大宜味村)에서 태어난 그는 1989
년 시집 『꿈, 헤매는 가도(夢・夢夢 ぼうぼう 街道)』를 펴낸 이후 『전후 오
키나와 시인선(沖繩・戰後詩人論)』, 『오키나와 전후 시사(沖繩・戰後詩史)』,
『우울한 계보-오키나와 전후 시사 증보(憂鬱なる系譜-「沖繩戰後詩史」 增補)』
등 오키나와 전후 평론 3부작을 펴내며 활발한 저술 활동을 해왔다.
2014년 류큐대학 교육학부를 은퇴한 이후에도 『오키나와 문학에의
초대(「沖繩文学」への招待)』, 『1945년 치무구리사 오키나와(一九四五年 チム
グリサ沖繩)』('치무구리사(チムグリサ)'는 비통한 마음을 뜻하는 오키나와어), 『6월

23일 아이에나 오키나와(六月二十三日 アイエナー沖繩)』('아이에나(アイエナー)'는 한국어로 '아이고'에 해당하는 의성어) 등을 펴내면서 왕성한 작품 활동을 이어가고 있다.

오시로 사다토시의 소설은 단편「K공동묘지 사망자 명부」[1]가 한국에 번역 소개된 바 있지만 장편소설로는 이번에 번역되는『생명의 강, 시이노가와』(원제 '시이노가와(椎の川)'가 처음이다.『생명의 강, 시이노가와』는 1993년 시인으로 출발했던 오시로 사다토시가 처음 쓴 장편소설이다. 오키나와전쟁 전후(前後) 시이노 강 주변의 마을을 무대로 오키나와 사람들의 삶을 그려내고 있다. 오시로 사다토시는 이 작품으로 오키나와 구시가와(具志川)시 문학상을 수상했다.『생명의 강, 시이노가와』는 출간된 지 20년 만인 2018년 재발간되는 등 여전히 독자들에게 많은 사랑을 받고 있는 그의 대표 작품 중 하나다.

일본 본토 출신의 평론가인 스즈키 히사오(鈴木比佐雄)는 오시로 사다토시를 오키나와 전후 세대를 대표하는 작가로 평가한다. 또한 오키나와 얀바루와 니라이카나이의 신들이 깃들어 있는 자연의 세계를 소설의 세계로 담아내면서도 오키나와전쟁의 실상을 정면으로 응시하고 있다고 말한다.[2] 오시로 사다토시는 시·소설뿐만 아니라 오키나와 문학 연구의 폭을 넓혀간 연구자로도 이름이 높다. 2019년 펴낸『저항과 창조-오키나와 문학의 내부 풍경(抗いと創造-沖縄文学の内部風景)』(이하 '저항과 창조')은 오키나와 시와 소설을 시야에 두면서 일본

본토와 다른 색채를 형성해간 오키나와 문학의 특징을 꼼꼼하게 분석하고 있다.『저항과 창조』는 국민문학으로 수렴되지 않는(혹은 수렴될 수 없는) 오키나와 문학의 저항성을 서술한 역작으로 꼽히고 있다.

그동안 한국에는 아쿠타가와(芥川) 수상자인 오시로 다쓰히로(大城立裕), 마타요시 에이키(又吉栄喜), 메도루마 슌(目取真俊)을 비롯하여 사키야마 다미(崎山多美) 등의 작품들이 번역, 출간된 적이 있다. 1925년생인 오시로 다쓰히로가 오키나와 현대문학의 앞자리에 놓인다면 마타요시 에이키(1947년생), 사키야마 다미(1954년생), 메도루마 슌(1960년생)의 순으로 정리할 수 있다. 1949년생인 오시로 사다토시의 본격적인 작품 활동은 앞서 언급한 작가들보다 다소 늦은 편이다. 하지만 시와 평론, 소설까지 전방위적인 글쓰기의 성과만은 다른 작가들에 비해 결코 뒤지지 않는다.

오시로 사다토시는 전후의 오키나와 현실을 문제 삼으면서도 그만의 독특한 시선으로 문제를 그려내고 있다. 오시로 다쓰히로가「칵테일 파티(カクテル・パーティー)」,『신의 섬(神島)』등을 통해 미군 점령 시기 오키나와의 현실과 일본 복귀 전후의 사회상을 핍진하게 그려냈다면 메도루마 슌은「물방울(水滴)」,「어군기(魚群記)」,『무지개 새(虹の鳥)』등 일련의 작품을 통해 냉전체제가 빚어낸 오키나와의 현실적 모순을 비판적으로 묘파하고 있다. 베트남전쟁과 오키나와전쟁 당시 조선인 군부의 존재 등 오키나와 내부가 마주한 현실적 모순을 동아시아적 상상력으로 그려내고 있는 마타요시 에이키, 그리고 '시마코토바'(シマコトバ, 섬 말)를 적극적으로 호명하면서 표준어로 상징되는 국민국가 일본의 냉전체제에 균열을 만들어내는 사키야마 다미 등 오키나와 작가들의 작품은 다양한 방식으로 전후의 문제를 서사화하고 있다.

오시로 사다토시는 이러한 오키나와 문학의 전통을 이으면서 그만의 방식으로 오키나와 전후를 그려낸다. 그의 전후 평론 3부작이 오키나와 전후 문학을 전면에 등장시키고 있듯이 그의 문학의 뿌리는 오키나와 역사이다. 그는 2019년 펴낸 평론집 『저항과 창조』에서 오키나와의 소설과 시가 관통하고 있는 '시마코토바'의 문학적 재현 가능성을 서술한 바 있다. 『1945년 치무구리사 오키나와』와 『6월 23일 아이에나 오키나와』의 작품에서 볼 수 있듯, 그는 오키나와의 언어를 전면에 내세우면서도 일본 본토와 다른 오키나와 문학의 독자성을 보여주고 있다.

서사로 그려낸 오키나와 민속지(民俗誌)

『생명의 강, 시이노가와』는 일본이 진주만을 침공한 1941년 12월부터 미군이 오키나와에 상륙 작전을 개시한 1945년 4월까지 오키나와 본섬 북쪽의 마을을 무대로 이야기가 전개된다. 소스 마을은 오키나와 본섬 북쪽 얀바루의 해안선에 위치한 작은 마을이다. 1736년에 설촌된 소스 마을의 뒤로는 깊은 원시림이, 앞으로는 태평양의 바다가 펼쳐져 있다. 소설 속에서 이 마을에 터전을 잡고 살아온 할아버지 겐스케, 아버지 겐타, 어머니 시즈에 그리고 일곱 살 마쓰도 다이이치와 미요, 사치코 3남매 등 겐스케 가문 3대가 겪은 오키나와전쟁의 비극이 담담하게 그려진다. 소설은 전체 3장으로 구성되어 있는데 크게 보면 1941년 12월부터 1944년 10월 미군의 오키나와 나하 공습 직전까지 소스 마을의 평화로운 삶의 모습, 그리고 미군 공습 이후 마을 주민들의 삶이 전쟁으로 피폐화되는 과정으로 나눌 수 있다.

소설의 첫 장을 열면 오키나와의 대자연이 그대로 펼쳐진다. 얀바루의 원시림과 뜨거운 태양이 작열하는 태평양의 바다를 터전으로 살아가는 소스 마을 사람들의 평화로운 일상이 손에 잡힐 듯 생생하게 다가온다. 오키나와 대자연에 대한 핍진한 묘사는 다른 작가들과 다른 오시로 사다토시만의 독특한 감각이다. 그의 소설에서는 오키나와 자연에 대한 묘사가 빈번하게 등장하는데 이는 오키나와의 지역성을 부각하기 위한 작가적 고집으로 읽힌다. 자급자족의 삶을 살아가는 전형적인 오키나와 시골 마을에서 다이이치 가족은 소박한 삶을 이어간다. 일곱 살 다이이치는 소스강에서 줄새우 잡이에 시간이 가는 줄 모르는 개구쟁이이다. 줄새우 잡이가 끝나면 3대가 한자리에 모여 함께 식사를 나누며 하루를 마무리한다. 전쟁의 참화가 채소스 마을을 집어삼키기 전의 평화 속에서 겐타와 시즈에는 하루하루 행복한 삶을 살아간다.

하지만 행복은 시즈에가 '난부치'(한센병)에 걸리면서 깨져버린다. 셋째를 임신한 시즈에에게 갑작스럽게 닥쳐온 불행이었다. 당시는 한센병에 대한 과장된 정보와 오해가 그대로 사실이 되던 시대였다. 소스 마을도 예외는 아니었다. 겐타와 시즈에 부부는 마을 사람들의 따가운 시선을 그대로 감내해야만 했다. 마을 사람들의 차가운 시선보다 더 참기 어려운 건 아무것도 할 수 없다는 무력감이었다. 마을 주민들은 겐타의 집 마당에 돌을 던지고, 아이들은 노래 가사를 바꿔 부르며 가족들을 놀리기 시작한다. 시즈에는 자신 때문에 가족 모두가 고통을 겪어야 하는 현실에 깊은 고민에 빠진다. 병에 걸린 몸으로 셋째를 출산한 후 시즈에는 늦은 밤 혼자 집을 나선다. 가족들마저 모욕을 당하는 삶을 사느니 차라리 자신의 목숨을 끊어버리겠다고 다짐한 것이다. 하지만 시즈에는 자신을 뒤따라온 남편 겐타에 의해서 극적으로 목숨을 건진다.

남편은 "얄궂은 운명"을 함께 감당하겠다면서 시즈에를 달랜다. 이후 남편 겐타는 시즈에를 지극정성으로 보살핀다. 한센병까지도 함께 감내하는 두 사람의 절절한 사랑도 전쟁만큼은 어쩔 수 없었다. 겐타에게 소집영장이 나오면서 소스 마을이 전쟁의 한복판으로 성큼 들어가게 된 것이다. 그야말로 "완전히 무방비 상태였던" 마을에 "순식간에 노도처럼", 전쟁이 닥쳐온 것이다. 오키나와 대자연 속에서 자급자족의 삶을 살아가는 소스 마을 사람들의 삶과 갑작스럽게 찾아온 한센병으로 위기를 맞은 가족, 게다가 전쟁까지. 『생명의 강, 시이노가와』는 시간 순서에 따라 이야기를 전개해가면서 전쟁으로 파괴되어가는 오키나와 사람들의 일상을 그려내고 있다. 소설 전체 구성으로 보면 시즈에의 한센병과 그로 인한 겐타 가문의 위기까지가 전반부에 해당한다.

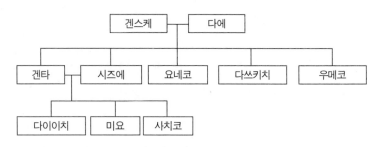

※ 「마쓰도 다이이치 집안의 가계도」 참고

소설의 전반부를 읽어가면서 우리는 오키나와 사람들의 전통적인 삶과 만나게 된다. 매 순간 오키나와 무속신앙에 기댄 오키나와인들의 삶의 질감이 생생하게 펼쳐진다. 1월의 '쥬루쿠니치(16일제)'와 2월의 '피안제(彼岸祭)', 3월의 '하마우리(3월 3일)', 4월의 '아부시바레', 5월의 '산신제', 7월의 '오봉 마쓰리', 11월의 '무치'까지 세시 풍속들에 관한 서술은 마치 오키나와 민속지(民俗誌)를 읽는 듯하다.

오키나와 본토 각지에서는 여러 명절이 거의 매달 행사처럼 열렸다. 농작물의 재배나 수확과 관련하여 신에게 공물을 바치는 날을 마련한 것인데, 각 가정에서 농사와 무병장수를 기원하는 것도 있는가 하면 마을 전체가 성대하게 여는 행사도 꽤 많았다. 8월 15일 행사도 그중 하나였다.

8월 15일 외에도 중요하게 여기는 명절은 꽤 있다. 예를 들어 1월에는 쥬루쿠니치(16일)라 해서 묘지 앞에 일가친척이 모여 죽은자의 영혼을 모시고 풍작을 기원한다. 2월에는 '피안제(彼岸祭)'라는 행사가, 3월에는 하마우리라는 행사가 있는데 마을 사람 모두가 바닷가로 모인 가운데 여자들은 바닷물로 몸을 정화하는 예식을 거행한다.

4월에는 해충 구제 날(아부시바레), 5월에는 산신제(야마우간), 7월에는 오봉 마쓰리 등이 있고 그 외의 달에는 칠석이나 어린아이의 건강과 자손의 번창을 비는 시누구, 해신제(운자미), 조상의 영혼을 영접하기 위해 노래하고 춤추는 의식인 에이사 등 많은 행사가 있다.

11월에는 무-치-라는 명절이 있는데, 10센티미터 정도의 가는 떡을 복숭아 잎에 싸서 쪄낸 것을 불의 신이나 불전 혹은 마룻바닥 신에게 바치거나 처마나 천장에 매달아놓기도 하고 먹기도 한다. '귀신의 다리

를 불에 태워버리자!(우니누히사야키요!)'고 외치면서 떡을 데친 물을
집 안 구석구석과 문 앞에 흩뿌리기도 하는데 이는 한 해 동안의 악귀
나 불행을 막는 의식이다.

오시로 사다토시는 이처럼 소설 곳곳에 일본 본토와 다른 오키나
와의 전통을 드러내고 있다. 이와 함께 그의 작품은 오키나와 방언
인 '우치나구치(沖繩口)'를 효과적으로 사용하고 있다. '시와산케(걱정
하지 마세요)', '안야사야(그러게 말이야)', '니게 두 시와와세'(바라는 일이 곧
행복) 등 '우치나구치'의 사용은 일본어(표준어)와 오키나와어가 다르다
는 자의식의 반영이다. 오시로 사다토시는 그의 평론집인『저항과 창
조』에서 오키나와 문학의 특징 중 하나로 오키나와어를 꼽고 있다. 오
키나와 문학의 본질을 규정하는 요소 중 하나로 오키나와어의 문학
적 재현 가능성에 주목하는 그의 이러한 태도는 소설 속에서 그대로
드러난다. 그는 오키나와 소설과 시문학을 관통하는 오키나와어를
'시마코토바'(島言葉)로 명명하면서 일본 문학과 다른 오키나와 문학의
독자성을 말하고 있다. 3)

오키나와의 전통과 언어를 통해 오키나와 사람들의 삶을 그리고
있는 오시로 사다토시가 또 하나 주목하는 것은 단연 오키나와 전후
문제이다. 이를 이해하기 위해서는 독립왕국이었던 류큐국이 일본
에 병합되는 '류큐처분'부터, '태평양전쟁' 당시 벌어졌던 '오키나와

전쟁', 그리고 미군 점령과 1972년 '일본 복귀' 이후 미군기지 주둔에 이르기까지, 오키나와가 직면한 현실적 모순을 설명할 필요가 있다. 오시로 사다토시는 오키나와 문학의 배경을 다음과 같이 설명하고 있다.

> 오키나와는 전후 일본 본토와 분리된 채 미군정의 통치를 받은 특이한 역사를 지니고 있다. (…) 복귀 뒤인 지금, 이 좁은 땅덩이에 일본 전체에 주둔하고 있는 미군기지의 4분의 3이 존재한다. '태평양의 요석(要石)'이라면서 군사 우선 정책이 시행된 데다 오키나와 사람들의 기본적인 인권마저도 침해당하는 여러 비극이 발생하고 있다. 그리고 무엇보다 오키나와가 일본 본토와 크게 다른 것은 이전 전쟁에서 유일하게 주민들마저 휘말려버린 지상전이 벌어졌고 오키나와 현민의 3분의 1 가까이가 전사했다는 점이다. 이처럼 오키나와만의 역사는 당연히 표현 분야에서도 일본 본토와 미묘하게 다른 점을 빚어냈다고 생각한다. 특히 자신이 태어난 시대와 직면하여 맞서 싸우면서 그 고뇌와 모순을 분명하게 드러내려고 하면 할수록 오키나와의 독자적인 역사와 복잡한 상황이 크나크게 눈앞을 가로 막아선다. 문학을 하는 이들이 이러한 고난의 궤적을 살피고 문제의식을 분명하게 하는 것은 의미가 있는 일이다.[4]

이러한 진술에서 알 수 있듯이 오시로 사다토시의 문학은 전후 오키나와가 직면해야 했던 현실적 모순에서 출발한다. 일본 영토에서 유일하게 지상전이 벌어졌던 오키나와전쟁의 참혹함과 전후 미군정 통치부터 시작된 미군기지 주둔의 문제를 총체적으로 마주하려는 그의 문학적 태도는 오키나와의 독자성에 주목하면서도 전후 동아시아의 냉전체제를 동시에 겨냥한다. 그런 점에서 오키나와가 직면한 현실적 모순의 시작인 오키나와전쟁은 그의 문학의 뿌리라고 할 수 있다.

오시로 사다토시를 비롯해 오키나와 문학을 이해하기 위해서는 간단하게나마 오키나와의 역사를 알 필요가 있다. 오키나와는 오랫동안 일본 본토에 속하지 않고 독자적인 국가를 유지해왔다. 1879년 이른바 '류큐처분'으로 일본 메이지 정부에 편입되기 이전까지 '류큐왕국'으로서 해상 교류를 활발하게 하고 있었다. 일본 메이지 정부가 오키나와현을 설치할 때 내세운 명분은 일본 민족의 통일과 근대화였다. 하지만 오키나와는 1920~1930년 대공황 시기에 '소철지옥'이라는 극심한 경제위기를 겪게 된다.[5]

오키나와 사람들은 일자리를 찾아 일본 본토나 하와이, 심지어 남미까지 이주한다. 이후 일본의 아시아 침략이 노골화되고 '태평양전쟁'이 발발하면서 오키나와는 전쟁의 한복판으로 들어가게 된다. 태평양에서 일본군과 치열한 전투를 벌이던 미국은 과달카날과 이오섬 전투 이후 1945년 3월 대규모의 오키나와 상륙 작전을 펼친다. 오키나와전쟁은 태평양전쟁 당시 가장 많은 희생을 치른 전투로 기록되는데 이 전투에 동원된 인원은 미군이 54만 8,000명, 일본군이 11만 명, 지역 주민 40만 명이었다. 미군의 폭격은 3개월가량 계속됐고 미군의 상륙 이후에 치열한 전투가 벌어지면서 수많은 사상자가 발생했다.

오키나와전쟁 사상자는 21만 명 이상으로 여기에는 12만 명 이상의 오키나와인들이 포함되어 있었다(오키나와전쟁에서는 일본인과 오키나와인뿐만 아니라 오키나와에 강제로 끌려갔던 조선인 군부와 '위안부' 등 조선인들의 피해도 컸다. 당시 사망한 조선인을 1만 명 정도로 추정한다.). 일본의 패전 이후 오키나와는 일본 본토로 귀속되지 않고 미군정의 지배를 받았다. 그러다가 1972년 5월 15일 오키나와는 일본으로 복귀하게 된다.[6] 하지만 '일본 복귀' 이후에도 일본 전체 미군의 75% 이상이 오키나와에 주둔하면서 여러 사회문제와 직면한다. 전쟁과 미군 점령, 그리고 미군기지까지, 오키나와가 지나온 역사는 오키나와인들의 정체성에 큰 영향을 미쳤다. 오시로 사다토시를 비롯해 오키나와 현대문학이 오키나와 전후 문제에 민감한 이유도 바로 이러한 역사적 배경이 있기 때문이다.

오시로 사다토시는 자신의 시대를 외면하지 않는다. 그의 말처럼 문학(언어)을 통해 말하려 하는 사람이라면(일본어 원문에는 '표현자'라고 되어 있다.) 오키나와가 거쳐온 삶의 궤적과 모순을 드러내려 하면 할수록 오키나와가 가지고 있는 현실적 모순과 직면하지 않을 수 없다. '표현자(表現者)'로서의 그 한계를 분명히 직시하고자 하는 작업, 그것이 그의 문학의 출발점이라고 할 수 있다.

전쟁의 비극에도 빛나는 반딧불이 같은 희망

소설 전반부의 평온했던 소스 마을 사람들의 생활은 오키나와전쟁이 벌어지면서 점점 비극적 상황으로 치닫게 된다. 전쟁을 "산 너머 저편, 바다 건너 먼 곳에서 일어나는 일"로 여겼던 소스 마을 사람들에게 전쟁이 갑작스럽게 찾아온다. 겐타를 비롯해서 일을 할 수 있는 마을 남자들 모두에게 영장이 나온 것이다. 아버지 겐타와 마을 어른들이 전장으로 떠나자 다이이치는 커다란 불안을 느낀다. 그것은 아버지가 죽을 수도 있다는 불안이었다. 게다가 엄마 시즈에의 한센병도 깊어가고 있었다. 어린 나이에 감당하기 어려운 두려움을 다이이치는 애써 잊으려 하지만 쉽지 않았다. 아버지의 출정 이후 시즈에의 병색은 깊어갔다. 시즈에는 더 이상 집에 머물면서 가족들에게 피해를 줘서는 안 된다고 생각하고 시어머니 다에에게 집을 나가고 싶다고 말한다. 가족들의 만류에도 시즈에는 갓난쟁이 사치코와 다이이치, 미요 3남매를 남겨두고 집을 나가 바닷가 오두막에서 혼자 지내게 된다. 졸지에 부모와 헤어지게 된 다이이치는 깊은 슬픔에 사로잡힌다. 어머니 시즈에의 병과 전쟁, 어린 나이의 다이이치에게는 감당하기 어려운 두려움이었다.

전쟁은 냉혹했다. 다이이치의 친구 고사쿠가 미군 비행기의 기총사격으로 사망한 것이다. 두 아들이 집으로 돌아올 것이라고 생각하면서 마지막까지 버티던 할아버지 겐스케도 이 일로 결국 피난을 결심한다. 산속의 피난 생활은 처참했다. 남은 친구 소노코가 독사에 물려 죽고 여동생 사치코마저 고열에 시달리다 세상을 떠나버린다. 열 살 다이이치에게 죽음은 이미 일상이 되어버렸다. 미군이 상륙하기 시작하면서 겐타 역시 전쟁의 광풍에 휘말린다. 오키나와 본섬에서 이에지마로 끌려간 겐타는 계속된 미군의 함포 공격에 시달린다. 승산이 없는 전쟁이었다. 겐타와 동료들이 갖은 고생 끝에 만든 비행장은 이미 미군의 폭격으로 파괴됐고 일본군은 변변한 저항조차 하지 못하고 있었다. 함께 끌려간 동료들이 죽고 미군이 이에지마에 상륙하자 겐타는 목숨을 걸고 가족들이 있는 본섬으로 탈출을 시도한다. 하지만 겐타의 탈출은 끝내 실패한다.

오키나와전쟁은 전후방이 따로 없었다. 미군의 함포사격과 직접적인 상륙 지점에서는 처절한 전투가 벌어졌고 그렇지 않은 지역에서는 미군의 상륙을 피해 소개 작전이 벌어졌다. 일부 섬에서는 미군의 공격보다 말라리아로 인한 희생이 더 많았다. 오키나와인들에게는 미군뿐만 아니라 일본군들도 공포의 대상이었다. 오키나와전쟁에서 일본군은 민간인을 방패막이로 사용하였다. 오키나와어를 쓴다는 이유로 스파이로 몰려 살해당하는 주민들도 있었다. 투항을 권고하는 삐라를 가지고 있다가 처형되기도 했다. '강제집단사'[7]를 강요받기도 했다. 아버지가 아들을 살해하고 스스로 목숨을 끊는 일도 있었다. 이른바 '전진훈(戰陣訓)'을 지키기 위한 무모하고 어이없는 죽음이었다.[8]

『생명의 강, 시이노가와』가 전쟁을 다루는 방식은 대단히 사실적이다. 에둘러 가거나 알레고리로 빠지지 않는다. 어떤 부분에서는 건조한 역사 서술처럼 오키나와전쟁의 전개 과정을 보여준다. 성큼성큼 전쟁의 한복판으로 독자를 끌고 간다. 소설 전반부에서 유장한 호흡으로 오키나와 대자연과 그 자연의 품속에서 살아가는 소스 마을 사람들을 그렸던 것과는 사뭇 다르다. 전쟁이 파국으로 치달을수록 평화로웠던 소스 마을 사람들의 일상이 더 크게 다가오는 이유가 여기에 있다. 전쟁 전후의 극명한 대비를 통해 오키나와전쟁의 비극성은 강화된다.

『생명의 강, 시이노가와』는 사치코의 죽음 이후 전쟁의 한가운데를 살아가야 하는 다이이치와 미요의 모습을 보여주면서 끝이 난다. 이 소설에서 가장 슬프면서도 아름다운 장면 하나를 꼽는다면 바로 이 부분이 아닐까 싶다.

우메코 고모는 미요와 함께 바위처럼 굳은 채 서서는 먼 곳을 바라보고 있다. 두 사람이 눈도 깜빡이지 않고 응시하고 있는 걸 수상쩍게 여긴 다이이치는 서둘러 강물 밖으로 나와 두 사람에게 달려갔다. 다이이치가 다가온 것을 알아챈 미요가 먼 곳을 가리키며 말했다.

"반딧불이, 반딧불이가 날아가고 있어…."

다이이치는 눈을 크게 뜨고 미요가 가리키는 방향을 본다. 반딧불 같은 무수한 빛이 깜빡깜빡거리며 날아오르는 게 분명히 보였다.

"사치코가 반딧불이가 되어서 날아가는 건가 봐…."

미요가 이렇게 말하며 다이이치와 우메코 고모를 봤다. 미요가 가리킨 곳은 가족들이 사치코의 돌무덤을 만든 곳인데 그 위로 희미한 불빛이 깜빡이고 있는 게 보였다. 그 가운데 큰 불빛 하나와 작은 불빛 하나가 있었고 작게 보이는 불빛은 마치 큰 불빛의 손에 이끌려가듯 크게 좌우로 흔들리며 올라갔다. 품에 안겨 올라가는 것 같기도 했고 식구들과의 작별을 아쉬워하는 것 같기도 했다. 다이이치와 미요는 가만히 그 빛을 바라봤다.

"엄마가…."

우메코는 말을 하려다가 입을 다물었다. 우메코의 말은 갑자기 수면 위로 뛰어올라온 물고기 소리에 가려져 다이이치와 미요에게는 들리지 않았다.

산의 나무들은 어두운 밤하늘을 그대로 옮겨놓으려는 듯이 소리를 내며 언제까지나 흔들리고 있었다.

다이이치와 미요는 동생 사치코를 묻은 곳에서 반딧불이가 날아 다니고 있는 광경을 목격한다. 두 남매는 반딧불이 불빛을 사치코 라고 여긴다. 작은 불빛 옆으로 큰 불빛 하나가 보인다. 마치 아이 를 어르는 듯한 불빛을 바라보며 남매는 숨죽인다. 함포사격과 기 총소사가 일상이 되어버린 전장에서 이 장면은 마치 시간이 멈춰버 린 듯 고요하다.

전쟁에서 모든 죽음은 느닷없다. 갑자기, 생각지도 않은 순간, 죽 음은 모두를 겨냥한다. 거칠고 재빠른 창처럼 죽음은 막무가내이다. 전쟁이 공포스러운 것은 죽음의 발포가 마구잡이기 때문이다. 전 장에서 죽음은 나이를, 성별을 가리지 않는다. 성품을 따지지도 않는 다. 선악을 묻지도 않는다. 죽음만이 목적인 듯 죽음만이 파국인 듯 죽음은 스스로를 터뜨린다.

일상이 되어버린 죽음 안에서 반딧불이는 고요롭고 환하다. 채 이 태도 살지 못하고 세상을 떠난 사치코는 이승의 삶을 기억하기는 할 까. 한 번도 엄마 품에서 응석을 부리지 못한 아이의 죽음은 어떤 모 습으로 빛나는 것일까. 그리고 사치코의 옆에서 흔들리는 큰 불빛은 과연 누구의 영혼일까. 아이들을 만나기 위해 이에지마에서 탈출하 다가 세상을 떠난 아버지 겐타일까. 아니면 미군 비행기의 기총소사로 세상을 떠난 친구 고사쿠일까. 그도 아니면 독사에 물려 세상을 떠난 소노코일까. 사치코 옆에서 흔들리는 불빛이 누구의 영혼인지는 소설을 다 읽으면 짐작할 수 있으리라.

『생명의 강, 시이노가와』의 마지막 대목을 읽다 보면 서정적이면서도 비극적인, 전쟁을 이야기하되 슬픔에 빠지지 않으려는 서늘한 긴장이 느껴진다. 마지막 부분의 시간적 배경만 보면 오키나와전쟁이 끝나려면 5개월이나 남았다. 더 큰 파국이 이들 남매를 기다리고 있는지 모른다. 하지만 이 장면이 있기에 두 남매가 끝까지 살아남기를, 끝내 살아남아서 오키나와전쟁을 기억하고 말할 수 있기를, 반딧불이처럼 빛나고 빛나는 삶을 이어가기를 기대하게 되는지도 모른다.

주석

참고문헌

주석

첨단의 주술과 성장이라는 오래된 거짓

1) 에드워드 사이드, 박홍규 역, 『문화와 제국주의』, 문예출판사, 2014, 537~571쪽 참조.

2) 박근호, 김성칠 역, 『박정희 경제 신화 해부』, 회화나무, 2017, 67~83쪽 참조.

3) 조덕송, 「현지보고, 유혈의 제주도」, 『신천지』 1948년 7월호, 89~90쪽.

4) 조덕송은 제주도민이 바라보는 유혈 사태의 원인에 대해 다음과 같이 인용하고 있다. "금번 사건의 도화선은 순전히 도민의 감정악화에 있다. 무엇 때문에 제주도에 서북계열의 사설 청년단체가 필요하였던가. 경찰 당국은 치안의 공적도 알리기 전에 먼저 도민의 감정을 도발시키는 점이 불소(不少)하였다. 왜 고문치사 시키지 않으면 안되었던가. 거리에 놀고 있는 어린아해를 말굽으로 밟아 죽이고도 말없는 순경에 도민의 눈초리는 매서워진 것이다. 직접원인의 한 가지로 당국자는 공산계열의 선동모략을 지적하고 있다. 물론 이것은 근인(近因)의 한 가지로 긍정할 수 있다. 그러나 33만 전 도민이 총칼 앞에 제 가슴을 내어밀었다는 데에서 문제는 커진 것이다. 원인없는 결과는 없다. 진정시키고 또 다시 일어나지 않도록 함에는 당국자의 참으로 감족적인 흉도와 현명한 시책이 필요하다. 무력으로 제압하지 못하는 이 동란을 통해서 제주도의 참다운 인식을 하여야 되며 민심을 유리(遊離)한 시정(施政)이 얼마나 참담한 결과를 가져오는가를 느껴야 할 것이다."

5) 해방기는 정치적 주체를 결정하려는 힘을 둘러싼 투쟁 과정이었다. '일본-제국'의 권력이 미군정으로 대치되는 과정에서 주권적 경계의 확정은 무엇보다 중요

252

한 과제였다. 이른바 '나라 만들기'를 둘러싼 수많은 대결들이 이를 둘러싼 투쟁
의 표출이었다. 그런 점에서 조덕송의 글에서 읽을 수 있는 미군의 존재는 그 자
체로 흥미롭다. '인민유격대'에 토벌의 선두에 나선 국방경비대가 미군복을 입고
있다는 서술은 주권 경계의 주체자인 미국의 존재와 그 권력의 대리 수행자인 이
승만과 군경의 존재를 상징적으로 보여주고 있기 때문이다.

6) 김석범은 제주 4·3을 '내외침공에 대한 정의 방어항쟁'이라고 본다. 이러한 시각
은 제주 4·3을 다룬『화산도』에도 내재되어 있다. 이러한 인식은 제주 4·3을 해방
기 '나라 만들기'와 주권의 행사가 좌절되어가는 과정으로서 이해할 수도 있음을
보여준다. 이와 관련해서는 고명철·김동윤·김동현, 『제주, 화산도를 말하다』, 보
고사, 2017, 162~186쪽을 참조할 것.

7) 이상철, 「제주도의 개발과 사회문화 변동」, 『탐라문화』 17호, 1997, 196~199쪽 참조.

8) 박태균, 「1960년대 반공 이데올로기의 진화」, 김동춘 외, 『반공의 시대-한국과 독
일, 냉전의 정치』, 돌베개, 2015, 273~274쪽.

9) 루이 알뛰세르, 김동수 역, 『아미엥에서의 주장』, 솔출판사, 1991, 91쪽.

10) 여기서 '필연적'이라는 말은 국가폭력을 옹호하기 위한 뜻이 아니다. 반공국가 대
한민국이 만들어지기 위해서는 제주를 포함한 '빨갱이의 섬멸'이 하나의 과정이
었으며 이는 결국 해방 이후 국가의 형성이 배제와 차별에 의한 것이었음을 의미
한다.

11) 당시 제주도지사를 지냈던 김영관은 이후 회고에서 제주에서의 개발 계획을 '물
의 혁명', '길의 혁명'이었다고 말한다(김영관, 『제주개발 50년의 서막을 열다』, 제
주일보, 2014, 20쪽). 박정희 시대 개발독재에 대한 우호적 회고는 여러 자료에서
확인할 수 있다. 『제남신문』은 1976년 1월 1일 특집 기사로 「번영의 줄달음-박대
통령과 제주도」를 싣는다. 이 기사는 어승생 수원지 건설과 횡단도로 건설을 대
표적 사례로 꼽으면서 박정희 정권 시절 제주 개발을 '물의 혁명'과 '길의 혁명'이
라고 부연 설명하고 있다(『제남신문』 1976. 1. 1.). 쿠데타 직후인 1961년 9월 8일
국가재건최고위원회 의장 자격으로 제주를 처음 찾은 박정희는 집권 기간 모두
25차례나 제주를 방문한다. 제주개발에 대한 긍정적 입장이든 비판적 입장이든

박정희 대통령의 개인적 의지가 중요했다고 지적한다. 그 이유에 대해서 이상철은 다음과 같이 분석한다. 첫째는 외화 획득 수단으로서의 제주 지역의 중요성을 박정희가 인식하고 있었다는 점이며 두 번째는 개발 정책의 실험장으로서 제주를 생각했다는 것이다(이상철, 「제주도 개발정책과 도민 태도의 변화」, 『탐라문화』 12호, 1995, 78쪽). 이는 경제개발의 성공을 정권의 정당성으로 인식하려 했던 당시 집권세력의 입장을 감안할 때 설득력이 높은 분석이라 판단된다.

12) 강남규·황석규·김동주, 「제주도 개발과 주민운동 사료집 해제」, 제주민주화운동 사료연구소, 『제주 민주화운동 사료집 Ⅱ』 6~9쪽.

13) 김동윤, 「역사적 상상력과 생태학적 상상력의 만남-현기영의 「마지막 테우리」론」, 『4·3의 진실과 문학』, 도서출판 각, 2003, 176쪽.

14) 고명철, 「4·3소설의 현재적 좌표-1987년 6월항쟁 이후 발표된 4·3소설을 중심으로」, 『반교어문연구』 제14집, 2002, 122쪽.

15) 테우리는 목자(牧者), 목동(牧童)을 뜻하는 제주어다.

16) 현기영, 『마지막 테우리』, 창비, 1994, 15쪽(이하 쪽수만 밝힘).

17) 김동윤, 앞의 글, 166쪽. 김동윤은 이러한 해변과 초원의 대립이 골프장 건설로 인한 삶의 터전이 파괴되는 현재와 맞물리면서 제주 4·3의 역사가 현재적 관점에서 재현되고 있다고 말하고 있다.

18) 발터 벤야민은 근대국가의 폭력성에 대해 논의하면서 입법권과 집행권의 동시적 행사를 지적한 바 있다. 근대국가가 물리적 폭력을 독점할 수 있는 이유는 국가가 유일한 입법권자이자 집행권자이기 때문이라는 것이다. 폭력과 법의 이분법에 이의를 제기하면서 법 자체의 원천을 폭력이라고 본다. 벤야민의 폭력에 대한 성찰은 폭력의 원천인 법 질서를 뛰어넘는 폭력의 가능성을 타진하기 위한 것이다. 근대 자본주의 법 질서의 폭력성 문제를 거론하면서 벤야민은 신화적 폭력에 맞서는 신적 폭력의 가능성을 말한다. 그는 신화적 폭력과 신적 폭력의 차이를 다음과 같이 말하고 있다. "신화적 폭력이 법정립적이라면 신적 폭력은 법 파괴적이고, 신화적 폭력이 경계를 설정한다면 신적 포격은 경계가 없으며, 신화적 폭력이 죄를 부과하면서 동시에 속죄를 시킨다면 신적 폭력은 죄를 면해주고, 신

화적 폭력이 위협적이라면 신적 폭력은 내리치는 폭력이고, 신화적 폭력이 피를 흘리게 한다면 신적 폭력은 피를 흘리지 않은 채 죽음을 가져온다."(발터 벤야민, 최성만 역, 「폭력 비판을 위하여」, 『발터 벤야민 선집 5-역사의 개념에 대하여, 폭력 비판을 위하여, 초현실주의 외』, 2008, 79~111쪽 참조)

19) 카를 슈미트, 김항 역, 『정치신학』, 그린비, 2010, 16쪽.

장소의 상실과 예술의 기억

1) 뿔난 신양리 주민들, "섭지코지 경관 사유화 반대한다", 제주 KBS, 2023. 11. 16.
2) 발터 벤야민, 김영옥 외 역, 『일방통행로』, 도서출판 길, 2012.
3) 알베르토 망겔, 이종인 역, 『서재를 떠나 보내며』, 더난출판사, 2018.
4) 토니 모리슨, 최인자 역, 『빌러비드』, 문학동네, 2014.

비어 있는 사실과 재현으로서의 기억

1) 황사평 순교자묘역 비문, 1995년 선교100주년 기념사업위원회.
2) 박찬식, 『1901년 제주민란 연구』, 도서출판 각, 2013, 233~235쪽.
3) 위의 책, 236쪽.
4) 이영권, 『새로 쓰는 제주사』, 휴머니스트, 2005, 274쪽. 이재수난을 지칭하는 위의 용어 이외에도 '1901년 제주민란'이라고 불린다.
5) 박찬식, 『1901년 제주민란 연구』, 도서출판 각, 2013, 22~44쪽 참조. 박찬식은 이 재수난을 '1901년 제주민란'으로 명명하며 이 사건이 제주도가 근대사회로 넘어가는 과정에서 중앙과 지방의 갈등, 전통과 천주교로 상징되는 외래문화 사이의 충돌로 발생한 것으로 이해하고 있다.
6) 1958. 4. 12. 대정읍 일과리 92세 남 강덕영님, 진성기, 『남국의 민담』.
7) 허남춘, 「설화, 전, 소설에 수용된 제주 민중항쟁」, 『반교어문연구』 14, 2002.
8) 김윤식, 김석익 역, 『속음청사』, 제주문화원, 1996, 267쪽.
9) 위의 책, 270쪽.
10) 박찬식, 앞의 책, 199쪽.

11) 이순옥 구술, 조무빈 기록, 『이재수실기』, 1901년 제주항쟁기념사업위원회 펴냄, 『이재수야 이재수야-신축제주항쟁자료집2-문학편』, 각, 2004, 88~89쪽.

12) 앞의 책, 91쪽.

13) 매일신보, 1944. 12. 27.

14) 위의 기사.

15) 1회 연재는 『신천지』 1946년 7월호, 2회는 1946년 9월호, 3회는 1946년 10월호, 4회는 1946년 12월호에 게재되었다.

16) 「봉화」, 『신천지』, 1946. 7., 201쪽. 앞으로의 인용은 호수와 쪽수만 명기한다.

17) 이 같은 설정에 대해 현기영은 이 작품이 역사적 사실에 부합되지 않은 단점을 지닌다고 지적한 바 있다. 제민일보, 1996. 6. 5.

18) 전지니, 「해방기 희곡의 청년담론 연구」, 『한국문학이론과 비평』 제50집, 256쪽.

19) 1901년 제주항쟁기념사업위원회 엮음, 64쪽.

보는 것도 정치다

1) 최정희, 「해녀」, 재경제주도민회, 『탐라』 7호, 1970, 33쪽.

2) 사단법인 한국산업진흥회, 『5·16 1주년 기념 산업박람회 특별판 산업연감 1962』, 1962, 510쪽. (이하 『연감』으로 표기하고 인용 시에는 쪽수만 명기)

3) 경향신문, '군사혁명 1주년기념 약진! 한국산업의 정화를 과시-경복궁서 최대 규모의 박람회 개최', 1962. 4. 16.

4) 조선일보, "1929년 같은 자리에서 열린 소위 조선대박람회가 138만6천 명의 손님을 맞아들인 것과 대비하면 국민 사이에 뻗친 인기의 깊이를 짐작할 수 있을 것이다.", 1962. 6. 6.

5) 경향신문, 1962. 5. 10.

6) 『연감』, 243쪽. 해녀 실연장의 규모에 대해서는 90평 규모였다는 보도도 있으나, 산업진흥회가 펴낸 연감에 따르면 40.5평 규모로 되어 있다. 전체 수족관 규모가 90평 규모라는 점을 감안하면 일부 언론의 보도가 부정확한 것으로 보인다.

7) 동아일보, '박람회의 총결산', 1962. 6. 7.

8) 경향신문, '산업전사, 해녀도 등장 산박서 수중묘기', 1962. 4. 23.

9) 동아일보, '6일부터 중지-박람회의 해녀실기', 1962. 5.6.

10) 동아일보, 1962. 6. 7.

11) 『연감』, 1~2쪽.

12) 김보현, 「박정희 정부시기 경제개발 5개년 계획의 수정에 관한 연구: 계획 합리성
    인가? 성장 숭배인가?」, 비판사회학회, 『경제와 사회』 2019. 12., 331~332쪽.

13) 이와 관련해서 주목할 만한 연구로는 정진성·김백영·정호석의 『'모국공헌'의 시
    대』가 있다. 한울엠플러스, 2020.

14) 『연감』, 3~4쪽.

15) 『연감』, 169쪽.

16) 『연감』, 186쪽.

17) 권혁태, 「'재일조선인'과 한국사회-한국사회는 재일조선인을 어떻게 '표상'해 왔
    는가」, 역사비평사, 『역사비평』 2007. 2., 241쪽.

18) 1962년 이후 '재일교포'와의 경제적 교류의 강조가 반공국가 대한민국의 안정적
    관리를 전제로 한 동원이었다는 점은 김동현, 「'재일제주인'의 소환과 동원의 수
    사학」, 동악어문학회, 『동악어문학』 68, 2016, 141~142쪽 참조.

19) 『연감』, 169쪽.

20) 요시미 순야, 이태문 역, 『박람회-근대의 시선』, 논형, 2004, 45쪽.

21) 국민재건관의 전시 품목은 다음과 같다. 5년 후의 농촌 모형(1식), 재건 간소복(4
    식), 마네킹(4개), 사진(116매), 상패(9개), 각종 도서(100권) 차트(24점), 『연감』,
    176쪽.

22) '오늘 개막 군사혁명 한돌 기념 산업박람회', 동아일보, 1962. 4. 20.

23) '약진, 한국산업의 정화를 과시', 경향신문, 1962. 4. 16.

24) 박람회의 당대적 의미는 당시 신문 사설의 내용에서 확인할 수 있다. "경제재건
    이 현하 우리나라에 있어서 무엇보다도 지상과제임은 두말할 것도 없다. 그러나
    경제재건의 모습이 어떠하며 또 그 경제재건에는 어떠한 노력이 필요하다는 것
    을 자세하게 아는 사람은 드물 것이다. 이번의 산업박람회가 국내의 각종 생산품

을 다수 전시한 것은 국민에게 이러한 지식을 주는데 큰 도움이 될 것이다." 경향신문 1962. 4. 21.

25) 『연감』, 510쪽.

26) 홍태영, 「민족주의적 통치성과 국민 만들기: 해방 이후 남한에서 반공과 경제개발 주체로서 국민의 탄생」, 한양대학교 평화연구소, 『문화와 정치』 6(2), 2019, 114쪽.

27) 『연감』, 243쪽.

28) 『연감』, 509쪽. 당시 박람회종합계획에 따르면 시도 자료관의 출품 자료들은 상공부에 의해 사전에 출품 자료를 파악하고, 한국산업진흥원 직원이 현지에 파견되어 자료들을 직접 선택했다. 특히 시도관의 자료 출품에 있어서는 해방 10주년 기념박람회 당시의 실적이 중요 참고 자료로 활용되었다.

29) 요시미 순야, 앞의 책, 149쪽.

30) 사법신문사, 『해방10주년 산업박람회 사진감』, 1955.

31) 위의 책 참조. 당시 해녀 실연에 대해서 제주도 출신 혹은 관람객의 항의가 있었는지는 확인되지 않는다.

32) 조선일보, '산업박람회 임원을 선출', 1955. 6. 15.

33) 남기웅, 「1929년 조선박람회와 '식민지 근대성'」, 동아시아문화연구소, 『동아시아 문화연구』 43, 2008, 159쪽.

34) 권혁희, 「일본 박람회의 '조선인 전시'에 대한 연구: 1903년 제5회 내국권업 박람회와 1907년 도쿄권업박람회를 중심으로」, 서울대학교 대학원 석사학위 논문, 2007, 28쪽. 권혁희는 당시 조선의 반응을 검토하면서 1903년의 인류관 전시가 문명과 야만의 차별적 시선이 작동하고 있다면 1907년의 전시는 조선의 전근대성이라는 측면에서 문제가 제기되었다고 분석하고 있다.

35) 권혁희, 위의 글, 37쪽.

36) 신지영, 「과학이라는 인종주의와 복수의 지방화」, 『동악어문학』 61, 2013, 312~313쪽. 인종적 서열화에 대한 반발은 1976년 오키나와 출신 극작가 지넨 세이신의 희곡 작품 『인류관』 발표에서도 볼 수 있듯이 휘발성이 강한 일회적 경험이 아니었던 것으로 보인다. 지넨 세이신의 『인류관』에 대해서는 "박람회라는 근

대화 정책이 가지고 온 가시적 결과의 이면에서 초래되고 역사의 뒤안길에 은폐되고 망각되어온 사건이 글로벌리제이션이나 다문화 공생을 내건 오늘날 '차별'과 '소외'라는 문제를 환기시키고 있는 것"이라고 평가하기도 한다. 김명주, 「지넨 세이신 『인류관(人類館)』에 있어서의 '조선' 표상 연구」, 한양대학교 일본학국제비교연구소, 『비교일본학』 48집, 2020. 6., 160쪽.

37) 대한매일신보, 1907. 7. 12.

38) 남기웅, 앞의 글, 162~167쪽 참조.

39) 식민지 시기 박람회 출품과 현황에 대해서는 요시미 순야가 자세히 다룬 바 있다. 앞의 책, 141~155쪽.

40) 경향신문, '산업전사, 해녀도 등장 산박서 수중묘기', 1962. 4. 23.

41) 김동현, 「제주 해녀 표상의 사적(史的) 변천 연구」, 한국언어문화학회, 『한국언어문화』 제66집, 2018, 146쪽.

42) 타다 오사무, 이영진 역, 『오키나와 이미지의 탄생』, 패러다임북, 2020. 145~186쪽 참조. 이 책에서 일관되게 말하고 있는 것은 로컬적 특질이 자명하지 않다는 점이다. 이는 로컬의 상상이 로컬의 외부와 내부의 긴장 관계에서 만들어지는 것임을 보여준다.

43) 메도루마 슌, 안행순 역, 『오키나와의 눈물』, 논형, 2013, 118~123쪽.

44) 전인권, 『박정희 평전』, 이학사, 2006, 200~203쪽.

45) 박정희, 국가재건최고회의 의장 취임사, 1961. 7. 3

46) 이병국, 『신사조』 제1권 6호, 신사조사, 1962년 7월호.

오늘의 안온을 깨뜨리는 혁명의 죽비

1) 이재승, 「묘지의 정치-명예회복과 인정투쟁을 둘러싸고」, 『통일인문학』 제68집, 2016.

2) 헌재 2001. 9. 27. 2000헌마238, 2000헌마302, '제주 4·3사건진상규명 및 희생자 명예회복에 관한 특별법 의결행위 등 취소'.

3) 김용옥, 「조선사상사대관」, 『동경대전』 1, 통나무, 2021.

4) 토마스 베리, 박만 역, 『황혼의 사색』, 한국기독교연구소, 2015.

5) 최시형, 『해월신사법설』.

엎드려야 보이는 것들

1) 애나 로웬하웁트 칭, 노고운 역, 『세계 끝의 버섯』, 현실문화, 2023.

그럼에도, 사랑을…

1) 슬라보예 지젝, 이시원 역, 『혁명이 다가온다-레닌에 대한 13가지 연구』, 도서출판 길, 2006.

2) 지그문트 바우만, 이일수 역, 「글쓰기와 사회학적 글쓰기에 관하여」, 『액체근대』, 강, 2009.

3) 이소영, 『별것 아닌 선의』, 어크로스, 2021.

사랑을 생산하는 오늘의 운동

1) 정확한 원문은 다음과 같다. "네가 사랑을 하면서도 되돌아오는 사랑을 불러 일으키지 못한다면, 즉 사랑으로서의 너의 사랑이 되돌아오는 사랑을 생산하지 못한다면, 네가 사랑하는 인간으로서의 너의 생활표현을 통해서 너를 사랑받는 인간으로 만들지 못한다면 너의 사랑은 무력하며 하나의 불행이다." 맑스, 최인호 역, 「1844년의 경제학 철학 초고」, 『칼 맑스 프리드리히 엥겔스 저작 선집』 1, 박종철출판사, 1991, 91쪽.

마농지 해방구의 돌하르방 시인

1) 이 구절의 전문은 다음과 같다. "네가 사랑을 하면서도 되돌아오는 사랑을 생산하지 못한다면, 즉 사랑으로서의 너의 사랑이 되돌아오는 사랑을 불러일으키지 못한다면, 네가 사랑하는 인간으로서의 너의 생활 표현을 통해서 너를 사랑받는 인간으로 만들지 못한다면 너의 사랑은 무력하며 하나의 불행이다." 맑스, 최인호 역, 「1844년의 경제학 철학 초고」, 『칼 맑스 프리드리히 엥겔스 저작 선집』 1,

박종철출판사, 1991, 91쪽.

2) 참고로 관련한 연구들을 소개한다. 김동현, 「'표준어/국가'의 강요와 지역(어)의 비타협성-제주 4·3문학에 나타난 '언어/국가'문제를 중심으로」, 『한국민족문화』 57, 2015; 이명원, 「4·3과 제주방언의 의미작용-현기영의 『순이삼촌』을 중심으로」, 『제주도연구』 19집, 2001; 정선태, 「표준어의 점령, 지역어의 내부식민화-현기영의 『순이삼촌』을 시점으로」, 『어문학논총』, 2008.

3) 김성례, 「폭력의 역사적 담론: 제주무교」, 『한국 무교의 문화인류학』, 소나무, 2018.

말할 수 없는 목소리들의 아우성

1) 피에르 부르디외, 김현경 역, 『언어와 상징권력』, 나남, 2014, 46쪽.

2) 위의 책, 75쪽.

3) 위의 책, 61~62쪽.

4) 이 글에서는 표준어의 상징체계에 종속되지 않으면서 독자적인 언어체계, 그리고 이를 통한 기억과 기억의 전수를 동시에 살펴보기 위해 '방언'이라는 용어 대신 '지역어'라는 표현을 사용하고자 한다. '방언'이라는 용어가 의도했든 아니든 표준어의 상징체계를 암묵적으로 용인하는 지점을 내포하고 있기 때문이다.

5) 이와 관련한 연구로는, 이명원의 「4·3과 제주방언의 의미작용-현기영의 『순이삼촌』을 중심으로」(『제주도연구』(2001), 제주학회, 1~18쪽)와 이성준의 「'제주어문학'의 가능성과 한계-『돌할으방 어디 감수광』」(『배달말』 51(2012), 배달말학회, 121~160쪽)을 들 수 있다. 이명원은 제주 4·3문학 연구에서 제주 방언의 문제에 주목하면서 방언이 억압된 기억을 환기하는 매개로 작동하고 있다고 보고 있으며, 이성준은 제주어 문학을 본격적으로 시도한 김광협의 작품을 분석하면서 부적절한 지역어의 표현의 사용을 지적하면서 제주적 정서의 재현 문제에 주목하였다.

6) 오카 마리, 김병구 역, 『기억/서사』, 소명출판, 2004, 63쪽.

7) 김동윤, 『기억의 현장과 재현의 언어』, 각, 2006, 59쪽.

8) 한림화는 1973년 『가톨릭시보』 작품공모에 중편소설 『선률』이 당선되면서 본격
    적인 작품 활동을 해왔다. 작품집으로는 『꽃 한송이 숨겨놓고』(1993), 『철학자 루
    씨, 삼백만 년 동안의 비밀』(2001), 『아름다운 기억』(2014), 『한라산의 노을』
    (1991), 『The Islander-바람섬이 전하는 이야기』(2020) 등이 있다.

9) 한림화, 『The Islander-바람섬이 전하는 이야기』, 한그루, 2020, 1쪽.

10) 제주특별자치도, 『개정 증보 제주어 사전』, 2009, 903쪽.

11) 한림화 앞의 책, 103쪽.

12) 한림화 앞의 책, 9쪽. 이하 쪽수만 표시함.

13) 1984년 발표된 김광협의 『돌할으방 어디 감수광』은 김광협 자신이 제주민요시집
    이라 이름 붙인 작품이다. 제주어로 된 시와 표준어로 된 '번역' 대본을 나란히 배
    치하고 있다. 김광협의 시집에 대해서는 국어의 외부로 존재하는 지역어의 세계
    를 포착한 사례로 거론하기도 한다. 김동현, 「표준어의 폭력과 지역어의 저항」,
    『욕망의 섬 비통의 언어』, 한그루, 2019, 112~115쪽.

사랑과 혁명을 읽는 시간

1) 백무산, 『이렇게 한심한 시절의 아침에』, 창비, 2020.

2) 박형준, 「불의 사보타지」, 『오늘의 문예비평』 2020 봄호.

사랑, 삶, 그리고 기억

1) 우리나라에서는 『공간과 장소』라는 제목으로 1995년 번역, 출간되었다.

오키나와전쟁과 대면하는 비극적 서정

1) 이 소설은 『갈채-전후 일본 단편소설선』(소명출판, 2019)에 실려 있다.

2) 얀바루(山原)는 오키나와 본섬 북부의 아열대숲 지역이다. 니라이카나이(ニライ
    カナイ)는 오키나와인들이 사후에 가게 된다는 이상향으로 제주 설화에 등장하
    는 서천꽃밭의 의미와 유사하다.

3) '우치나구치(沖縄口)'는 오키나와 방언을 뜻하는 오키나와어이다. 오키나와 방언

은 크게 북류큐와 남류큐 방언으로 나뉜다. 같은 오키나와 방언이라고 하더라도 북쪽의 아마미오섬이나 서쪽의 이리오모테섬의 방언은 큰 차이가 있다. '시마코토바'는 이처럼 다양한 오키나와섬 지역의 말들을 통칭하는 용어로 쓰인다. 우리말로 '섬 말' 정도로 번역할 수 있다. 오키나와 방언이 일본 본토와 다른 독자적인 언어 체계로 존재하듯이 '시마코토바'는 단일한 방언 체계로 수렴될 수 없는 오키나와 언어의 다양성을 드러낸다. 이러한 오키나와 방언의 다양성을 문학 작품에서 구현하고 있는 대표적 작가로는 사키야마 다미를 들 수 있다.

4) 오시로 사다토시(大成貞俊), 『저항과 창조-오키나와 문학의 내부 풍경(抗いと創造-沖縄文學の內部風景』, コールサック社, 2019.

5) '소철지옥'은 독이 들어 있는 소철의 독을 뺀 후에 전분으로 만들어 먹어야만 할 정도로 식량난을 겪었다는 의미이다.

6) 오키나와 역사에 대한 개괄적 설명은 개번 매코맥·노리마쯔 사또코, 『저항하는 섬, 오끼나와』, 정영신 역, 창비, 2014와 아라사키 모리테루, 『오키나와 이야기-일본이면서 일본이 아닌』, 김경자 역, 역사비평사, 2016을 참조했다.

7) '강제집단사'는 흔히 '집단자결'이라고 말한다. 미군의 오키나와 공격 직후 일본 군인들의 강요에 의해 오키나와 주민들이 집단으로 사망한 일이 있었다. 오키나와 본섬 동쪽의 요미탄촌과 게라마제도에서도 이와 유사한 '강제집단사'가 있었다. '집단자결'이라는 용어는 1950년 『오키나와타임스』가 펴낸 『철의 폭풍(鐵の暴風)』에서 사용되었다. '집단자결'이라는 말에는 스스로 죽음을 선택했다는 의미가 담겨 있기 때문에 최근에는 '강제집단사'라는 용어를 써야 한다는 주장이 설득력을 얻고 있다.

8) '전진훈(戰陣訓)'은 1941년 1월 8일 일본 육군대신 도조 히데키(東條英機)가 시달한 훈령이다. "살아서 포로가 되는 치욕을 당하지 않는다."라는 내용이 담겨 있어서 군인과 민간인 등의 옥쇄와 자결의 원인이 되었다는 해석도 있다.

참고문헌

보는 것도 정치다

동아일보, 경향신문, 조선일보, 대한매일신보.

권혁태, 「'재일조선인'과 한국사회-한국사회는 재일조선인을 어떻게 '표상'해 왔는가」, 『역사비평』, 역사비평사, 2007.

권혁희, 「일본 박람회의 '조선인 전시'에 대한 연구: 1903년 제5회 내국권업 박람회와 1907년 도쿄권업박람회를 중심으로」, 서울대학교 대학원 석사학위 논문, 2007.

김동현, 「'재일제주인'의 소환과 동원의 수사학」, 『동악어문학』 68, 동악어문학회, 2016.

김동현, 「제주 해녀 표상의 사적(史的) 변천 연구」, 『한국언어문화』 제66집, 한국언어문화학회, 2018.

김명주, 「지넨 세이신 『인류관(人類館)』에 있어서의 '조선' 표상 연구」, 『비교일본학』 48집, 한양대학교 일본학국제비교연구소, 2020.

김보현, 「박정희 정부시기 경제개발 5개년 계획의 수정에 관한 연구: 계획 합리성인가? 성장 숭배인가?」, 『경제와 사회』, 비판사회학회, 2019.

남기웅, 「1929년 조선박람회와 '식민지 근대성'」, 『동아시아문화연구』 43, 동아시아문화연구소, 2008.

메도루마 슌, 안행순 역, 『오키나와의 눈물』, 논형, 2013.

사단법인 한국산업진흥회, 『5·16 1주년 기념 산업박람회 특별판 산업연감 1962』, 1962.

사법신문사, 『해방10주년 산업박람회 사진첩』, 1955.

신지영, 「과학이라는 인종주의와 복수의 지방화」, 『동악어문학』 61, 동악어문학회, 2013.

요시미 순야, 이태문 역, 『박람회-근대의 시선』, 논형, 2004, 45쪽.

이병국, 『신사조』 제1권 6호, 신사조사, 1962년 7월호.

전인권, 『박정희 평전』, 이학사, 2006.

정진성·김백영·정호석, 『'모국공헌'의 시대』, 한울엠플러스, 2020.

타다 오사무, 이영진 역, 『오키나와 이미지의 탄생』, 패러다임북, 2020.

최정희, 「해녀」, 재경제주도민회, 『탐라』 7호, 1970.

홍태영, 「민족주의적 통치성과 국민 만들기: 해방 이후 남한에서 반공과 경제개발 주체
로서 국민의 탄생」, 『문화와 정치』 6(2), 한양대학교 평화연구소, 2019.

말할 수 없는 목소리들의 아우성

김동윤, 『기억의 현장과 재현의 언어』, 각, 2006, 59쪽.

김동현, 「표준어의 폭력과 지역어의 저항」, 『욕망의 섬 비통의 언어』, 한그루, 2019,
112~115쪽.

사키야마 다미, 손지연·임다함 역, 『일본근현대여성문학선집(17) 사키야마 다미』, 어문
학사, 2019, 1~207쪽.

오카 마리, 김병구 역, 『기억/서사』, 소명출판, 2004, 63쪽.

제주특별자치도, 『개정 증보 제주어 사전』, 2009, 903쪽.

피에르 부르디외, 김현경 역, 『언어와 상징권력』, 2014, 나남, 46쪽.

한림화, 『The Islander-바람섬이 전하는 이야기』, 한그루, 2020, 1~259쪽.

사랑의 서사는
늘 새롭다

2024년 10월 9일 초판 1쇄 발행

엮은이 김동현 **펴낸이** 김영훈 **편집장** 김지희 **디자인** 김영훈 **편집부** 이은아, 부건영
펴낸곳 한그루 **출판등록** 제651-2008-000003호 **주소** 제주특별자치도 제주시 복지로1길 21
전화 064-723-7580 **전송** 064-753-7580 **전자우편** onetreebook@daum.net **누리방** onetreebook.com

ISBN 979-11-6867-182-9 (03810)

값 17,000원

이 책의 본문은 친환경 재생용지를 사용했습니다.